于悦读中

吴玫 / 著

如痴如醉

中国出版集团　东方出版中心

图书在版编目(CIP)数据

于悦读中如痴如醉/吴玫著. —上海：东方出版
中心,2016.1（2016.8重印）
 ISBN 978-7-5473-0915-5

 Ⅰ.①于… Ⅱ.①吴… Ⅲ.①读后感－作品集－中国
－当代 Ⅳ.①I267

中国版本图书馆CIP数据核字(2015)第316591号

于悦读中如痴如醉

出版发行: 东方出版中心
地　　址: 上海市仙霞路345号
电　　话: 62417400
邮政编码: 200336
经　　销: 全国新华书店
印　　刷: 常熟新骅印刷有限公司
开　　本: 890×1240毫米　1/32
字　　数: 253千
印　　张: 11
版　　次: 2016年8月第1版第2次印刷
ISBN 978-7-5473-0915-5
定　　价: 38.00元

序

张新颖

如果你碰巧遇见了这本书，并且把它拿到了手里，你的第一个感受会不会是——怎么这么厚？书评集，读书记，你也见过一些，多是轻巧精致的，而这么重的东西——你又掂量了一下——时下倒是少有了。

你翻开了目录，涌到眼前的那么多书名，作者名，你读过的和没有读过的，你知道的和不知道的，你接着的感受会不会是——怎么这么多？我数了一下，一共126篇短文，排了六页，基本上一篇谈一部作品，极少数是谈两部三部作品。奈保尔，五篇；库切，八篇；卡森·麦卡勒斯，三篇；马尔克斯，三篇；波拉尼奥，两篇……可就是在我写这篇短序之前一分钟，我刷微信朋友圈，这个作者谈波拉尼奥的一部《2666》，已经写到了第六篇——怎么这么多？

怎么这么厚，这么重，这么多？这本书的作者吴玫，是我的朋友，可就是朋友也不能不惊讶。前些日子她要我给她的一本读书随笔写个序，我满口应承，还以为就是一本精美闲散的小书，不费时间就可以读完的。等收到校样，我吓了一跳。这一吓，吓得我认真起来，一篇一篇读完这本书，如入书林，如登书山，跟着朋友一步一步走了一长趟。长路下来，又累又兴奋，目不暇接，挺过瘾。

胡适好像在什么地方说过，中国人普遍的一个毛病是"胃口不好"。单就阅读论，吴玫的胃口实在太好了，津津有味，竟至于如痴如醉——如书名所示。她贪多，却也细嚼慢咽；尝新，又不忘旧，旧里也能品出新来。这个健康的胃，有巨大的吸收能力，消化能力。合口味的，自然反应以恰当的赞词，以会心的领悟变为自身的营养；不合口味的——你总会碰到你不喜欢的、甚至难以忍受的书——也可以吃吃看，提出意见，商量，乃至于抗议——这也见出她心直口快的性格，诚实地表达自己的感受。从营养来说，不合口味的，也很有可能变为营养；何况还有预料不到的情况，一开始不顺口，吃着吃着，倒吃出好来。阅读口味的丰富性，是需要阅读数量做基础的。有一个问题我经常碰到，可是没有一次我能够回答得让人满意，就是推荐书目。我固执地认为，没有大量的阅读为基础，好书也领受不到它的好。开个三五种、十几种、几十种长短不等的书单，其实是没有什么用的。

吴玫读书多，感受多，及时地写下来，其中的部分就成了眼前的这本书。这里，有两点特别值得提出来。

书的后记，第一句，"而今，已经年过半百。"这个年龄阶段的人，我也在其中，还有多少好奇心去阅读？即使读了，还有多少新鲜的感受产生出来？即使有，还有多大的兴致写下来，跟别人分享？华兹华斯感叹过，随着岁月的流逝，"美妙无比的灵视"变得越来越难以维持。可是读吴玫的文字，感受写下这些文字的人，就没法不惊奇，她怎么就没有染上普遍的中年症状呢——迟滞、疲惫、无感，等等；但你要说这些文字像年轻人写的，也不对，年轻人不太会有的经历、体会、想法也明显渗透其中，这个人比年轻时候丰富了却仍然没有失去敞开的心灵状态和感受能力，反倒比年轻时候更开阔，感受也更深了。这是一种多么好的状态！反正，我是挺羡慕的。

另一点是写作的及时，甚至是即时。阅读过程中的感受零零碎碎、模模糊糊、不断变化，如果不及时记下来，很容易就消失了，再也找不回来。写读书随笔，其实也是保存、整理、深化自己的感受的不可替代的方式，写着写着，也可能写出你先前没有意识到的东西。这当然也是交流的方式，对话的方式。吴玫有这么一个好习惯，所以才积成了这么多保持着新鲜个人气息的文章。得知这个情况，我真的吃惊不小（我又一次表达这个意思）：从二〇〇九年三月到现在，她每周上传三篇文章到博客，书评，影评，音乐笔记，迄今已经有1000多篇。

读书，观影，听乐，以及把自己的感受写下来，这已经成了吴玫生活的重要内容。它们不是生活之外的，不是生活之余的，它们就是生活里面的生命活动。沉浸其中，真好。

十多年前，我写了一组关于读书的文章，在吴玫编的报纸阅读版上连载，她还特意请了一名中学生配图，这一系列文章后来变成一本小书，叫《读书这么好的事》，初版就采用了这组配图，保留下一个纪念。现在回想起来，吴玫对这组文章的认真和热情，其实不仅是因为编者和作者的关系，更是因为读书这件事，读书这种生命活动，在她那里自然而然地就产生出认真和热情。现在，她的《于悦读中如痴如醉》出版，我写几句简单的话在前面，也是读书联结的。序不宜长，就此打住，读者看她的书，才是正事。

二〇一五年十二月五日

目 录

序 / 张新颖 / 1

上卷　**彼岸** / 1

纽曼·莱布雷西特的失重——纽曼·莱布雷西特《名字之歌》/ 3

我是非洲的局外人——维·苏·奈保尔《非洲的假面具》/ 6

宣扬梦想的永恒——维·苏·奈保尔《米格尔街》/ 8

懂得地同情，很不易——维·苏·奈保尔《通灵的按摩师》/ 11

实写让虚写更显流离失所的茫然——维·苏·奈保尔《自由国度》/ 13

大河湾就是全世界——维·苏·奈保尔《大河湾》/ 16

假装是一部历史小说——约瑟芬·铁伊《时间的女儿》/ 18

为什么取名"耶稣的童年"——约翰·马克斯韦尔·库切《耶稣的童年》/ 20

凄凉和寂寥——约翰·马克斯韦尔·库切《男孩》/ 23

理想和现实的青春期纠结——约翰·马克斯韦尔·库切《青春》/ 25

库切在我的阅读中坠毁——约翰·马克斯韦尔·库切《夏日》/ 28

库切真的那么在乎布克奖吗？——约翰·马克斯韦尔·库切《迈克尔·K
的生活和时代》/ 31

库切的柔软羞涩地苏醒了——约翰·马克斯韦尔·库切《凶年纪事》/ 34

勉强听到了库切的脉动——约翰·马克斯韦尔·库切《铁器时代》/ 37

让域外人靠近南非一小步——约翰·马克斯韦尔·库切《等待野蛮人》/ 40

用文字绵延的生命冲动——马塞尔·普鲁斯特《追寻逝去的时光·去斯万家那边》/ 43

他们在尽兴地表达自己——舍伍德·安德森《小城畸人》/ 45

谁杀了茉颂？——奥尔罕·帕慕克《纯真博物馆》/ 47

马龙是病人卡森的苍凉投射——卡森·麦卡勒斯《没有指针的钟》/ 51

追随卡森·麦卡勒斯的"场"——卡森·麦卡勒斯《抵押出去的心》/ 53

适度的阴郁使人柔和——卡森·麦卡勒斯《金色眼睛的映像》/ 55

她的人物就在梦里进进出出——艾丽斯·门罗《逃离》/ 58

爱情需要慢慢地生长——加西亚·马尔克斯《一桩事先张扬的凶杀案》/ 61

因为爱，才会恨——加西亚·马尔克斯《没有人给他写信的上校》和《恶时辰》/ 64

谁跟谁的爱情——加西亚·马尔克斯《霍乱时期的爱情》/ 67

读罢，一时语塞——向田邦子《回忆，扑克牌》/ 70

时间对每个人的意义——帕特里夏·海史密斯《跟踪雷普利》/ 73

阿蒂克斯会怎么办？——哈珀·李《杀死一只知更鸟》/ 75

爱米丽怎么会拿起两把刀？——詹妮弗·克莱门特《迷药》/ 78

有些谎言用一生都追不回——伊恩·麦克尤恩《赎罪》/ 80

像个精赤条条的汉子——詹姆斯·M·凯恩《双重赔偿》/ 83

撞碎了我的心理防线——詹姆斯·M·凯恩《邮差总揿两遍铃》/ 85

品尝苦难生活的理由——罗恩·拉什《炽焰燃烧》/ 87

等着被自由抛弃？——乔纳森·弗兰岑《自由》/ 90

无奈铺满字里行间——约翰·厄普代克《父亲的眼泪》/ 92

温暖，但很脆弱——科尔姆·托宾《母与子》/ 95

像时光一样不能错过——科尔姆·托宾《黑水灯塔船》/ 98

扒在井沿看一眼的代价——斯蒂芬·茨威格《变形的陶醉》/ 101

湿漉漉的中年——田山花袋《棉被》/ 103

享受到尽职的快乐——西格弗里德·伦茨《德语课》/ 105

平心静气中翻江倒海——伊丽莎白·斯特里特《药店》/ 108

奥丽芙·基特里奇是面照妖镜——伊丽莎白·斯特劳特《奥丽芙·基特里奇》/ 111

他像是只负责序言——罗贝托·波拉尼奥《地球上最后的夜晚》/ 114

冷漠比刻薄更可怕——罗贝托·波拉尼奥《美洲纳粹文学》/ 117

手持玫瑰只为玫瑰之名——翁贝托·埃科《玫瑰的名字》/ 120

小城故事多——劳伦斯·布洛克《小城》/ 123

谁都知道，吸血鬼只是一个借口——斯蒂芬妮·梅尔《暮光之城》/ 126

村上春树又让我们望尘莫及了——村上春树《没有女人的男人》/ 129

好玩得没有办法——村上春树《碎片》/ 132

音乐只是介质，我也喜欢——石黑一雄《小夜曲·音乐与黄昏五故事集》/ 135

福克纳大叔的锐意创新——威廉·福克纳《喧哗与骚动》/ 138

孱弱、敏感的灵魂——帕特里克·聚斯金德《香水》以外的作品 / 140

一支笔写出一个邪恶的天地——弗兰纳里·奥康纳《好人难寻》/ 143

一见钟情易，婚姻难——伊恩·麦克尤恩《在切瑟尔海滩上》/ 147

词语的至境在小说——三浦紫苑《编舟记》/ 150

一想到艾伦·坡呀——迈克尔·康奈利《大师的背影》/ 154

少年时的创伤何时结痂？——迈克尔·康奈利《诗人》/ 157

布考斯基好在哪里？——查尔斯·布考斯基《苦水音乐》和《邮差》/ 160

草芥默尔索——阿尔贝·加缪《局外人》/ 163

悲戚又忧戚——科伦·麦凯恩《舞者》/ 165

抑郁猛于癌症——马特·麦卡利斯特《甜蜜的悲伤》/ 167

少年故事打动了我——罗伯特·麦卡蒙《奇风岁月》/ 169

有剧痛才开始青春——马克·海登《枪》/ 172

西尔维亚会因此错过《尤利西斯》吗？——西尔维亚·比奇《莎士比亚书店》/ 175

毋宁说，弗明是一个卑微的人——萨姆·萨维奇《书虫小鼠》/ 178

真相，在熟视无睹中消散——彼得·海斯勒《江城》/ 180

正史的补遗——北正史《东京下町职人生活》/ 182

只要说书，都是心香一缕——里克·杰寇斯基《托尔金的袍子》/ 185

农事中默默念——乔治·奥威尔《奥威尔日记》/ 188

为了情诗和歌，愿意随你颠沛流离——巴勃罗·聂鲁达《我坦言我曾历经沧桑》/ 192

杰出的诗人，懵懂的女人——伊莱因·范斯坦《俄罗斯的安娜》/ 195

新瓶装了旧酒，依然猛——大江健三郎《致新人》/ 198

下卷 **此地** / 201

喝咖啡还是凉开水？——黄咏梅《走甜》和张怡微《春丽的夏》/ 203

肉体凋零而后灵魂凋敝——叶弥《风流图卷》/ 205

无聊生活的记录意在何处？——曹寇《躺下会舒服点》/ 208

我体会到了通俗版的《城堡》——邵丽《第四十圈》/ 210

用剩女填补心中的空洞？荒唐！——孙频《瞳中人》/ 213

斜睨如此这般的玲珑——尹学芸《玲珑塔》/ 215

遇见穆先生等于遇见了什么？——旧海棠《遇见穆先生》/ 217

一浪高过一浪的冲突——阎连科《炸裂志》/ 219

谁温暖什么荒凉？——张楚《在云落》/ 221

这些人和事没意思吗？——滕肖澜《去日留声》/ 223

挚爱流逝只因我们轻慢——滕肖澜《大城小恋》/ 226

犹如一段微凉溜滑的丝绸——朱文颖《倒影》/ 229

为什么,陆菁?——王松《雨中黄花》/ 231

浓烈的爱情打动不了我,但有其他——莫迪《摇摆798》/ 233

姿色普通才华不多的小麦呀——须一瓜《白口罩》/ 236

桃红柳绿的当今妇女生活——须一瓜《寡妇的舞步》和桢理《入侵》/ 238

人到中年什么都被消解了——东君《在肉上》/ 240

只是一头假装睡着的猪——晓苏《酒疯子》/ 242

悬疑是假无奈是真——哲贵《施耐德的一日三餐》/ 244

青春的眼烛照暗夜里的真切——笛安《妩媚航班》/ 246

浑然不觉已深陷——张惠雯《两次相遇》/ 249

"她"和"我"只想被我们看一眼——张惠雯《书亭》和七堇年
《站者那则》/ 251

孩子,让我试着懂你——周嘉宁《荒芜城》/ 254

欢喜中回到了从前——金宇澄《繁花》/ 256

一种尖锐的温柔——盛可以《狮身人面》/ 259

在麻辣里翻滚——颜歌《段逸兴的一家》/ 261

端端比《知青》更可信——张翎《何处藏诗》/ 264

静水流深——钟求是《两个人的电影》/ 267

心病从哪里来?——丁伯刚《艾朋,回来》/ 269

春花秋月　花开花落——王安忆《天香》/ 272

我的手就在你手里,不离不弃——荞麦《最大的一场大火》/ 275

让我着迷的爱情——艾伟《风和日丽》/ 278

知识在智慧面前的颓丧——乔叶《最慢的是活着》/ 280

就这样和盘托出,天天知道吗?——冯丽丽《下乡养儿》/ 283

不武侠而文艺——张北海《侠隐》/ 285

"装"未必是贬义词——冯唐《欢喜》/ 288

一地鸡毛拼却人间春色——蒋晓云《掉伞天》《桃花井》《百年好合——
民国素人志》/ 291

所有的相爱都是为了彼此痛恨——张怡微《细民盛宴》/ 294

真的叫慈悲吗？——路内《慈悲》/ 297

你写了什么？我读到了什么？——陈丹燕《和平饭店》/ 300

过去的闪失如石块——方方《琴断口》/ 303

深藏的市井里巷的野心——方方《万箭穿心》/ 305

低到尘埃或高入云端——孟晖《画堂香事》/ 308

一遍遍咀嚼苦果——野夫《乡关何处》/ 310

人人都说小白好——小白《表演与偷窥》/ 312

纤柔女子的如椽大笔——齐邦媛《巨流河》/ 314

烛光如豆，温暖不弱——赵越胜《燃灯者》/ 317

假设，1977年就读到——史景迁《王氏之死》/ 319

何处是彼岸？——林文月《三月曝书》/ 322

张荫麟何以成绝响？——张荫麟《中国史纲》/ 325

温而不热地打量这个世界——斯舜威《关于庄子的五十四种解读
与书写》/ 328

却还是会错了意——扬之水《诗经别裁》/ 331

谁有扬之水女史的学养和笔力？——扬之水《无计花间住》/ 333

就是有梦，也是清芬——潘向黎《看诗不分明》/ 335

后记 / 337

上卷

彼岸

本卷所涉读物，多为世界顶级作家的作品。

我在寂寞的阅读中，

享受到了心灵独舞的喜悦。

纽曼·莱布雷西特的失重

——纽曼·莱布雷西特《名字之歌》

英国人纽曼·莱布雷西特在彼邦的古典音乐界非常出名并出名很早。我知道他，是因为一本书名翻译得非常惊悚的书《谁杀了古典音乐》。我不喜欢老莱拆墙式的批评。当古典音乐被各种因素挤压得不得不奋力喘息时，它需要温柔地堆垛，而不是辛辣的拆墙。

不过，老莱的古典音乐修养的确令人叹为观止。不读他的乐评只读这一本《名字之歌》都能让人信服。第 24 页，老莱用文字描述他听到的巴赫的《G 小调小提琴奏鸣曲》时，犹音在耳；第 82 页老莱通过马丁告诉读者听到戴维多演奏的勃拉姆斯《G 大调第一小提琴奏鸣》是个什么品质的现场，没有对作品的理解和对小提琴演奏微到毫末的控制难度的透彻了解，是断然写不到老莱那么到位的。

但是，渗透在《名字之歌》字里行间的精妙乐评，不是我阅读《名字之歌》的原因。我读老莱在 50 岁以后突发奇想创作的第一部小说，是对"名字之歌"充满了好奇。名字之歌？

半本《名字之歌》以后，答案来了。"二战"期间，从波兰逃亡到英国的犹太人为怀念被纳粹滥杀的亲人，先是将亲人的名字缝在随身衣物里，后来，害怕纳粹将他们满是虱子的衣物扔进火里从而使他们死于非命的亲人烟消云散，就将他们的名字编进歌谣里在晨祷或者晚祷的时候吟唱。随着纳粹越来越凶残，在伦敦的褶皱里活着的犹太人晨祷和晚祷所需的时间越来越长……多么沉重的一个话题，那么，作为一个极有天赋的小提琴演奏家，小说的主角戴维德在这样的背景下与舞台乃至名扬天下的机会失之交臂，其中的原因应该也是极为沉重的吧？就像那部荣获奥斯卡大奖的影片《钢琴家》所呈现的那样。但，不是。

马丁的父亲西蒙兹先生是眼光如鹰隼般尖锐的古典音乐经纪人，他一眼就看到了没有了家如弃儿一样的戴维德所拥有的异禀，把戴维德收容在家里，给他延请最好的老师，为他买一把瓜达尼尼古琴，为他搭建战争期间难能可贵的舞台……可是，一场辉煌的演出就要开始的时候，戴维德却失踪了。戴维德为什么失踪？老莱的小说让这个谜底延至近半个世纪后才揭晓，读者在快抵达小说结尾时猜测着谜底，以为是戴维德留在波兰的父母及妹妹们发生了更大的意外以致戴维德伤心过度把自己隐匿了起来。读者阅读到最后才获知了一个存世半个世纪才大白天下的谜案，留在波兰的戴维德的父母及妹妹果然如我们所预料的那样惨死在纳粹的辣手下，但那不是促使戴维德逃离西蒙兹先生的主要原因。老莱说，表面上是伦敦犹太街区抱成紧密一团的犹太人不能忘却的记忆为由羁绊住了戴维德登上荣耀舞台的脚步，实际上，是戴维德自己恐惧舞台。什么？让马丁的母亲发疯、让西蒙兹经纪公司垮台、让西蒙兹先生过早离世等这些可算是人间重大悲剧产生的原因，竟然是戴维德的心理暗疾！我真不能接受老莱给我们的戴维德失踪的理由，它与小说篇名《名字之歌》的由来形成了轻与重的极大反差：一面是流亡在英国的犹太人用这种泣鬼神的方式留住逝去的亲人，一方面只是因为心理抗压能力不够而让一个家庭分崩离析。

这种反差让我感觉明明已经看完了《名字之歌》，却始终不相信结局就是书里给出的。至于半个世纪以后马丁通过小男孩皮特那独一无二的拉琴方式找到戴维德并成功游说他重新登台，戴维德制造假车祸再度逃脱这样的终极结局，已经不能让我惊诧了，因为相对于"二战"中波兰犹太人流离失所、生命需要"名字之歌"让人记住的史实，什么样的失去都是我们能够承受的"轻"。

我是非洲的局外人

——维·苏·奈保尔《非洲的假面具》

我是非洲的局外人，既没有充足的资金到那片据说非常广袤的土地上做一次次脚踏实地的旅行，也无从结识土生土长的非洲人从而得以透彻地了解真实的非洲。我脑子里关于非洲的印象，就是曼德拉、电影《卢旺达饭店》，从上海出发的作家恺蒂以其居住在约翰内斯堡数年的经历写成的《南非之南》，是关于种族隔离、民族纷争以及贫穷和落后……非洲到底呈现给了世界什么，才让不同肤色的艺术家、作家给出了几乎一致的关于非洲的概念？

维·苏·奈保尔最新著作《非洲的假面具》，将他看到的非洲不加修饰地记录了下来。

书的腰封上有一句话，说奈保尔是"21世纪最无争议的诺贝尔文学奖得主"。此语缘于何处？我不得而知，因为，我阅读奈保尔的经验，仅限于《米格尔街》，在那本像是回忆童年往事的小说里，作者在描写贫穷的米格尔街上各色人等时让无望的他们始终怀抱希望的乐观，深深地打动了我：抱怨太过容易，让绝望的人乐观地过好每一天，很不容易。

带着这样的阅读好感，开始阅读《非洲的假面具》——真是一幅幅不忍卒看的暗黑的非洲画面。书一共分了六章：《卡苏比王陵》《圣地》《着魔的人》《森林之王》《昔日森林之子》和《个人的丰碑、个人的荒原》。是可以不必按顺序抽取阅读的，因为，每一个标题下面是奈保尔到过的一个地方，卡苏比王陵——乌干达、圣地——尼日利亚、着魔的人——加纳、森林之王——象牙海岸、昔日森林之子——加蓬、个人的丰碑个人的荒原——南非。奈保尔的这张旅行图，横跨纵贯了非洲大陆，可是给出的真实非洲，却是惊人地相像：巫术遍野、贫穷愚昧、生活无着、环境恶劣——上天给予非洲大陆的天然资源已经被困顿到无以顾及环境保护的当地人破坏到程度惊人，尤其是这最后一点，让我对自己眼下目力所不能及的远方怀以深深的忧虑：作为非洲的局外人，当我们因着肯尼亚野生动物大迁徙的壮观场面而对非洲心驰神往的时候，奈保尔的《非洲的假面具》是一针清醒剂。你不能枉顾非洲的现状只关注如画的风景——奈保尔放下游刃有余的小说笔法，双脚丈量大地以后，先印度后非洲地给追随他的读者还原了真实的印度和非洲，其目的究竟是什么？这就要从他的族裔说起：印度裔牙买加人。那么，这个有责任心的作家，以自己的作品获得文名以后，用准确和正确的视角向世界描述他的血脉他的家园。这是一个作家报答血脉和家园最忠诚的手段，我也以最诚恳的态度阅读《非洲的假面具》，随后，告诉自己：有机会的话透过假面具看看真实的非洲吧，我们的人文关怀应该无远弗届。

宣扬梦想的永恒

——维·苏·奈保尔《米格尔街》

　　《米格尔街》容易给读者一种妄想：我也可以写这样一本书，书名就叫《我们报社》《我们邻居》《我的同学》等等。可是，维·苏·奈保尔是一位世界级作家，这是毋庸置疑的结论。人们对诺贝尔文学奖这顶文学桂冠的佩戴者争议颇多，但获奖者都是了不起的作家，这也是不容置疑的。那么，假想中的《我们报社》《我们邻居》《我的同学》与被世界公认的杰作《米格尔街》的巨大差距到底在哪里呢？

　　《米格尔街》包括 17 部短篇，每个故事都以作者回忆的口吻叙述。他的回忆既充满辛酸，又充满深情；他讽刺了米格尔街的种种愚昧和混沌，又同情街上的人们朴实的无知和天真——这是官方的评价。我的阅读感悟是：它给了米格尔街上的那些人很不切实际的想入非非。

　　范例是《布莱克·沃兹沃斯》。

　　布莱克·沃兹沃斯其实是个乞丐，不然，这个故事不会以这句话作为文本的开始："每天都有三个乞丐准时来到米格尔街好客的住户门口乞讨。"古怪的流浪汉布莱克·沃兹沃斯走进读者视野并引起"我"关注，是因为他开口说的第一句话不是讨要一口吃食，而是请求进入"我"家的院子看看停留在棕榈树上的蜜蜂。随之而来的关于布莱克·沃兹沃斯的描述，诸如喜欢蚂蚁、蝎子之类的虫豸，为自己院子里的芒果树结出了红彤彤、果汁又多又甜的芒果而兴高采烈，为相爱至深的妻子死于孕期而伤悲，以及那一首首总在构思路上的诗……诸如此类，总让我感觉《布莱克·沃兹沃斯》是游离于整本《米格尔街》风格的"外一篇"，布莱克·沃兹沃斯不像米格尔街上的其他住户只为衣食住行走投无路，他的窘迫，始于诗歌终于诗歌，所以，当布莱克·沃兹沃斯将死之际作者让他告诉"我"："以前我给你讲过一个关于少年诗人和女诗人的故事，你还记得吗？那不是真事，是我编出来的。"那种水晶摔碎一地带来的剧痛有多疼，读到这里我的心就有多疼。一个衣食无着的流浪汉，整天惦记着树上的蜜蜂和芒果，饿得实在不行了才拿出裤兜里的诗歌兜售，生于米格尔街、长于米格尔街的奈保尔明明知道布莱克·沃兹沃斯是米格尔街上绝无仅有的这一个，却毅然让他在《米格尔街》里占了相对较大的篇幅，这就是我觉得奈保尔在司空见惯的题材处理上站在了高高的山顶上的依凭：给无望的米格尔街居民想入非非的权利。

其实，就算在那些主人公入不敷出、生活难以为继的篇什里，奈保尔也让主人公拥有一丝很不切实际的梦幻。

《乔治与他的粉红色房子》：充斥着暴力和无望的日子里，乔治的妻子没有原则的包容，让乔治在他的粉红色房子里对生活热望着。

《母亲的天性》：与不同的男人生下 8 个孩子，劳拉用自己的身体交换赖以生存的粮食，始终笑对生活的丑陋。

《直到大兵来临》：你可以认定爱德华的言语里全都是谎言，可我读来却是爱德华对生活的希冀。当然是爱德华的想入非非导致了他一败涂地，我宁愿如爱德华以及米格尔街上的人们认定的那样，是美国大兵毁掉了爱德华。

……

那种发自肺腑的对米格尔街的住户明着讽刺暗着同情的笔调，从第一篇开始慢慢蓄积，到了《布莱克·沃兹沃斯》终于汇成"溪流"，所以，当我读到"谁都看出死神已经爬上那布满皱纹的面孔"这一句时，心都碎了。

心为何碎？虽然生活从没给过米格尔街的人们一次笑脸，米格尔街的人们却从没放弃自己的理想，哪怕微末到不值一提。如果我们来写《我们报社》《我们邻居》或者《我的同学》，大概除了指摘还是指摘了。

奈保尔能够站在文学这座山峰之巅，理由很多，其中一定有一条，就是始终在通过自己的作品宣扬着梦想的永恒。

懂得地同情，很不易

——维·苏·奈保尔《通灵的按摩师》

　　《通灵的按摩师》是不是维·苏·奈保尔的第一部作品？但，是我读过的奈保尔作品中最好读的一部作品。

　　格涅沙生长在特立尼达一个距离首都西班牙港有一些距离的叫佛维斯的小镇里，自幼丧母，后又丧父。读过几年书，却无力也无意做一名教师。后因为娶了印度小店老板的女儿莉拉为妻，格涅沙得到岳父在泉水村的一处住所并很快携妻搬了过去。实在无以为生，格涅沙只好像特立尼达许多男人一样做起了按摩师。"特立尼达已经有太多太多的按摩师，他们只好互相按摩"，这句字号虽小但印在封面书名下面的话，相信打算翻阅《通灵的按摩师》的读者不会忽视它，因而，我以为这是一部关于按摩师群像的小说。后来，领会到这句话的真正含义是：格涅沙因为不想做一个互相按摩的按摩师，风云际会地成了一个能够通灵的按摩师，并乘着这股东风成为特立尼达的高级政府官员。

　　1957 年，奈保尔完成《通灵的按摩师》，彼时，他从特立尼达到英国已有 7 年并结婚定居，在异国他乡安身立命以后，奈保尔回望自己的祖国自己的家乡的人和事，依旧抱有青年人的满腔怨气和怒气，就借格涅沙这个人物不无刻毒地批评了自己生长的地方。

怎么不刻毒呢？一个耗尽了家里一点点财物得以上学的穷人家的孩子，从学校毕业以后却不能做老师养活自己，而是用满墙书籍将自己伪饰成一个神秘的读书人。这样一个无赖一样的人物，后来，竟然被佛维斯、泉水村、西班牙港乃至全特立尼达的人民奉为能通灵的按摩师，给他钱把他送上政坛继而帮他成了一个改头换面的政客！这种讽刺，让我在阅读《通灵的按摩师》的过程中屡有似曾相识的错觉。说错觉，实在是因为特立尼达距离我太过遥远，如果不是奈保尔，它是我的一个知识盲点。说似曾相识，格涅沙以及格涅沙身上发生的一切，并不只在特立尼达才有发生的可能。奈保尔，在他的第一部作品中，就已经展示了世界性的潜质。

　　两年以后，为奈保尔赢得世界文名的《米格尔街》出版，两者的关联非常明晰，《米格尔街》是《通灵的按摩师》的余脉——《通灵的按摩师》写了一个特立尼达人，《米格尔街》则塑造了一群特立尼达人，将一个和一群放在一处一比较，从《通灵的按摩师》到《米格尔街》所跨越的高度显而易见，奈保尔对家乡的态度由挂在嘴角的讥嘲过渡到了藏在心里的懂得的同情。尽管《米格尔街》以后的奈保尔作品题材更加开阔，政治关怀更加合乎世界主流，但读过《大河湾》等作品以后，还是最喜欢《米格尔街》，因为，你来自那片土地又有资格睥睨那片土地上的人们时，还能同情地懂得，不是所有作家都能做到的。

实写让虚写更显流离失所的茫然

——维·苏·奈保尔《自由国度》

《自由国度》由三部分组成：《合众为一》《告诉我，谁杀了谁》和《自由国度》。将封面斑斓的《自由国度》拿在手上掂了掂，一如维·苏·奈保尔的《大河湾》《通灵的按摩师》以及《米格尔街》等我阅读过的著作一样，篇幅不大。"哗啦哗啦"翻一遍，以为是《自由国度》的篇幅实在难成一本书，就拉了《合众为一》和《告诉我，谁杀了谁》入伙。

《合众为一》：一个印度裔的厨子随主人来到华盛顿后，逃脱仆人的身份成为一家餐馆的大厨，不知所措的异乡感让厨子对"自由"一词越来越迷惑。

《告诉我，谁杀了谁》：为了跟叔叔赌一口气，"我"追随弟弟戴约来到伦敦，穷尽一切可能为让戴约通过接受英国教育出人头地。然而，戴约在花花世界里很快找到了自己的生活方式，而"我"自己又要回哪里去？

我很喜欢这两篇特别短的小说，故事性强以致感觉刚刚开始就已经读到了最后一个字。后来，掩卷沉思片刻，觉得喜欢的理由在好读之外。

桑托什，《合众为一》中那个随主人去华盛顿的厨子，当睡在壁橱里两周只能拿 7.5 美元时，他是那么满足。继而，满足消失，所以出走做起了餐馆的大厨。每周拿 40 美元后，桑托什反而迷茫地问起自己：来这里干什么？《告诉我，谁杀了谁》中，"我"千辛万苦想要供养弟弟戴约活出人样来，结果，戴约根本无力承担起以"我"为代表的家庭对他的希望。面对浑浑噩噩的戴约，"我"问：应该成为体面人的戴约怎么了？谁杀了谁？

为什么喜欢这两个故事？因为奈保尔让这两篇小说有着很开阔的代入空间。

虽然，我们不是桑托什，也不是戴约，我们不需要去华盛顿和伦敦迅速地接轨现代化，但是，我们自己的国度正行驶在去往现代化的旅途中，所以，我们正在丧失着桑托什和戴约的丧失：物质生活得以大大改善的今天，我们反而总是处在惊慌失措中。而奈保尔的《自由国度》，让我们醍醐灌顶：原来，我们的丧失是世界性的。作家从来只提问不提供答案，就算《合众为一》和《告诉我，谁杀了谁》让读者找到了同伴，又怎样呢？他记录了人类社会发展过程中必然的真实的某一个瞬间。

抱着因《合众为一》和《告诉我，谁杀了谁》堆叠起来的阅读高度，进入到《自由国度》，有些失望。在这篇本书主打的小说中，情节已经后退到看不见的远方，只有情绪：鲍比要从某非洲国家的首都开车回到南方，同样要回南方的女士琳达搭车。一路上，开阔的非洲让鲍比和琳达目睹由他们这些欧美人带来自由理念的非洲，而今已是物非人更非。以为自己是救世主，结果却让非洲更加荒蛮，小说的最后一句话，"鲍比又想，我要离开卢克（非洲地名）"，这何尝不是1971 年时奈保尔的想法？

1971年，由《米格尔街》成名的奈保尔完全可以在伦敦过着衣食无忧的上等人生活，他却"处于极度的低落期"，表面上看，是接受邀约而完成的特立尼达殖民史未获出版方认可，自己在伦敦南部购置的房产又在翻建中。这些表象，投射的还是作为特立尼达人的奈保尔，尽管在伦敦获得了名和利，却无法获得心安的感觉，所谓"流离失所的感觉并非无中生有"。——人，不能饱食终日就可以心安理得，这才是《自由国度》的阅读价值。悟到这里，原来，最好的还是《自由国度》，他人的行动哪有自己的心声更鞭辟入里？就写作技巧而言，实写为虚、虚写为实，实写让虚写的流离失所感更加茫然，这就是奈保尔的如椽大笔。

大河湾就是全世界

——维·苏·奈保尔《大河湾》

　　维·苏·奈保尔的《大河湾》第 218 页，总统对他的公民说："要像猴子那样聪明。这些猴子真他妈机灵得要死！猴子会说话。你们不知道？那好，我来告诉各位。猴子会说话，可他们故意安安静静的。猴子知道，如果在人面前说话，人就会把自己抓住，暴打一顿，然后叫自己干活。叫自己在大太阳底下扛东西，叫自己划船。男公民们！女公民们！我们要叫这班人学学猴子。我们要把他们送到丛林里，让他们忙得屁股都找不着！"

　　写于 1977 年 7 月的《大河湾》，已经没有他早期作品《米格尔街》里那种"哭着笑"的乐观，更不要说苦中作乐的幽默了。满篇都是无可奈何的苦涩。

　　沙林姆，这个原本生活在海湾、家底殷实的青年人因为家庭遭遇变故不得不来到非洲内陆大河湾处的小镇靠跟当地人做小生意以期赚到钱以后去欧洲过好日子。在小镇，沙林姆童年时的朋友赚到了钱离开了这里去完成沙林姆的梦想，印度人在这里过起了安居乐业的生活，欧洲人傍上了总统以学者自居假装过起了上等人的生活，沙林姆的仆人因为到了内陆小镇有了仆人与主人之间游移的挣扎，当地人的后代费迪南经由沙林姆的帮助做起了官僚……乱哄哄的非洲内陆小镇生活，我看西洋镜一样怀抱与自己毫不相关的心态打量着完全陌生的非洲，觉得在他的《非洲的假面具》之后，我距离真正的非洲又近了一步：绝不是只有南非的种族歧视、肯尼亚的角马大迁徙、卢旺达大饭店的民族大清洗……组成非洲的，是贫穷、落后、混乱、没有未来的大河湾小镇生活。

直到读到第 218 页总统对他的公民们吼出了上面引用的那段话。

直到读到这段话，我才想到应该检索一下《大河湾》的写作年月，1977 年 7 月。

以《米格尔街》成为著名作家以后，奈保尔调转枪口，不再属意于那种用自己的小聪明将自己熟悉的生活凝练成露珠一样的小作品，它虽能散发出晶莹的光泽却需要有阳光的照射。他想创作出有太阳一样能量的作品，于是，想到了用脚丈量用脑思考用笔呈现的表达方式，印度、非洲……他通过寻踪告诉我们这个世界的现状，而我，在没有读过他的《印度三部曲》《刚果日志》等他自己似乎更在意的作品前，有些惊诧：他怎么能够在 30 多年前就精准地描写出了今天此地的状况？事实是，奈保尔心有所想却没有能够在中国实施他用脚丈量用脑思考用笔呈现的写作方略，第一次踏上中国的土地也是 2014 年 8 月上海书展期间的事情。那么，只能这么理解：《大河湾》是一部世界题材的作品，我观《大河湾》有切肤之痛，与我隔着宽阔海洋的阅读者，大概也有同感。

奈保尔在 2001 年以《抵达之谜》获得了诺贝尔文学奖。没有读过《抵达之谜》《非洲的假面具》和《米格尔街》还让我对这个诺贝尔文学奖得主有些疑惑，但是，《大河湾》让我揣测奈保尔的获奖理由是，他的作品不分彼邦此邦全部适用，奈保尔的非洲是全世界，让人不可置信、无比沮丧后，深感万劫不复。

假装是一部历史小说

——约瑟芬·铁伊《时间的女儿》

时间的女儿？乍看到这个书名，我丈二和尚摸不着头脑：什么意思？后来查到，西谚有云：真相是时间的女儿，那么，约瑟芬·铁伊的这本书又可以叫《真相》，是吗？

没有哪个词比"真相"来命名一本探案小说更确切的了。哪一本探案小说不是一个抽丝剥茧找出真相的过程？只是，约瑟芬·铁伊要带领我们寻找的真相超出了我们固有的对探案小说的想象，且是二维的：时间是600多年前，地点是英格兰王宫。彼时，理查三世统治着英格兰，虽已贵为英国国王，却时时忌惮着伦敦塔里两个昔日的小王子，就趁时机合适时派泰瑞尔闷死了两个小王子——这是历史书上的结论。约瑟芬·铁伊不相信历史书上的结论，她要重写这一段历史——这不是要写一本历史小说吗？跟探案有何干系！

我刚刚知道英国除了阿加莎·克里斯蒂以外还有一位写探案小说的女作家叫约瑟芬·铁伊，这句话的含义是，在《时间的女儿》之前我只读过她的一本小说《萍小姐的主意》。在那本小说里，约瑟芬·铁伊将她所拥有的她生活的年代刚刚兴盛起来的心理学知识运用得风生水起，而到了《时间的女儿》，她又动起了历史的脑筋，不由人不想：还有六部作品，铁伊将展现她的哪一个侧面？看吧，不同于阿加莎·克里斯蒂就探案论探案,约瑟芬·铁伊用八部作品将自己塑造成一个谜,就我已经读过的两部来看,她有足够的能力吸引读者通过她的八部作品去破解她。

不过,破解约瑟芬·铁伊之前,我们还是先随她看看两个小王子是不是理查三世屠刀下的冤死鬼。既然定义为探案小说,就得用探案小说的路数去揭开谜底。约瑟芬·铁伊为《时间的女儿》安排的主角是一个名叫格兰特的苏格兰场的侦探,他在现世的街道上追捕逃犯的时候不小心掉进了未盖盖子的窨井里,只好住进医院里疗伤——特别有英国幽默感的开头,我开心地跟着因腿伤困在医院病床上而闲得无聊的格兰特坠入历史的迷障里。

不过,既是探案小说,约瑟芬·铁伊在替理查三世向后人申诉委屈的时候运用的是炉火纯青的探案小说的写法:面相学、证据获取法、梳理证据的手段、逻辑推理等。甚至,当格兰特不良于行无法获取第一手证据的时候,约瑟芬·铁伊还设计了一个名叫布兰特的为了爱情来到伦敦同样无所事事的美国小伙子做学术工人。理查三世不是驼背,右手也没有毛病——这是从外表否定历史书造成的人们对他的偏见。由表及里,格兰特在布兰特的帮助下,布兰特在格兰特的指导下,以充分的证据证明:杀害小王子的原来是亨利七世。

英式幽默在小说结尾处再度逗得我哈哈大笑。当布兰特为意外地获得写一本书的灵感而喜出望外的时候,格兰特也基本伤愈就要出院重返苏格兰场。布兰特和格兰特怀着喜悦的心情就要各得其所了,约瑟芬·铁伊却让布兰特沮丧地发现,他们两个忙乎半天的结论原来早就存世。大笑之余,我在想,约瑟芬·铁伊假装自己要写一个历史故事,练的还是撰写探案小说的手。

为什么取名"耶稣的童年"

——约翰·马克斯韦尔·库切《耶稣的童年》

在《内陆深处》之后紧接着阅读《耶稣的童年》，真是一次诡异的下意识选择：从暮气沉沉跳入混沌初开。特别是被告知《耶稣的童年》为约翰·马克斯韦尔·库切最新作品后，又确认《内陆深处》是库切的早期作品后，惊讶难以用语言言说。

母题是相关的，都是家庭成员紧张关系的破解方式。

居住在内陆深处的老处女玛格达因为跟父亲之间不可调和的紧张关系，其破解的方式是一枪打死跛扈的父亲从而将自己陷入糟糕如乱麻的生活当中无法自拔。阴郁、黑暗是《内陆深处》的底色，我读完《内陆深处》仔细端详过扉页上库切的照片，虽说露出了和蔼的笑容，毋庸置疑，《内陆深处》的格调是与照片上的库切搭调的。

当你在作家的帮助下，随着小说的情节一点点地拆除作家预设在人物外部和内部的壁垒，作为阅读者的你，同时会觉得自己生活中的种种壁垒也会随之拆除一小点、一会儿，从而获得身心愉悦，我家老人说那叫"借他人酒杯里的酒浇自己心里的块垒"。库切就是这样一位作家，我锲而不舍地一本接一本地读他的小说，获得的就是这种审美愉悦——因着库切的作品，将自己心里的硬痂软化一小点、一小会儿。

不过，愉悦总是在阅读后才能获得，库切的小说，在阅读的过程中一定是让你觉得晦涩得叫人抓耳挠腮的。在有过几部库切小说的阅读经验后，我带着这样的心理准备阅读《耶稣的童年》，没有想到，库切发表于2011年的这部作品，运笔平易近人不说，晓畅的故事情节带给我们的，却是另外一种不明就里。

难民西蒙与失去父母的大卫同船来到某座讲西班牙语的城市，善良的西蒙要为大卫找到父母，很快，西蒙认定那个在庄园里挥动着网球拍的女子伊妮丝就是大卫的母亲，就让出自己好不容易从安置中心申请到的房子让伊妮丝带着大卫生活，自己则在干活的码头将就着挨过一夜又一夜。不过，西蒙总是牵挂着大卫，除了将扛大包挣得的一点银两补贴给伊妮丝"母子"外，还渗透到他们的日常生活中，于是，这三个读者知道没有血缘关系的人形成了家庭成员的紧张关系。后来，因为大卫不肯就范于学校的正规教育，这个家庭与政府之间有了更大的冲突，家庭的紧张关系才淡出，三个人为逃脱政府的不依不饶而粘合成一体蜷缩进一辆小车奔向不知何处的远方。小说在这里戛然而止。根据《耶稣的童年》给定的阅读提示，这个家庭一旦安定后，家庭紧张关系还会升级，那是后话。我现在想要解决的，也就是文章标题提出的问题。

西蒙凭什么认定伊妮丝是大卫的生母？

伊妮丝明知道大卫不是自己的亲生儿子，为什么不做任何争辩地以养护大卫作为自己生活的唯一任务，并那般决绝地抵制西蒙对他们母子生活的渗透？

库切为什么要让大卫这个没有来处的孩子表现得那般异端？这与书名"耶稣的童年"有什么关联？或者，整本小说都没有提及宗教信仰问题却取了一个"耶稣的童年"的书名，是用大卫的异端暗示着什么？

我的成长岁月里只能阅读中国小说。深受话本影响的中国小说特别注重故事的因和果，在那样的小说里浸淫久了，我曾经很不习惯《耶稣的童年》这样没有结局的小说，并以为，这样的小说没有足够的吸引力。奇怪的是，看似文不对题的《耶稣的童年》久久盘桓在我的脑子里让我不得不思考：为什么？

原来，高级的小说是带领读者脑筋动起来。

凄 凉 和 寂 寥

——约翰·马克斯韦尔·库切《男孩》

去英国的飞机上读的约翰·马克斯韦尔·库切的小说《男孩》。于飞机上读《男孩》，气氛真是太对了：看似纷扰实质寂寥。中篇的体量，飞机从上海起飞到伦敦落地，就可以读完。判断如强烈的潮涌，猛烈地撞击着我的心：遇到一本了不起的小说了。当时，就想把满腹的"好"字化作字符呈现出来，却不知从何说起，索性回家再说。

回家后，在网上搜了搜关于《男孩》的评论，最醒目的标签是"恋母情结"。去你的，这是用便捷方式盖棺论定了一部维度丰富的小说。就算撇去了男孩的父亲、老师、同学以及学校，就说男孩与母亲的关系，难道是一个熟词"恋母情结"就能一言蔽之的吗？

小说开始于"他"与父亲一起反对母亲学骑自行车的情节，并在此段落末尾添上了这样一段话：他不愿她走。他不愿她有自己的愿望。他要她一直待在屋里，当他回家时，她在家等着他——是不是很能坐实"他"的恋母情结？如若不够，接下来，"他还喜欢和她结成一伙抗拒父亲"，并且，小说在几乎没有跌宕起伏的故事缓缓"走"向库切想要的终点时，父亲总是在"他"的描述中一次次地出现，出现的时候，做什么很次要，"他"的评价里充满了对一个无法承担起家庭责任并在求职途中一次次失败，终致母亲为其背上沉重债务的父亲的怨恨。可见，恋母情结是有的，只是，将恋母情结打成最大号的字体贴在《男孩》的封面上，我则觉得是消解了库切这部小说的分量。

库切《男孩》的分量，由以下书中力量结合而成：

一是作为一个阿非利堪人的后代，"他"因为融不进白人同学的圈子而备受欺侮后的消沉和不甘，让他对活着产生了强烈的质疑——我觉得这是《男孩》一书中最主导的情绪，所谓恋母，是因为在同伴那里找不到心心相印者，才不得不到母亲那里寻找依托。

二是作为一个信仰不明的孩子误打误撞地投入到天主教的门下后备受排挤，让"他"对自己是个少数派有了很深的芥蒂，以致，明明向往苏联政府却因为不想成为再一次的少数派，不得不违心地诺诺于亲英派的泯然众生中。可是，思想却没有因为身体的背叛而消停，它在"他"的喉咙口变成了悼词，越想咽下去疼痛和刺痒就会越强烈。

三是从一个外省学校的优等生到开普敦的中等生，初遇的人生挫折让才读中学的"他"，无以释放郁闷。

……

所以，我更愿意接受，《男孩》鞭辟入里地呈现了一个男孩因为青春期的不期而遇而与所处社会格格不入的状态。恰好，"他"所处的南非社会，正好是种族主义甚嚣尘上的时期——那才是库切的野心：用一个男孩的眼睛看、用一个男孩的笔墨记录，通过男孩与周遭的冲突显现彼时南非的况味：不要说黑人了，就是一个来自荷兰的移民所谓的阿非利堪人，都生活在凄凉和寂寥中。而这所有，库切让"他"来议论，其中的见识是超出了一个男孩的认知，可是，通篇都令人信服啊，这就是库切的能力。

理想和现实的青春期纠结

——约翰·马克斯韦尔·库切《青春》

　　《男孩》和《青春》是约翰·马克斯韦尔·库切的两部自传体小说。《男孩》我是在去伦敦的飞机上用了差不多10个小时读完的，《青春》却足足用了20天。

　　不是《青春》写得古奥难读，而是近日俗事缠身，每天下班回到家中忙完家事都不能安下心来读书，被一些杂事扰乱得无法定下心来翻开书页。

　　尽管不难读，库切的小说又是自传体小说，搁置数日后重新捡起，仍需要重新开始，于是，"他"与女护士杰奎琳锱铢必较的同居生活，我读了三五遍，印象深刻，也就理所当然。对待爱情，库切有多纠结吧，你可以感慨库切的勇气，明明白白地告诉你这是一本自传体小说，竟然还不伪饰，可是，作为女人在这个风云变幻的世界里得以安谧生存的天然屏障男人，库切多么靠不住！

　　随着阅读越过了"他"与杰奎琳的感情纠葛进入到"他"在理想和现实之间沉浮时，库切用文字搭建出来的气场牢牢地吸附了我，让我心甘情愿地放弃原本安排的娱乐活动，整个周末一头栽进库切的纠结中不愿离场。将近200页的《青春》，铺排得几乎全是库切将进退得失放在左右手里来回倒腾的黏黏糊糊的过程，是什么样的现实和什么样的理想让 20 岁的库切这么难以取舍？现实是 IBM 的工作可以担保"他"获得伦敦的居留权，理想是盘踞在"他"脑海里的詹姆斯·乔伊斯、D. H. 劳伦斯以及艾滋拉·庞德这些作家的名字以及他们享誉世界的作品。现实还是，IBM 琐碎得没有意义的职业几乎耗尽了"他"全部时间让"他"无以接近理想。沉郁的气氛简直让读者喘不过气来的时候，令我惊讶的情节出现了，哪怕伦敦将不允许"他"客居，"他"还是在诸位同事特别是顶头上司不解甚至气愤的眼神下，辞去了 IBM 足以让其衣食无忧更足以让其长留伦敦的职位，专心致志当作家去了。

后来，库切以一系列作品如《耻》《等待野蛮人》《昏暗的国度》等享誉世界，并在 2003 年荣获诺贝尔文学奖。读过库切赖以成名的《等待野蛮人》，回头再来读他的自传体小说《男孩》和《青春》，不由人不去作这样的猜想：如果年轻的库切久久徘徊于理想和现实之间，等到消解了青春期纠结后的选择是 IBM 而非文学梦，会怎样？世间将无作家库切，IBM 也许多了一位聪明的程序员。事实上，后一种假设非常勉强，因为，用于糊口的职业无法唤醒库切的全部热情，不能让库切全身心投入其中的职业，又怎能送其到达职业最高峰？对库切，只有文学，让他的理想与现实高度重合。在这种重合之下，库切的能量高度激发，从而创造了自己人生的辉煌，并奉献给这个世界这么多令读者阅后难以忘怀的文学名著。

每个人都会遇到理想和现实的青春期纠结，不是吗？初中升高中的当口，你想进哪一所学校？高中还是职校？选择大学的时候你是听从心声去心仪已久的学校和专业还是流俗地在志愿表里填上能占据就业高位的学校和专业？人生没有重来的可能，也就注定了任何一种选择都没有参照可让我们比出高下。可是，库切在取得世界文名后用一部《青春》告诉我们，当理想与现实冲突的时候，我们应该倾听谁的召唤。

当然，此话说说容易，做起来很难。前文说到叫我不得安宁的俗事，某种程度上也是理想与现实冲突后带给我的不知所措。一个职业生涯时间所剩无几的人都在选择面前彷徨犹豫，何况年轻人！

这是一个有很多选择的时代，这又是一个没有选择的时代。

库切在我的阅读中坠毁

——约翰·马克斯韦尔·库切《夏日》

没想到约翰·马克斯韦尔·库切的《男孩》能够将一个成长期男孩心理变化的过程写得如此可信，仿佛把我孩子刚刚度过的年华复制了一遍。当然，南非和中国远隔千山万水，可是库切，居然可以将男孩的青春期突变写成世界语言，接着《男孩》读的《青春》，就水到渠成了。《青春》明显不如《男孩》。库切还是库切，差异大概来自翻译。可我无法读懂小说原文，所以怀疑也只在心里碎碎念了几遍，就按下不表了。这一回读库切自传体小说的第三部《夏日》后去豆瓣看了看评论，突然发现《青春》的翻译不及《男孩》已成公论，那么，幸亏我是从文敏的译本开始进入库切的，不然的话，可能，就会觉得库切不是我的菜。

果然，《夏日》没读几页，《男孩》中那黏滞、低回、阴郁的库切，又回来了。《夏日》的译者又是文敏。

库切想象自己死了，一个不知好歹的文人在没有获得授权的情况下想要撰写库切的传记，就开始了寻访库切亲友故交的路途。除了开头、末尾《夏日》中的"我"不知从哪里获取了库切零散在这个世界上的几页残稿外，其余则是茱莉亚、玛戈诗、阿德瑞娜马丁和苏菲的访问笔记。"我"选择的访问对象，除了马丁是库切在开普敦大学教书时的男同事外，其余 4 位均为女性。除了玛戈诗是库切的表姐外，其他 3 位女性都是库切的情人，只不过，因为阿德瑞娜极度不喜欢库切黏黏糊糊的性格，阿德瑞娜只是库切心目中的情人，不像茱莉亚，当库切与老父住在东海路一间破败的房子里时，茱莉亚从肉体到精神都是库切的伴侣；不像苏菲，当库切从美国铩羽而归回到南非时，刚刚失婚的苏菲与孤苦伶仃的库切达成了从精神到肉体互相支持的平衡。

《夏日》不是库切的自传。那他为什么要把这个也叫约翰·库切的男人放置在获得过诺贝尔文学奖的约翰·库切的人生轨迹里生生死死，这没法不叫读者疑惑：茱莉亚们真的是库切的杜撰而不是库切真实的生活状况？随着将《夏日》一页一页地翻下去，我觉得我好像窥破了库切的狡猾，茱莉亚们真的就是库切的生活组合，库切假装自己已死借助写传记的"我"的笔墨将茱莉亚们乔装打扮一番后让她们出现在谬托的库切传记里，是想要看看自己真的魂归西天以后，除了等身著作外，后人会怎么评价库切这个男人？

不过，约翰·库切脱掉了作家的外衣还原成一个男人的话，真的有些提不起来啊。人家茱莉亚那么主动、带劲地引领你走出尴尬、枯瘦的生活，你却期期艾艾，就连茱莉亚因为与你交欢后遗留在床底的避孕套导致婚姻破裂，你都不能脆生生地说一句能让茱莉亚放下焦虑跟你一起过日子的狠话，茱莉亚说你是相当无能、孤独和压抑，是你应得的评价。至于说阿德瑞娜叙述中的库切，更是不堪。那么死打烂缠一个对你丝毫没有好感的女人，你等于是为你的身后贴上了一条躲不过的恶评。只有苏菲——有意思，库切让《夏日》按照我们现在读到的顺序安排女人们对库切的评价，表面上是按照访谈的先后顺序，我们知道，那只是一种说辞，库切安排唯一对他有好感的苏菲最后出场，是因为害怕如果用茉莉亚、玛戈诗或者阿德瑞娜的访谈作为《夏日》的结尾，他库切留给读者的印象也过于惨不忍睹了吧？既然如此，库切何苦急煎煎地炮制出这么一本把自己弄得满目疮痍的自传体小说供读者惊讶？是的，我喜欢《男孩》，我喜欢《青春》，这两本小说应该是虚虚实实的库切的人生故事吧？我看到一个举世闻名的作家渐渐生成的轨迹，并不是想要模仿，而是觉得从此他的其他著作将更好读。那么，何必写《夏日》呢？难道他正躲在暗处看我们冷不防遇到真实的库切时瞠目结舌的狼狈吗？

库切真的那么在乎布克奖吗？

——约翰·马克斯韦尔·库切《迈克尔·K 的生活和时代》

现在读书，会依着责任编辑的安排一页一页地往后读。如果我由着性子先读后记的话，就不会在读到三分之一的时候发出那样的感慨：得有多么不爽，约翰·马克斯韦尔·库切才会想到写迈克尔·K 这样一个倒霉蛋呵。

后记中，译者邹海仑说到一件文坛轶事：《迈克尔·K 的生活和时代》在 1983 年获得布克奖。据说，1983 年布克奖评选委员会纳入该年度布克奖决赛圈名单的还有著名作家萨尔曼·拉什迪的《耻辱》。拉什迪对自己的那部作品期望甚高，认为一定会获奖。所以当投票结果出来，约翰·马克斯韦尔·库切以他《迈克尔·K 的生活和时代》最终获奖的时候，拉什迪竟然毫无风度，情绪激动地起立抗议，拂袖而去。至于当时远在南非的库切，听到万里以外传来的消息，当然喜出望外。有人把库切描写成一个完全视名利如浮云的闲云野鹤式的隐逸人物，恐怕也有失偏颇。——译者的意思是说，看似淡定的库切，其实也很看重获奖这件事的。我对库切的了解，也就是读了几本他的小说而已，如果没有读过《迈克尔·K 的生活和时代》，我大概会同意邹海仑的推测。可是，1983 年的布克奖奖励的是库切的《迈克尔·K 的生活和时代》，那么，库切欣喜的不是他获奖，而是因为他的尝试获奖了。

　　没错，《迈克尔·K 的生活和时代》的结构未见别出心裁处，顶多从文本的匀称来讲，总共 3 个章节的小说，第一章占了总共 208 页中的 147 页。这种"失衡"的安排让我在阅读中觉得诧异，但除此之外，整本小说以顺叙的方式，叙述了轻微兔唇、智商不够高的迈克尔·K 自甘被社会边缘化的穷困潦倒的生活。

　　一个社会弃儿不那么顺畅的苦难人生片段，闭目回忆，这种题材的小说，库切不是始作俑者，也不会后无来者——我们到这个世界就是受苦来的——有什么尝试可言？与其他流浪汉小说相异处，在于迈克尔虽然智商不高且还生来就残疾，却能自觉地放逐自己于社会之外：推着自制的简陋推车将濒死的母亲从开普敦推向她出生的地方艾尔伯特王子地区而不是逆来顺受地等待无望的通行证；从维萨基家的农场逃遁；从加卡尔斯德里夫难民营地逃脱；从医院逃脱后在开普敦到处流浪。脱离了社会的迈克尔·K 过的是什么样的生活呢？在土堆里挖一个洞穴居，用自己种植的西瓜和南瓜糊口，青黄不接的时候捕捉各种虫子果腹……风雨来了寒潮来了，迈克尔·K 只能任由大自然欺负自己。难民营至少可以喂饱你的肚子吧？医院除了能替你治病外好歹能替你挡风遮雨吧？到底为了什么，迈克尔·K 要从政府的眼皮底下逃脱过一种在我们看来不可思议的流浪生活？

　　这恐怕得说一说迈克尔·K 生活的时代：20 世纪 70 年代末和 80 年代初，南非被战争搅得天翻地覆，有钱人尚且有朝不保夕之感，何况迈克尔·K 这样的穷人。民不聊生之下，反对政府的诉求体现出多种方式，批评、造反、示威游行……迈克尔·K 以一个智力低下者的认知觉得最好的办法是逃离。身处 20 世纪 80 年代的南非，库切可谓风云际会，一个伟大的作家用什么方式将这个时代记录进南非历史并以期永久保留？库切的方式是将关注投向社会中最卑微的小人物，记述他的遭遇描写他可怜的追求——与翻天覆地的大时代相去甚远的表达方式在库切看来才能天长地久，是不是呢？库切在等待文学界乃至世界的回应。布克奖正是库切想要的结果，所以，他才会喜出望外。

库切的柔软羞涩地苏醒了

——约翰·马克斯韦尔·库切《凶年纪事》

读过大多数约翰·马克斯韦尔·库切作品的中译本后，我觉得已经把握了库切的创作风格，就格外轻松地打开了《凶年纪事》。与好几本由文敏担纲的库切作品译本一样，又有一篇很有导读价值的译本序。陆建德先生欲言又止的推荐，让一些读者认为他未必读过《凶年纪事》就写了这篇洋洋洒洒的序言，我则感觉，陆建德想要通过序言降低《凶年纪事》的阅读难度，希望从《童年》《青春》《耻》等进入到库切的读者能够耐着性子读完本书。

仗着读过库切大部分作品的一点底气，我在哂笑陆建德先生危言耸听的情绪中进入到正文：傻眼了。

《凶年纪事》是小说吗？分了《危言》和《随札》两部分的一本书，《危言》所涉话题国家起源、无政府主义、民主、马基雅维里、恐怖主义、制导系统、基地组织、大学、关塔那摩湾、国家的耻辱等，且每一个话题前都加了一个"论"字，文体不言而喻。《随札》呢？一个梦、"粉丝"来信、我的父亲、听凭天意、公众情绪、政治的喧嚣与骚动、吻、色欲人生、老境……虽不见"论"字，可其对一事一物散点式的联想和感悟，绝对不是小说能够包容的。好在，一本《凶年纪事》前前后后都没有明示过，这是一本小说。

《凶年纪事》让我傻眼的，除了有是不是小说的疑惑外，还有文本结构。三层脚手架式的文本结构真叫我犯难，是读完整本书的第一层然后进入到第二层、第三层呢？还是依着书籍的排列一页一页往后读？试过第二种读法，不习惯，从而不知所云，只好丢弃跟着库切把玩文体的念头。

　　《凶年纪事》还是一本小说，只是，小说《凶年纪事》被政论和文论《凶年纪事》挤到了页边。将每页多不过10行少则两三行的小说《凶年纪事》读完，读到的首先是已成老夫的库切对生活的热望，因为是"老夫聊作少年狂"，库切从形式上先羞涩起来，将老作家对少妇安雅的感情挤压到了页边。

　　老夫对生活的热望是什么？一个只关心时髦衣装的美少妇，经过老作家的"培训"，转而着迷于政治或者文化，继而移情于虽身体散发着异味但思想有光泽的老作家。

　　于是，库切这样安排脚手架结构的中间一层文本：在洗衣房里一眼相中身穿番茄红直身裙的美少妇安雅后，老作家以招募安雅帮助他输入手稿为幌子，让安雅一篇篇地阅读《危言》和《随札》。随着输入手稿的工作进入尾声，安雅为老作家的作品所感化，再也无法与赚取高薪的投资顾问艾伦继续同居下去，离开了达伦港。

　　至于安雅的改变是如何从渐变到质变的，脚手架结构的最下面一层安雅的自述中，有相对详尽的自况，不过，多的是安雅对艾伦从相随到舍弃的变迁。至于她因着给老作家输入作品从而被他作品中闪耀的智慧之光吸引后有没有因此对老作家本人产生别样的感情，"我不能和你一起走，但我将握住你的手一直抵达门口。在门口，你可以松开我的手，给我一个微笑，向我表明你是一个多么勇敢的男孩，然后乘筏而去，或是踏上载你而去的任何东西"，安雅离开艾伦同时也离开老作家以后委托他人转交给老作家的信里，有这样一段心曲，有的读者断言"除非爱情，还有什么能如此动人"，我却以为，安雅与老作家之间的感情，绝非爱情能够说尽。两个人从偶尔相见到雇佣关系到相识相知，是一种将一见倾心的男女关系演变得很是动人的过程。怎么动人了？一个只关心时髦的美少妇，在老作家作品的熏陶下，竟然能与老作家心灵交汇了，老作家改变着安雅对世界的认识，安雅影响着老作家的写作走向，因此生出的真挚、愉悦和相互致敬，是爱情能够涵盖的吗？唯其如此，库切在抒写老作家与安雅之间的感情时，心猿意马。越是如此，被库切加了柔光镜的两人世界的情感，叫人迟疑：怎么定义？但，温暖是一定的。

一向冷峻，一向用冷然甚至刻薄来对应男人和女人之间情感的库切，怎么会在晚年用躲躲闪闪的文体写出一本铺陈温暖的男女之情的小说？《随札》的最后一篇也是《凶年纪事》的最后一篇《陀思妥耶夫斯基》中，库切如是写道："昨晚，我又把《卡拉玛佐夫兄弟》第二部第五章重读了一遍，在这一章里，读到伊凡退回了通向上帝创造的天国的门票时，我发现自己抑制不住地哭泣起来"，老之已至，库切身体里那处叫柔软的地方，羞涩地苏醒了。

勉强听到了库切的脉动

——约翰·马克斯韦尔·库切《铁器时代》

约翰·马克斯韦尔·库切太善于寻找解构的利器了,《铁器时代》找到的是病入膏肓、行将就木的卡伦太太。

出现在《铁器时代》里的卡伦太太,已是老妪,从大学历史系教师的岗位上退休多年。因为是白人,在种族歧视甚嚣尘上的南非,知识分子卡伦太太虽然处在精神生活的困境中——早年离异,唯一的女儿在美国,只好无聊地打发剩余的人生;可是,物质层面,她是富裕者,所以,小说开端她从医生那儿确认自己罹患癌症后开车回到家里遇见屋外的流浪汉范库尔先生,有权流露出鄙夷之色。到后来,喜欢整洁、有秩序生活的卡伦太太,是怎么能够容忍肮脏到臭气熏天的范库尔先生进屋分享自己的物质生活继而与自己同床共眠分享自己的精神世界的?看似宽阔而又深不见底的鸿沟,库切用他那智慧的文字只用了200页就填平了。我在深信作为小说的《铁器时代》有着源于生活的可靠性外,还确信,《铁器时代》是继《青春》《男孩》《内陆深处》之后又一部我最喜欢的库切小说。

当然,让我喜欢的头等理由,应该是库切为《铁器时代》想要表达的主题设计了一个有意思的开头——卡伦太太出场时已经病重。一个人在对自己的身体失去控制能力的时候,也是她的心灵最为敏感的时候。《铁器时代》有库切穷尽一辈子都一直在表达的主题：为南非当局的种族歧视深感耻辱。白人、知识分子，这种社会标签决定了卡伦太太能够过着体面的生活，可是，体面的生活并不能消弭卡伦太太对当局的反感，年富力强的卡伦太太，选择的抗议方式是让女儿远去自由国度美国并要求她永不回南非。只有等到与癌症伴生的疼痛时不时袭来，让卡伦太太无奈但又深切地感受到自己其实无力对抗什么，与此同时，南非当局残暴地镇压黑人抵抗运动的行径，比以往任何时候都沉重而又凶猛地击打着卡伦太太，这才让她觉得仅仅送女儿去美国已不足以表达出一个白人知识分子的良知，于是，她投诉将骑车的黑人男孩逼进下水沟的警察、开车去危险的黑人聚居区施以援手、用露宿街头的方式抗议警察在她的房子里枪杀黑人少年……当然，卡伦太太的所有行动，在强悍的南非当局和无知的国家机器面前不过是死水微澜，如此，作为生活在南非的白人，卡伦太太替当局陷入耻辱中。

后来库切甚至用"耻"来命名自己的一本小说，可见，"耻辱"一词在库切已经成为甩脱不掉的觉悟，一遍遍地在他的小说里重复。只是，我一本本地将关于耻辱的库切小说读下来，还没有产生厌倦感，这，大概得益于库切作为伟大的作家虚构故事的超常能力。

唯其如此，我有些不解，库切为什么选择一个肮脏的流浪汉作为卡伦太太最后岁月的相伴者？"范库尔和我，就像一对结婚年头太久的夫妻，性情乖戾，说话直白。"真是这样，两个完全不可能生活在一起的人，随着情节的展开，非但坐到了一张餐桌旁，甚而同床共眠，作为读者，我实在难以接受卡伦太太的身边还侧卧着从不洗脚而臭气熏天的范库尔，那么，范库尔不仅是范库尔，他在卡伦太太惊闻罹患重症的当天出现在卡伦太太的家门外，应是库切的巧安排。这样的安排，库切想要范库尔充当谁的形象代表？难道是不可救药但卡伦太太不得不依靠的南非当局？所以两个人如两块顽石互相伤害却又像两串火苗互相取暖。于是，卡伦太太在范库尔的帮助下安乐死时感受到的范库尔的拥抱"没有一丝暖意"。

也许，我对卡伦太太与范库尔先生之间的关系的揣测与库切的原意风马牛不相及，但是，我相信我勉强听到了一点卡伦太太，不，应该说是库切先生的脉动。

让域外人靠近南非一小步

——约翰·马克斯韦尔·库切《等待野蛮人》

《等待野蛮人》中，在南非边境担任行政长官的男人被约翰·马克斯韦尔·库切描述得面目可憎：肥胖而又臃肿。这个丑陋的男人虽然没有消除南非种族隔离制度的伟大志向，却有着一颗同情心，同情他所在的南非边境那些被帝国军队追赶得四处流散、居无定所的野蛮人。如果说那一对被乔尔上校屈打成招的老人和孩子、那一队被细铁丝穿过手掌和脸颊的野蛮人皮开肉绽的样子是库切点到为止的对南非种族主义的控诉的话，那么，全书用了整整一个章节描述的行政长官给予一个野蛮女人的爱，则是一支令人疑惑的浪漫之歌。

这个待在路边乞讨的野蛮女人，半盲，脚踝被打得无法正常行走。行政长官见到她时，仅仅是一双脚，"她穿的是男人的靴子，比她的脚大得多。脱出来的脚裹在长布条里，都没有脚的形状了"，就应该让行政长官顶多在她那顶倒扣着的破帽子里扔一两个子儿就退避三舍，可是库切却让行政长官把女人领回了家，直到女人被他送回家，行政长官谢绝了镇上所有与他有过风流韵事的女人，只为每晚亲手洗她那一双变了形的肮脏不堪的脚，洗她因为贫穷而谈不上风韵的肮脏的身体——读到这里的时候，我真是百思不得其解：就算行政长官是一个喜欢在女人堆里寻求刺激的肥胖、老迈的男人，边境虽没有风景，但是，帮助行政长官缓解性饥渴的女人倒是不缺的，如前所述，不良于行的目瞽女人没有出现前，行政长官着实有过几个相好呢，怎么就拜倒在了一个丑陋的野蛮女人的石榴裙下？

想必，库切也十分迷恋由他凭空想象出来的这一个发生在南非边地、文明人与野蛮人之间的爱情故事。整个第二章，库切没有让叙述分神，就让行政长官一往情深于这个残疾的、肮脏的女人，于是，这第二章成为我阅读过的库切小说中最柔情蜜意的篇章，属于云端的词语、属于漫步的速度、属于鸿雁传书时代的对男女欢情的探讨，使这一章的氛围迥异于隔了一章之后的第四章，让人留恋让人驻足。只是不明白，库切让行政长官一次次地将那一双畸形的脚从裹脚布里拆出来不嫌其脏地摩挲，从温水撩拨、温情抚摸到温柔涂抹杏仁油，据后来的描写，行政长官又不是恋足癖，库切为什么要让行政长官着迷于由脚开始的一个残疾野蛮女人的身体？当然，两个人最后合二为一了，但是，因着库切耐着性子的铺垫以至合二为一不再是第二章的重头戏，我就一直在猜：让彼时还有钱有权的文明人、行政长官迷恋于一个残缺的野蛮女人的身体，库切究竟想要寓意什么？至于行政长官总是在摩挲这个女人的身体时一头栽进沉重的梦想，更让人觉得里头一定有隐喻。

想不穿凿附会很难，那就瞎猜一气吧：让女子的腿被打残、眼被刺瞎，是暗指南非土著的文明是怎么沦丧的。行政长官，则是还有些微良知的白人掠夺者。第三章，行政长官历尽千辛万苦穿越沙漠把女子送回她颠沛流离的同胞中，则是暗指一个有良知的掠夺者想要与所谓的野蛮人文化共存的愿望，在统治者眼里这种愿望多么愚蠢，因此，在第四章里，老迈的有良知的行政长官招来了以乔尔上校为代表的掠夺者的无情打击，真是九死一生呵。

让行政长官九死一生的，是乔尔上校给予对立面的种种酷刑。库切在描述这些酷刑的时候（他是怎么知道南非统治者曾经对反对者施以过那么多种让人发指的酷刑的？）就像描述行政长官对女子的万般柔情那样巨细靡遗，以至到了第四章，我真是后悔这么快就走出了第二章并不得不走进第四章。也正是有了第二章，才使第四章的酷烈显得更有切肤之痛，从而，对曼德拉有了更深的崇敬。

一本小说，能够让一个对南非一无所知的域外人觉得靠近了其一小步，《等待野蛮人》时的库切，显然要比以后的库切热血。可惜，我读库切是由着性子选择的，这种乱了秩序的阅读，掉进了自己挖的陷阱里：摸不透库切啊！

用文字绵延的生命冲动

——马塞尔·普鲁斯特《追寻逝去的时光·去斯万家那边》

马塞尔·普鲁斯特的《追寻逝去的时光》是世界公认的天书之一。与詹姆斯·乔伊斯的《芬尼根的守灵夜》相比，第一卷《去斯万家那边》读起来不那么艰难，我说的是理解文本的层面。如果实在要评价《追寻逝去的时光》的阅读难度，我觉得不是乔伊斯天马行空的难以理解，它的阅读难点在于我们能否停下已经习以为常的匆匆步履，等待普鲁斯特的优雅语言极慢极慢地还原贡布雷、斯万对奥黛特失魂落魄的爱以及"我"因为斯万小姐而萌动的初心。

在决定阅读《追寻逝去的时光》之前，我对这本书的了解仅限于玛德莱娜小饼，皇皇巨著仅一种饼干的名字飞离了文本成为我与《追寻逝去的时光》的唯一纽带，这是一种自嘲吗？我从没有避讳大家对我是文学爱好者的确认，有时还会因此洋洋自得。这一次下定决心阅读《追寻逝去的时光》，算是加固一下这个标签。我哪里知道自己在文本中寻找玛德莱娜小饼都那般辛苦。不错，这种闻名世界的小饼出现在《追寻逝去的时光》的第一部《贡布雷》里，可这小饼"深埋"在"我"周围的人对斯万态度的渐变过程中，而普鲁斯特，对这种渐变简直甘之如饴，将其紧掴在手心小心翼翼地让其像流沙一样从指缝里慢慢漏出来，连成线，垛成堆，成为一种风景。不是每个读者都有足够的耐心等待线成堆、堆成风景的，"那是普鲁斯特的家事，与我何干？"这样的问题一次次出现在我阅读《贡布雷》的过程中，快要不耐烦的时候，幸亏，我按捺住了浮躁，跟随普鲁斯特从贡布雷回到了巴黎，从而得以进入《去斯万家那边》的第二部《斯万的爱情》。

《斯万的爱情》，那么大的篇幅，作者全部用来绘声绘色地描述斯万想要给奥黛特的爱情。当奥黛特属意于斯万时斯万的犹豫，当奥黛特委身于斯万时斯万的猜忌，当奥黛特另有所爱时斯万的怅然若失……一个男人对一个女人的爱的过程，大概没有能出普鲁斯特其右的描述了，尽管普鲁斯特将绵长的爱情写得琐碎异常像是要考验读者的耐久力一样，可是，这个被哮喘折磨得只能以床为伴的伟大作家，手握的真是一支如椽大笔，看他怎么写小提琴的魅力："原来小提琴的乐声行进到高音区后，盘旋的几个高音仿佛在等待，那是一种居高不下的持续绵延的等待，而当瞥见等待的对象趋近时，琴声变得异常激昂，以一种近于绝望的努力，尽量要延续到它来临的时刻，在停歇之前迎到它，竭尽全力再维持一会儿道路的畅达让它通过，就好比我们撑住一扇门不让门关上。"真是无与伦比的准确，是我心中有却难以落笔的华彩。

《追寻逝去的时光》起笔于 1903 年，普鲁斯特逝世前全部完成，那一年是 1922 年。当同时代的作家纷纷觉得传统小说的写法已经穷途末路而到处寻找新的表达方式时，普鲁斯特却退回到不疾不徐的讲古节奏，与他的哲学思想有关吗？生命的冲动即绵延。他以用文字绵延他的生活来完成他生命的冲动？普鲁斯特支撑着病弱之躯用近 20年一字一句完成《追寻逝去的时光》，只是为他那句意味深长的话语留下无可辩驳的证言。

他们在尽兴地表达自己

——舍伍德·安德森《小城畸人》

舍伍德·安德森在中国的名气远不如海明威、福克纳和斯坦培克，尽管人民文学出版社 2011 年 9 月的这一版在书的扉页上印着他极大地影响过海明威等三人，如果不是恰巧在静安图书馆看到这本书的封面：鹅黄的底色上，黑白线条勾勒的是仰天长啸的男人，他双拳紧张地握在胸口，嘴巴大张露出咽喉，因此脸部褶皱得鼻子就剩两个大孔，眼睛成了两道缝。愤怒的男人上方，还有一个用更简洁的线条画出的男人：鼻子很大，眼睛斜睨，双手痉挛着握在一起。这两个封面人物，活生生展现给我"小城畸人"这个词的图解，惹得我没法不把这本书带回家。

这才知道舍伍德·安德森名扬美国。

不知道有多少回了，走在大街上看到那些形象诡异者，一个念头总会蹦进我的脑子：当他们出生的时候，和天下所有的婴儿一样可爱。是他（她）周遭的环境将他（她）摧毁成了现在我们看到的样子，改变他（她）的到底是什么呢？《小城畸人》满足了我这部分的好奇心。

"就是那些真理把人们变成怪癖的人。关于这件事，老人有一套复杂的理论。他认为，一个人一旦拿走一个真理，就称之为他的真理，并且依照这个真理生活，他就变成一个怪癖的人。"这一席话，安德森写在了《小城畸人》的开篇《怪癖者之书》，等于借老作家之口为读者界定了怎样的人算是畸人。

那么，就让我们来看看小城里都有哪些畸人吧。

飞翅比德尔·鲍姆，因为喜欢抚摸学生而被人诬陷为性侵犯不得不来到瓦恩堡聊以度日，那双害了他的手多余而又不可少。

里菲医生的诊所肮脏得不得了，他喜欢将写了字的碎纸片放进口袋里，包括写给心爱女人的话。

沃什·威廉斯年轻时是持家好手，因为妻子偷人他的生活也因此给毁了，他自暴自弃成了瓦恩堡最脏最丑的人。

埃尔默·考利被瓦恩堡人视为古怪的人，可埃尔默·考利从没觉得自己古怪过，于是，以各种奇怪的方式逼迫自己离开瓦恩堡，从而成为非常古怪的人。

......

总共 24 个故事，安德森用他那干净利落、鞭辟入里的笔调，奉献给我们 24 个生活在 19 世纪末美国俄亥俄小城瓦恩堡（虚构的）畸人的故事。那是一个蜡烛、马车的年代，可是，这 24 个畸人的可关照性，并没有因为电灯、汽车替代了蜡烛、马车而丧失殆尽。比如，以他的出走而结束故事的乔治·威拉德。这个在家庭旅馆里长大的小城青年，父母不和谐的婚姻更加点亮了他心头那一盏想要离开小城开始属于自己的新生活的微火，最后，他离开了小城最令人羡慕的工作——《瓦恩堡之鹰》的记者，去了不知何处的远方。这样的年轻人这样的故事，不会随照明工具和代步工具的变迁绝尘而去。

谁杀了茉颂?

——奥尔罕·帕慕克《纯真博物馆》

《我的名字叫红》是一部读起来比较艰难的小说。虽然译者已经帮助读者扫除了语言障碍,但是,读者还是要跨越时空流转带来的鸿沟。磕磕绊绊地,将《我的名字叫红》读完,重重地吐了一口气,觉得自己攀越了一座文学高峰。

没想到区级图书馆会有这样的优势:上周媒体还在热炒的新书,已经整装待借了。而国内外著名作家所出的文集,几乎整套地整齐排列在书架上等待有缘分的书迷。土耳其作家奥尔罕·帕慕克就是其中的一位,《我的名字叫红》《黑书》《寂静的房子》《纯真博物馆》……我没有犹豫地拿起了《纯真博物馆》。

许多通过《我的名字叫红》认识奥尔罕·帕慕克的土耳其以外的读者,只要有可能去伊斯坦布尔,都会安排出时间去参观"纯真博物馆",如果还有时间,帕慕克的粉丝还会顺着《纯真博物馆》呈现的凯末尔追寻茉颂的路线走一走——还需要选择《纯真博物馆》的理由吗?

可是,还没有读到 100 页,我就开始在忍受这本诺贝尔文学奖得主的小说了,于是,我在微信朋友圈里发出这样的疑问:这真的是帕慕克在《我的名字叫红》以后写成的作品吗?一位作家朋友回应:

"《我的名字叫红》读完了，《纯真博物馆》读了一点儿就丢下了。"我放心了。不过，想了想，还是决定把书啃完。

书名为"纯真博物馆"，作者想要通过展示在茉颂旧居里与两个人的关系有牵扯的针头线脑，告诉我们发生在凯末尔和茉颂之间的爱情，是多么纯真。

"纯真博物馆"存在的前提应该是凯末尔与茉颂之间的感情是纯真的。可是，他们俩的爱情纯吗？真吗？

凯末尔一眼相中茉颂的时候，茉颂是一家销售A货的小店铺的售货员，一见钟情的底色是茉颂的美貌。富家子弟因为18岁女孩的惊世美貌而紧追不舍，也可以在追求的过程中产生纯真的爱情，可彼时凯末尔已与门当户对的茜贝尔订婚。当然，为了纯真的爱情，已有的婚约可以毁弃，前提是由美貌而起的爱慕之情的终点是心灵相通的纯真爱情。可是，凯末尔与茉颂几乎刚刚认识就天天在父母的老宅里行苟且之事，作为躲在老宅卧室窗帘后偷窥凯末尔与茉颂欢愉到极点的性事的读者，脑子里无法不浮现茜贝尔的面容，彼时彼刻，要读者认可凯末尔和茉颂之间的感情是纯真的，真的很难。更难的是，一边关注凯末尔与茜贝尔的婚事将近，一边还要目睹凯末尔与茉颂嗨咻之余拿着茉颂用剩下的烟蒂回味刚刚的高潮，如此情境下帕慕克还要残忍地要求读者认可凯末尔和茉颂之间的感情有多纯真，怎么做得到？所以数次忍无可忍地要丢下这本《纯真博物馆》。

又坚持读下去，实在是因为同情茜贝尔。好女人茜贝尔得知与未婚夫之间还有一个茉颂，她没有依凭自己的身世和文化背景乃至也不差的容貌呼天抢地，而是理智地想要属于自己的已不那么纯洁的爱情。茜贝尔毅然放弃已无可救药的凯末尔，我以为是帕慕克在这本小说里最合情合理的设计。

　　而让丢失了茜贝尔的凯末尔凭着茉颂的一纸短笺巴望他自以为的纯真爱情得以重续，则是帕慕克匪夷所思的构思。难道凯末尔不知道茉颂已经结婚了吗？难道凯末尔不知道茉颂隐姓埋名之后突然出来冒泡只是为了他口袋里的钱吗？茉颂的丈夫想要拍摄电影，茉颂想要通过主演丈夫的电影扬名立万——前度恋人重来的目的那么清晰，可是帕慕克依然固执地要求读者与其一起装傻假装已经走到岔路上的茉颂和凯末尔之间的感情是纯真的。帕慕克用了7年时间让这一份所谓纯真的感情漂浮于茉颂与其丈夫的婚姻生活中，7年中，他们几乎天天借在茉颂家吃晚饭的机会默无声息地调情，茉颂的父母也视若无睹，只有茉颂的丈夫蒙在鼓里，或许茉颂的丈夫也是心知肚明只是为了凯末尔的金钱故意揣着明白装糊涂也未可知——这样的男女之情，非要读者认可是纯真的，太难了。

　　茉颂死了，在与丈夫离婚以后，在与凯末尔谈婚论嫁的时候，她开得飞快的车一头撞上了一棵大树，除了自己香消玉殒外，凯末尔重伤，凯末尔父亲留给凯末尔的一辆开了20多年的雪佛莱变成了一堆废铁。

　　故事开始的时候，为卖给凯末尔的一只皮包是高仿品而惴惴不安的可爱小女生，到了故事结尾处已经变成了一个固执的有点儿乖张的女人，这种变化是怎么来的？帕慕克说，是因为茉颂当不成电影明星。事实上，是帕慕克杀了茉颂——这样浑浊的一段男女之情，帕慕克非要冠以"纯真"一词不说，500多页的一本小说里，帕慕克一直让凯末尔扮演一往情深的角色，偷偷藏起一只耳坠、一只发卡、一条丝巾，甚至一块咬过的糖果，这种恋物癖让我想到了一个词：狎昵。

在这个词引领下去参观"纯真博物馆",没有美丽,只有恶心。

作家如此浓墨重彩一段不值得大书特书的感情还名之为纯真,因为,凯末尔与茉颂的感情如果实在要说是纯真的,也是取决于凯末尔的姿态。要么,帕慕克用诺贝尔文学奖这个头衔,清算了一段被人抛弃的感情欠账?如是,他太厉害了,除了一本厚厚的小说外,在伊斯坦布尔还有一处真实存在的"纯真博物馆",总在诉说着男人们的纯真,哪怕女人面对纯真的男人那么工于心计。

马龙是病人卡森的苍凉投射

——卡森·麦卡勒斯《没有指针的钟》

　　《没有指针的钟》是卡森·麦卡勒斯小说中比较异样的一部。《伤心咖啡馆之歌》和《金色眼睛的映像》都充斥着特别自我的个人化描述，而《没有指针的钟》，卡森试图扩展自己写作的空间，在不大的篇幅里，她让叙述者隐藏起来。还嫌不够，又为小说安排了三条线索并行，试图将自己的小说从向心的反转为面向整个世界。这三条线索，一条是被遗弃的黑人少年舍曼苦寻亲生母亲的痛楚，一条是暮年的老法官苦守种族歧视法条的执念，一条是人到中年的小药店老板马龙遭遇绝症的无奈。三条线索并行勾勒出彼时美国小城镇众生相，并能让读者窥一斑而见全豹，看到《没有指针的钟》时期美国社会的概貌——看来，那只是卡森的主观愿望。除了舍曼和老法官这两条线索因为老法官的孙子有些勉强地扭结在一起，从而使这些人物有了交集外，三条线上的人物各行其是。如此，并行的三条线索就成了检验卡森对她所生活的美国社会的判断能力和她的写作特长的依据。

　　显然，对有色人种，卡森的成见就在那里。有着蓝色眼睛、黑色皮肤的混血少年舍曼，被卡森写得那么混蛋，对老法官的孙子粗暴无理，对老法官欺哄瞒骗，对老法官家的黑人女佣恶语相加……写这本小说时，美国社会正处于黑人社会地位变革中，被疾病羁绊住脚步的卡森，无法参与剧烈动荡的社会变革，她因循守旧地塑造的舍曼，是那个时代的白人对有色人种偏见的缩影。

至于老法官，是卡森对她所生活的时代各种社会问题的代言人，也是这部小说得以安放三条线索所必需的人物。我们搁置老法官一系列垂死的认知不加评论，只从写作技巧的角度来判断老法官存在于《没有指针的钟》中的价值：如果没有他，马龙和舍曼怎么可能同时出现在卡森小说的同一时空里？就是这样，整本小说中，舍曼跟马龙就没有半点关系。那又为什么非要将舍曼和马龙放在同一部小说里？写过《伤心咖啡馆之歌》和《金色眼睛的映像》后，卡森·麦卡勒斯一定想增加自己作品的厚度，而舍曼，是能够增加其小说的尝试。既然是尝试，总敌不过作家最擅长的手笔。

阅读《没有指针的钟》，最有价值的是让我们清晰地看到了一个健康的中年人从获知自己罹患绝症到叹息一声无奈告别人间心理渐变的过程。收到诊断书还能非常绅士，按照医嘱治疗身体依然每况愈下后，马龙内向的性格开始向外长出尖锐的刺来，最先伤害的是自己的至亲、能干的妻子。病人马龙的各种反应，是一个病人反应的最准确显现。至于回光返照时内敛的马龙过度的喜悦以及弥留之际对妻子的依恋，是卡森在这本小说中书写得最准确的段落。所以，这部小说最出彩的部分，是围绕马龙展开的。这些片段帮助《没有指针的钟》能与卡森的其他几部作品比肩，这让读者不禁要问：卡森何以能将一个病人的心态变化描摹得如此准确？因为卡森长久地缠绵于病榻，马龙，其实是久病的卡森心理的苍凉投射。

没有什么比握有如椽大笔的作家书写自己内心的作品更打动人的了。

追随卡森·麦卡勒斯的"场"

——卡森·麦卡勒斯《抵押出去的心》

认识卡森·麦卡勒斯是从《伤心咖啡馆之歌》开始的。

苏童临时从给他名和利的作家身份中抽离出来，做一名编辑选编、出版了一本名为《一生的文学珍藏——影响了我的二十篇小说》，其中就有《伤心咖啡馆之歌》。这一本罗列了卡夫卡、霍桑、福克纳等名家作品的选本，很容易将相对而言名气逊于上述著名作家的卡森·麦卡勒斯淹没掉。可事实是，没有。只是很奇怪，很长一段时间里，我以为卡森·麦卡勒斯是位男作家。谁给的这种性别暗示？难道是爱密利亚·依文斯小姐与表哥罗锅李蒙和前夫马文·马奇三人在干燥而抑郁的美国南方小镇上演的有些奇异的三角关系戏码，只有男性作家才能写得如此哥特、如此干净利落？

读着经由她妹妹整理出版的遗著《抵押出去的心》，主要是阅读了书中辑录的卡森·麦卡勒斯数篇早年创作的小说，如《西八十街区廊道》《波尔蒂》《就像那样》《神童》和《外国人》，除了确定了这是一位女作家之外，我似乎嗅到了从《波尔蒂》《神童》到《伤心咖啡馆之歌》这一路上只属于卡森·麦卡勒斯的气味。

那是一种不良于行而思维特别奔突的女人将在内心深处发酵许久的哀怨借由幽暗的故事得以排遣的不那么健康的气味。

而将这种气味催生为文学作品的媒介，是音乐。琶音、狼音、大提琴、巴赫……一次次地看见这些音乐术语频率颇高地出现在卡森·麦卡勒斯早年的作品里，你会下意识地统计，5篇小说中有几篇与音乐相关呢？结果，篇篇始于音乐终于音乐，尽管音乐是背景，背景之上是一个个敏于思讷于行、麦卡勒斯中意的臆造出来的人物，他们无一例外地与众不同，像无声地抱怨粗糙的日常生活只能以过分认真练习大提琴来宣告自己存在的波尔蒂，像只被年迈的比尔德巴赫夫妇认可为神童并真的努力担当起神童这个名分的碧恩贤（英文小蜜蜂英译）、像名字都没有的一直拉着大提琴的被贫穷的丈夫呵斥的女人……卡森·麦卡勒斯早期的小说中，这些与音乐纠缠的主角似乎没有可能在音乐上找到出路，而卡森·麦卡勒斯自己幼小的时候曾经专攻过钢琴，是不是过早的心血管疾病断送了她也许辉煌的音乐道路？那么，这些早期作品中在音乐上注定无法有造诣的她虚构出来的女主角，就是卡森·麦卡勒斯早年苦闷心情的投射。真应了中国的一句老话"无心插柳柳成荫"，小说，让卡森·麦卡勒斯找到了通灵之路，只是，早年的创伤不可回避地出现在她成熟后的创作里，《伤心咖啡馆之歌》那种在干燥的乡村小咖啡馆里流淌的无奈和逆来顺受，是这部名作之所以成为名作的理由——试想，那么强悍的爱密利亚怎么会令人诧异地臣服于罗锅表哥李蒙？强悍的爱密利亚怎么会嫁给一个无赖并终身受制于马文·马奇？天知道。老天何以这么安排爱密利亚的命运？只是此时我已经无心关注答案，唯一的想法是追随卡森·麦卡勒斯用她独特的气质形成的小说"场"不停歇，所以，接下来我要阅读号称史上第一抑郁之作的《心是孤独的猎手》。

适度的阴郁使人柔和

——卡森·麦卡勒斯《金色眼睛的映像》

生活不如意事常八九。既然如此，在应付完不如意的生活琐事以后，不多的业余时间用来干什么？就是要读书，也是选择能让人轻松愉快的知音体或者喜剧故事吧？好吧，悲剧也可以。为什么自有文学以来，悲剧就以其不朽的魅力常驻在文学园地里？尼采在《悲剧的诞生》中有精彩而极致的论述，再多一句都是狗尾续貂。卡森·麦卡勒斯的作品，是悲剧，没错，可是，叙述者怀揣一颗能拧出无止境阴郁的心讲述的悲剧，其胜招就不是悲剧了，而是讲述悲剧时阴郁得如同布满阴霾的天空一样阴沉沉的心境。心理咨询师一定不主张身处恶劣生存环境里的我们沉湎于卡森·麦卡勒斯的作品。我也算是手握证书的心理咨询师了，可笑的是这些天不可救药地沦陷在了卡森·麦卡勒斯的作品里。

不提《伤心咖啡馆之歌》，那是多年前阅读的。而今初读《金色眼睛的映像》，先是感叹上帝怎么给了这个女人这么豪阔的才华？《伤心咖啡馆之歌》写的是发生在美国偏僻乡村的故事，而《金色眼睛的映像》笔触探到了军营，环境天差地别，可卡森·麦卡勒斯驾驭起来游刃有余，且乡村也好军营也好，写来都宛若身临其中。我盯着《金色眼睛的映像》中译本淡绿色的封面一遍遍地设想，像发生在《金色眼睛的映像》里的故事，如果不是亲眼所见、亲耳所闻，怎么能臆造得出来？喜欢卡森·麦卡勒斯的读者都知道，她年纪轻轻就只能借助轮椅代步了，也许，乡村是她可以踏足的地方，说她曾经在军营生活过？呵呵。那就只有一个解释了：上帝让她不良于行的同时，给了她用之不竭的想象力。

卡森·麦卡勒斯用她的想象力臆造出了一个怎样石破天惊的故事呢？潘德腾上尉和太太利奥诺拉住在军营里，与兰顿少校是邻居。利奥诺拉虽然长着能撩拨全军营男人的美貌和身材，却是对数字极不敏感的弱智。利奥诺拉和兰顿少校是情人，潘德腾上尉是了然的，可是因为对兰顿少校有着特殊的情感，他虽不舒服却戴着这顶绿帽子，应激反应是天天工作到深更半夜而不与妻子同床共眠。兰顿太太艾莉森三年前因为孩子死于襁褓而身体越来越差，偶然撞破了利奥诺拉和丈夫的奸情后，愤怒之下用园林剪刀剪掉了自己的乳头，把腻腻歪歪的从菲律宾带回来的男佣安纳克莱托吓得失声痛哭。老实的二等兵威廉姆斯偶尔目睹利奥诺拉秀美的裸体后不能自已，总在夜深人静的时候潜入利奥诺拉的卧室蹲在床边默默地看着熟睡中的夫人，最亲昵的举动也就是撩拨一下散乱在床上的夫人的长发。说起来潘德腾蛮讨厌威廉姆斯的，他曾不小心把咖啡泼洒在潘德腾那套崭新的中国丝绸面料的便服上，还将花园里那棵他最中意的大橡树的树枝修剪掉了。但是，年轻的威廉姆斯的身体有着青年男人的生机，这让潘德腾喜欢——两对夫妻、一个二等兵及一个男菲佣，都是稀奇古怪的人，作者让他们在一个很小的空间里扭结在一起，组合成一出匪夷所思的悲剧。你永远猜不到卡森·麦卡勒斯下一步会怎样安排她的人物，她的安排总是出人意表，可是，用卡森的逻辑推断两对夫妻、二等兵和菲佣的怪诞举止，又都顺理成章。比如，艾莉森因为心脏不舒服总是无法入睡，在威廉姆斯第三次潜入利奥诺拉卧室时，她看见了，径直走进潘德腾的家对上尉说："我想你最好上楼去你太太的房间看一看。"被失眠折腾得苦不堪言的潘德腾以为艾莉森看见兰顿在利奥诺拉的卧室里偷情呢，这样的话，他怎么能在彼时出现在太太的房间里，就用慈母般甜蜜的声音对艾莉森说："你不可以这个样子四处游荡，我送你回家。"艾莉森当然迷糊了：你的意思你知道一切却什么都不管？潘德腾知道一切啊，只是在艾莉森家门口时他看见兰顿少校了，怎么回事？第二天得知艾莉森疯了，潘德腾仿佛一切都明白了。

夜半三更艾莉森告诉潘德腾他太太的房间里有异常情况，上尉应该立即上楼查看这才是正常人的思维习惯。可是，卡森·麦卡勒斯用她自己的逻辑将这个情节出人意料的地方处理得合乎情理，于是，当威廉姆斯再度闯入利奥诺拉的房间被上尉两枪击毙，《金色眼睛的映像》如卡森·麦卡勒斯所愿除了是悲剧外还饱蘸着她特有的阴郁气质——这个很难，怎么到了卡森的笔下都易如反掌了呢？

"天空涂满了清冷的苍黄色，万籁俱寂。"是最富卡森色彩的句子，正好用来形容我刚刚读罢《金色眼睛的映像》时的心境：为什么要一而再再而三地阅读卡森·麦卡勒斯？阴郁是一个人不可或缺的一种情绪，卡森·麦卡勒斯小说给予我们的阴郁很适度，正好加入到我们情绪的调色板中，使之柔和。

她的人物就在梦里进进出出

——艾丽斯·门罗《逃离》

加拿大女作家艾丽斯·门罗的小说集《逃离》，我是这样阅读的：给报纸让路，给工作需要不得不阅读的东西让路。于是，等到读门罗时，多半夜还不算太深窗外却已经寂寂无声了。

冷静叙事的门罗，她的小说里没有勾人的情节，没有色彩鲜艳的男欢女爱，甚至连风景都"旧如谙"，读这样的小说的好处是，一念及第二天还要早起上班，我总能戛然而止。

可是昨夜，不忍释卷了。

昨晚，读的是《逃离》中的第五篇《激情》。

还是让我简要说一说《激情》里的所谓激情吧：多年以后格雷斯重回渥太华峡谷寻找特拉弗斯家的避暑别墅（那一定是激情澎湃的场所）。人去屋空，可是，人和事都在格雷斯的脑子里。当年，格雷斯还是学生，就在附近的旅馆里打工端盘子，被来这里吃饭的特拉弗斯的小儿子莫里看上了，两个人不咸不淡地谈情说爱几乎就要结婚了。小说的结尾处，特拉弗斯家的感恩节晚宴前，莫里被姐姐差出去买越橘沙司，凉鞋坏了的格雷斯赤脚走路时被贝壳割破了脚，有点儿厉害。特拉弗斯的大儿子尼尔是医生，处理过格雷斯的伤口后坚持要带格雷斯去镇上打破伤风针，一路上，尼尔教格雷斯开车，带她去一个隐秘处把她留在门外自己进去喝酒，又在回家的路上自己酣然入睡让刚刚学会开车的格雷斯独自开车——这就是所谓的激情吗？可不是吗？小说只剩下最后一页了，与"激情"相关的情节还没有出现！疑惑中，读到：安睡中格雷斯被叫醒，才知道自己回家后仍在酒醉中的尼尔开车撞上了桥墩。车与人已经面目全非，人们只能通过牙齿档案确认死者就是尼尔——这就是所谓的激情？

夜凉如水，但水因为突如其来的高温天气，不冷。所以读到这里，我起床走上东面的阳台，窗下的树被风吹得沙沙作响，我就在这自然之声里回味之前读过的《逃离》《机缘》《匆匆》《沉寂》，不论是叫卡拉还是叫朱丽叶，这些女主角都对当下的生活状况不满意或非常不满意，都试图让自己生活得润泽起来，于是，她们或者选择无奈地逆来顺受，或者选择逃离，不过，选择逃离的却又不得不在半道上折回来。相比之下，《激情》已算是让情节稍稍起伏了一下：格雷斯觉得自己想嫁的是莫里的哥哥而不是莫里，就让尼尔把自己紧紧地搂抱在怀里——那又怎样？比起我们报纸上生猛的社会新闻，这一点人生插曲连报纸都上不了，遑论文学作品。可是，艾丽斯·门罗连这一点点"色"都不允许泛滥在自己的小说里，就这么气定神闲地远眺小镇上一个个女人的日常生活，然后尽量简笔地写在纸上让真正懂得风情的读者去读去感觉。

感觉来得太慢了，直到《激情》，才爱不释手，才体会到布克国际奖评委具备真正的雾里看花的本事。这本事在于——得知尼尔车祸身亡后，未婚夫莫里让格雷斯"只需告诉我是他让你这样做的。只需说你是不想去的"就与格雷斯重归于好，格雷斯呢？回了五个字"我自愿去的"——就这两封往来信笺，评委们一下子就捕捉到了，真正的激情，不是颠鸾倒凤，而是对一个人的爱如暗流在心底绵绵地有力地缓缓地涌动，不为世俗所动，不允许自己将就。

甫捧读《逃离》，封二上讲门罗"长期居住于荒僻宁静之地，以城郊小镇平凡女子的平凡生活为主题，故事背景大多为相见小镇……"，又一个一生只专心做一件事的人，像一生只画玫瑰图谱的法国人雷杜德，像一生只写"茶杯里风波"的简·奥斯汀。门罗是不是也像那两位一生只做一件事的画家、作家一样出色呢？一向讨厌书籍的腰封，《逃离》腰封上的数句短语，却叫我觉得写尽了门罗小说的妙处：

> 她们的生活细节，时尚女人天天都在经历；
>
> 细节背后的情绪，无数女人一生都不曾留意。

或许只是一些微不足道的瞬间，就像看戏路上放松的脚步，就像午后窗边怅然的向往。

怅惘中，继续读余下的三篇，《侵犯》《播弄》和《法力》。尤其是《侵犯》，依然的轻描淡写，却读得你不得安宁，劳莲和德尔芬，一个身份蒙混不清的小姑娘和一个在往事的纠缠下惴惴不安的女人，白天在你的眼前晃，夜里从你的梦里进进出出。

爱情需要慢慢地生长

——加西亚·马尔克斯《一桩事先张扬的凶杀案》

喜欢重复，是加西亚·马尔克斯创作的一个特点，有人说。于是，我们读到距离《恶时辰》20年后问世的《一桩事先张扬的凶杀案》，有着《恶时辰》一样的母题：看似平静的小镇日常生活，其实暗潮湍急，只待时机合适就发作。《恶时辰》是因为一夜又一夜出现的匿名帖让小镇居民显露众生相，《一桩事先张扬的凶杀案》如篇名所示是随着一桩凶杀案的萌发、酝酿、进行、事成，小镇各色人等的幽暗面纤毫毕现。

不过，到底是20年以后的创作，《一桩事先张扬的凶杀案》提供给我们多种阅读的角度。我们可以沿着《恶时辰》的阅读线路理解《一桩事先张扬的凶杀案》，那就是突发事件不期而至导致了小镇翻天覆地的变化，于是，鹰击长空、鱼翔浅底，沉渣泛起、岁月静好，不一样的小镇人在变动突如其来时选择了自己喜欢的生活状态。

我们还可以关注维卡里奥家那对双胞胎是怎么从穷人家为生计奔忙着的男孩变成杀人犯的。新娘妹妹因为不是处女被富豪新郎巴尔亚多·圣罗曼退回家后，双胞胎要杀圣地亚哥·纳萨尔的第一声嘶吼也只是出自爱妹妹、爱财富的原始冲动，可是，眼见双胞胎兄弟揣着杀猪刀、耳闻他们要杀圣地亚哥·纳萨尔的啸叫，小镇人或者以为只是儿戏或者以为只是恫吓或者以为只是狐假虎威，从双胞胎兄弟说要杀人到圣地亚哥·纳萨尔捧着露出体外的肠子跌跌撞撞地倒毙在家门口，其间有好几个钟头呢，没有一个人出面制止双胞胎或者通知圣地亚哥·纳萨尔躲避，马尔克斯躲在幕后看似在平心静气地告诉我们，大千世界的千变万化全都是命运的安排。

我们也可以关注圣地亚哥·纳萨尔，因为他并不是夺去安赫拉·维卡里奥处女身的那个人。可为什么安赫拉·维卡里奥随便一指就没有人怀疑美少女也许说的是假话呢？马尔克斯将圣地亚哥·纳萨尔20岁的人生旅途隐约透露在刀光剑影、杀气腾腾的凶杀案的缝隙里，尽管这样，我们也能读出这个死于非命的青年，游手好闲好女色——所以，说什么命运的安排，每一个人的人生终点站，还不是因为自己在人生旅途中慢慢修改的？！

我关注的，是安赫拉·维卡里奥这个女人。当巴尔亚多·圣罗曼一眼相中她的美貌砸重金非要把美女娶回家的当口，安赫拉·维卡里奥多么腻味这场因为财富而不得不服从的婚姻？非她所愿的婚姻终于在婚礼数个小时以后分崩离析，再过几个小时以后，被她冤枉的圣地亚哥·纳萨尔也被两个哥哥乱刀斩死，照理，安赫拉·维卡里奥与要了她处女身的男人厮守的障碍已经一一扫除，她应该嫁他呀，可是，马尔克斯根本就没有打算告诉我们安赫拉·维卡里奥的初恋是谁，随后的20多年里，安赫拉专心于刺绣直到将一头青丝熬成了花白色，"她不抱任何幻想地思念了那个人很久……安赫拉·维卡里奥在大厅的组合镜里瞧见了自己的心上人。她深吸一口气转过头去，看见他擦身而过却没有发现自己，然后目送他走出了宾馆。她心碎地回过头来看了看母亲……'我为他发了疯'……那个周末，她片刻也不得安宁，提笔给他写了第一封信……第十个年头一个多风的清晨，她突然感到他赤裸着躺在她的床上，这种真实而清晰的感受将她惊醒。于是她给他写了二十页炽热奔放的信，毫不羞怯地讲述了自那个不祥的夜晚以来在她心中慢慢溃烂的苦楚。她讲起他留在她身上的永难消除的伤痕，他舌尖的咸味，他那非洲人般的阳具侵入她身体时的炽热"。读到这里，我想，《一桩事先张扬的凶杀案》根本不是在重复《恶时辰》的母题，而是酝酿了一个新的主题：爱情需要慢慢地生长。安赫拉·维卡里奥用了 20 年爱上了巴尔亚多·圣罗曼，4 年以后，《霍乱时期的爱情》问世，在那本长篇里，费尔明娜用了一生才爱上阿里亚斯。

因为爱，才会恨

——加西亚·马尔克斯《没有人给他写信的上校》和
《恶时辰》

很长一段时间，我以为加西亚·马尔克斯是"一本书作家"，这一本书，就是名闻遐迩的《百年孤独》。新经典文化铺天盖地地将马尔克斯的书推到我面前，才知道马尔克斯作品的篇名封底环衬上差一点都放不下了。我一行行地读这些按照写作日期排列下来的加西亚·马尔克斯的小说篇名，觉得如果我按照这个顺序阅读的话，大概早就喜欢上这位大师了。悲催的是，一上手就是《百年孤独》，当年的阅读感受就是：译成中文的《百年孤独》，我每一个字都认识，可就是不得其门而入。

《霍乱时期的爱情》，是2013年的四五月份阅读的，虽然写成于《百年孤独》之后，可繁花落尽后的煞气里，有我喜欢的气氛。有那么几天，我被阿里萨斯和费尔明娜欲拒还迎、缠绵悱恻的爱情纠缠得看地铁车厢里的我邦子民，竟都成了隆鼻深目的异域人，辛苦地挣扎在混沌的时空里。

我决定按照印在环衬上书单的顺序，从头开始阅读马尔克斯。

在《枯枝败叶》那种令人眼花缭乱的叙述方式之后，马尔克斯尝试一种对他而言特别老实的写法，亦即用最传统的讲故事方式告诉我们一个退了休的上校在一个腌臢的小村子里艰难度日的经过。儿子被政府军打死了，一个为国家上过战场的退役上校、上校那个信任地追随了他一辈子的老婆以及儿子留下的一只也许很值钱的斗鸡，就支撑起了《没有人给他写信的上校》的筋骨，包裹住筋骨的血肉是否丰满，直接决定着《没有人给他写信的上校》是不是一本好小说。小说很好，因为一个简单的故事被马尔克斯写得血肉丰满。小说结束在一直温顺地等待政府许诺他一笔退休金的上校吼出的两个字"吃屎"处，"吃屎"二字，其实也是所有跟着上校进退的读者彼时的共同心声——在他尝试过《枯枝败叶》那种后来被世人称作"魔幻现实主义"的写法后，马尔克斯回过头来用最最传统的方式写一个切口很小的故事，他的回望向所有怀疑他只会形式不会好好讲故事的人宣告：走前人走过的路，他照样可以是翘楚。

《没有人给他写信的上校》以后是《恶时辰》。我试着揣测开笔写《恶时辰》时马尔克斯的心思：一个人的命运已经尝试过了，现在，要试试一群人的悲欢离合了。据说，《恶时辰》最早的名字叫《这该死的小镇》，妥帖。为什么易名为让人费猜疑的《恶时辰》？可以确定的是，问号并不影响这本小说将一个小镇何以该死描述得淋漓尽致。对，小说不是政论，说小镇该死，就必须用一个个小镇上的居民的行为举止让读者来得出结论。用什么作为药引子让小镇居民出离常态表现出该死的一面呢？马尔克斯设计了匿名帖这个工具，一夜又一夜出现在小镇某户人家屋外墙头上的匿名帖，让贪婪的镇长愈加贪婪，无耻的有钱人更加无耻，让犬儒的教父更加犬儒，让正义者为正义不惜付出生命的代价，让无辜者无辜到冤死。于是，想要苟活下去的只好战战兢兢，想要畅快呼吸的只有置生死于度外——被一页页匿名帖搅和得纷乱不堪的小镇，我们读者心悦诚服地跟着马尔克斯说，该死的！

　　按图索骥地查找到马尔克斯写作《恶时辰》的背景，彼时，作家的祖国正处于最无耻的混乱中。用小说来表达作家对祖国的愤恨，大而化之，是作家对家乡的一份情怀，那就是爱。因为爱，才会恨，马尔克斯用一群生活在小镇的人民面对似乎从天而降的匿名帖时所有的反应和应对，替他说出了对祖国对家乡对人民的爱恨交加。才一个中篇的篇幅，马尔克斯居然让所有出没该死的小镇的男男女女各有各的性格各有各的德行，他们或阳光或阴郁，或挺拔或猥琐，或坦荡或阴险，等等等等，马尔克斯让他们组合在一起，组合成的一部《恶时辰》色彩斑斓得犹如雨后彩虹，那么引人注目。

谁跟谁的爱情

——加西亚·马尔克斯《霍乱时期的爱情》

对我而言，《百年孤独》是我的一次阅读滑铁卢。差不多 30 年前，还是一个小姑娘的我不知天高地厚地想要"攻陷"马尔克斯的这部巨著，结果被马尔克斯用魔幻编织起来的陷阱羁绊得迈不开步子。以后，屡次想要再度阅读《百年孤独》，好像总是胆怯着，所以至今都不敢说我已经读好了《百年孤独》，后遗症是，隔了许久才敢读老马的另一本书，这本书就是《霍乱时期的爱情》。

这就是一本言情小说嘛！开读没多久我这样认为。读完以后，依然这么认为。于是，我以我的阅读体会胡乱猜测：当年，《百年孤独》出版是否遭到过"不知所云"的诟病？老马一气之下心里默念"让你们看懂还不容易"！于是就有了这一本书。只是，在获得诺贝尔文学奖之后，老马成了国际级大作家，对《霍乱时期的爱情》的解读就不能停留在言情小说的层面，至少应该理解为"说的是写爱情，实质是为写一段哥伦比亚的历史"。不过，作为远离哥伦比亚的不那么专业的中国读者，我在意的是能否很快"陷落"到《霍乱时期的爱情》中各种各样的爱情里去，而不是为了去了解哥伦比亚的历史。

如果说《百年孤独》内容宏阔到浩如烟海，那么，到了书写《霍乱时期的爱情》时，马尔克斯只想告诉我们怎么表现爱情。我无意成为作家，所以不想探讨老马何以能把人世间那一朵叫做爱情的彩云拿捏得气象万千。我执拗于书名"霍乱时期的爱情"中的"爱情"，发生在谁跟谁之间？

翻阅了一下《霍乱时期的爱情》的评价文章，发现无一例外地大家都将书名中的"爱情"归属于弗洛伦蒂诺·阿里萨和费尔明娜·达萨之间所起的化学反应。不错，这一种始于阿里萨一见钟情的化学反应，绵延了半个多世纪，虽没有像烈焰那样刹那光照万里，亦不曾冷却到变成漫天飞扬的青灰，这才有了53年以后两个人坐在阿里萨的船舱里假装闻不到老年人身上散发出来的酸味和看不见老年人身上到处松弛着的肌肤，让持续了半个多世纪的爱情终成正果。

可是，被为阻止与阿里萨之间爱情的父亲带出去云游了数月的费尔明娜，再度看到眼前的阿里萨时，不是她自己放弃了阿里萨吗？"此刻她没有感到爱情的震撼，而是坠落到了失望的深渊。在那一瞬间，她恍然大悟，原来自己对自己撒了一个弥天大谎。她惊惶地自问，怎么会如此残酷地让那样一个坏人在自己的心间占据了那么长时间……她挥了挥手，把他从自己的生活中抹掉了——'不，请别这样'，她对他说，'忘了吧。'"曾经的海誓山盟一转眼就上了云天，或许，老马的意思就是霍乱时期的爱情就是这样来易来去易去？那么好，弗洛伦蒂诺·阿里萨，这个用难以计数的情书向费尔明娜诉说了几十年爱情的男人，是可以用爱情来概述他的等待吗？或许，在南美在哥伦比亚，对爱情的界定跟我们不一样，彼邦的他们可以甜言蜜语地说着我爱你，同时还可以尝试各种各样的情爱来丰富爱情的内涵？我有些厌嫌地来转述作家龚静在其文章中描述的阿里萨尝试过的情爱品种吧：年轻的年老的猎奇的欢场的谨慎的浪荡的奇特的不可理喻的情理之中的。我实在不明白对丈夫的一次婚外恋都会耿耿于怀的费尔明娜，怎么会在阿里萨的船舱里"一直想他，直到天亮，终于确认了自己对他的爱"？抑或，这就是爱情？而她嫁给胡维纳尔·乌尔比诺，只是因为对方家境的优越和医生的身份足以提供给她一辈子衣食无忧的生活？

《霍乱时期的爱情》对"爱情"的释义让我纠结，只能说我这样阅读资历浅薄的读者，对生活的辨识度也是浅层的。我那么羡慕费尔明娜与乌尔比诺医生之间日常到可以忽略不计的婚姻生活！比如，两个人为浴室里的一块香皂怄气得彼此不理不睬数天——我以为书名中的"爱情"一词，是给予费尔明娜、乌尔比诺之间长达半个世纪的婚姻生活的，前面加上"霍乱时期"，意在说明：霍乱时期，生命朝不保夕，只有费尔明娜和乌尔比诺这样的爱情，才是让人安下心来过日子的良方。至于阿里萨给予的爱情，费尔明娜说那是谈资，晚年时可时不时地想起来——可不就是嘛。

读罢，一时语塞

——向田邦子《回忆，扑克牌》

向田邦子是谁？这位死于 1981 年的日本女作家据说在日本也已过了最佳赏味期。1981 年，在上海打一个电话关照家里晚饭不必等，是需要弄堂口电话亭里的老妈妈传呼的，据说是日本国民偶像的向田邦子，就在那时死于去台湾搜集写作素材的空难中——我们怎么可能知道？囿于通讯技术，更囿于政治纷争。

所谓当代作家的一层意思就是他的作品只适合于当下的读者，比如 1978 年以后在我们这里曾经红极一时的许多作家。向田邦子写小说之余还是许多当年盛极一时的日剧的编剧，她的小说会不会如刺身隔了顿就不可问津了？如是，时隔 30 年后中文版向田邦子的小说集《回忆，扑克牌》才出版，我们为什么要出版已经过了最佳赏味期的日本小说？

照例会在腰封和封底上有推荐语。也许真的是一本过气作家的小说集，推荐人名气不大，且 5 条中倒有 4 条是无关痛痒的命题作文。周末，我去苏州探望老人，就带了薄薄一本《回忆，扑克牌》，心说将就着读罢。一读，入境；读罢，一时语塞。

家庭是个什么东西，向田邦子有她的理解，她把她的理解演化成 13 个故事，它们像 13 块冰块劈头盖脑地向我砸来，疼痛以外冰凉的由冰化成的水顺着我的脑袋流了一身，激灵得我说不出话来。

也许向田邦子同时也是日剧编剧的缘故吧，翻开《回忆，扑克牌》之前我想到了此地荧屏上热播的家庭剧。可是这 13 个故事一个比一个凶狠地送我到家庭生活的黑洞底部，而我又不得不颔首称是，因为，向田邦子剥开家庭生活的外壳裸露给我们的内核，不再是幸福的港湾，而是比外面的世界人与人争斗时显现出的更暗更黑的阴面。

《水獭》：宅次的老婆厚子多么活泼可人，欢蹦乱跳中就将家庭琐事化为彩虹，其实，让 3 岁女儿死于肺炎的元凶，就是厚子啊，她居然能扔下高烧中的女儿去参加同学会。那么，她一心想要把宅次父亲留下的宅院变成可以出租的公寓楼，也就是时间问题了。

《萝卜之月》：起先我不懂向田邦子为什么要在不长的篇幅里喋喋不休地告诉我们英子对萝卜片圆否几近强迫症的要求以及对用来切萝卜片的刀具几近苛责的要求。原来，这些是铺垫，铺垫英子不慎切去儿子一节食指的意外，更为了铺垫因为意外英子被婆婆和丈夫逐出家门的冷酷。

《花的名字》：这个叫常子的女人，几乎是事无巨细地伺候着丈夫，都不能阻止丈夫的外室电话打到家里来示威。常子照例听着隔壁人家电视里的《君之代》入睡，可是傲慢的丈夫在常子见过那女人之后还不肯给常子一句解释，今晚的《君之代》还是昨晚的前晚的吗？

……

简述的 3 个故事，不能概述出全部 13 个故事跌宕起伏的好看，但底色是一致地黑灰——《回忆，扑克牌》里的 13 篇小说写的各种家庭，没有一处是港湾，都是暗潮涌动的黑洞，所以，哪里来的幸福，有的只是冷酷、奸诈和漠视。

刚被向田邦子用瘦骨嶙峋的词句组合起来的故事激得一个寒颤接着一个寒颤的时候，忍不住要为"家庭"这个词语辩护：这个尔虞我诈的世界上，也只有家庭才是我们的避风港。在你走投无路的时候，家庭会向你敞开最温暖的怀抱。向田邦子躲在白纸黑字后面轻声地问我们：厚子的女儿不正是由自己的妈妈送往黄泉路的吗？非英子一个人的过错所谓家庭就让她一个人担责了又如何？至于常子，一片冰心叫丈夫扔进了沟渠，由常子和丈夫组合成的这个家庭又怎能给常子一些慰藉？

不由你不往深处想一想，一想之下不得不承认向田邦子只是残酷地撕去了笼罩在家庭上的一层牛乳般的薄纱。不是吗？只有家庭成员之间有可能毫无掩饰地将自己的个性展现给彼此。美德也好、丑行也罢，不会因为看着我们吃喝拉撒的是家里人，"拉撒"二字所描述的行为就进得了厅堂，反而，不设防的彼此会充分表现给对方本与真，所以，一旦抵制起来，家庭成员给出的打击，就如同向田邦子的小说描述的那样，自己未必快乐，是一定要置对方于死地的。台湾女作家郝誉翔在《回忆，扑克牌》封底这样评价向田邦子的小说："向田邦子以平和的语气，娓娓道来十三则日常家庭的故事，表面上不动声色，但却又无处不涌动着人性的深渊、欲望、谎言、背叛、寂寞、猜疑与痛苦，仿佛是在一片光滑的玻璃之上，正产生向四面崩溃的蛛网裂痕，而发出一股若有似无、却令人不禁颤栗的、细小的尖叫。"是读到了向田邦子的灵魂以后的感言。

向田邦子早在 30 年前就看似刻薄实质善良地告诉我们，最黑暗的故事在家庭生活的褶皱里。30 年前的一针见血愈加衬托出今天我们在电视荧屏上看到的那些所谓"家庭伦理剧"是多么幼稚。

时间对每个人的意义

——帕特里夏·海史密斯《跟踪雷普利》

黄昱宁她们在微博上讨论"雷普利全集"的热度随着天气逐日升温，硬是将对我而言的一套冷书变成了急切地想要捧读的热书。6月底，去上海图书馆换书，寻书的过程中遇到了这本《跟踪雷普利》，就毫不犹豫地借回家。

灰绿色的底色上印着桃红色的小字，字迹的辨识度之差夜半时分必须把书举到床头灯跟前才能看清：原来《跟踪雷普利》是"雷普利全集"的第四本，也就是说，如果把帕特里夏·海史密斯的天才之作"雷普利全集"比作一个人，我直取中年雷普利开始认识汤姆·雷普利，竟然让我关于"雷普利全集"的认识出现了如此大的偏差。

《跟踪雷普利》的扉页上有一帧帕特里夏·海史密斯的照片，彼时，她已经站在中年的末梢上，发式老派而凌乱，脸上的皱纹开始重叠，但却掩饰不住她仿佛一眼就能看到事物或人物核心的犀利。加上在微博上读到了关于海史密斯的信息：用犯罪小说的体裁塑造一个智商极高、算计极精、行动能力极强的江洋大盗汤姆·雷普利——我觉得我将要读到的应该是一部刀光剑影、鲜血淋漓的探案小说。意外的是，《跟踪雷普利》却温情脉脉。

当然不是爱情小说，而是汤姆以父辈的关怀，去温暖一个16岁男孩的故事。

而唯一与犯罪小说有勾连的地方，就坐实在了这个名叫法兰克的16岁男孩身上。法兰克是美国富豪的第二个儿子。富豪没有不飞扬跋扈的，法兰克的爸爸也不例外，天性内向的法兰克一定是被父亲的那一句伤人之言刺激到了，就顺手将父亲推下了悬崖。这一时的冲动如梦魇缠绕着法兰克，他偷拿了哥哥的护照离家出走、远走他乡。两个年龄差别那么大的陌路人汤姆和法兰克在法国小镇莫黑看对了眼，汤姆不仅把法兰克接回了家，后来，随着情节的深入，汤姆还为营救被绑架的法兰克游走巴黎、柏林、纽约……还独自深入绑匪老巢救出了已被绑匪折磨得懵懵懂懂的法兰克。

汤姆又不是警察，他是江洋大盗。没错，刚刚认出法兰克是美国富豪的儿子时，汤姆还觊觎过法兰克家的财产，可是，随着情节的发展，汤姆真心要拯救法兰克，所以，一次次地教导法兰克甚至用自己也杀过人的例子来帮助法兰克跳出因弑父而不绝的悔恨。所以，书的结尾处，法兰克到底不能走出心结在父亲掉下去的地方跳崖自尽时，汤姆会伤心到失魂落魄。

明明是犯罪小说系列中的一本，《跟踪雷普利》怎么会宕开一笔说起了温暖人心的故事？那就要问，为什么汤姆用了一本书的长度去劝解法兰克都不能让法兰克活下来？因为，强烈的犯罪感让法兰克无法安生，只有选择追随父亲的背影死去，他才觉得自己获得了救赎——所以，汤姆在法兰克死去后的伤感，不仅仅因为他用一本书的长度做的努力烟消云散，更是因为一个16岁男孩让他相形见绌。

"时间对法兰克来说已经没有意义"，《跟踪雷普利》结束在这一句话上。那么，时间对汤姆来说意味着什么呢？

阿蒂克斯会怎么办？

——哈珀·李《杀死一只知更鸟》

　　小说出版于 1960 年，写的故事发生在美国南方小镇梅科姆，时间跨度是 1933 年至 1935 年，书名用了一句美国南方谚语"杀死一只知更鸟"，作者哈珀·李是想通过小说来控诉在 1930 年代的美国南方非常盛行而到了 1960 年代虽有收敛却依旧暗潮涌动的种族歧视问题。作为南北战争时期著名将军李的后代，哈珀·李写出一本揭示种族歧视问题的小说《杀死一只知更鸟》而被家族诟病，应该顺理成章。而哈珀·李在《杀死一只知更鸟》之后几乎没有作品再问世，并把自己幽闭起来，我的理解是哈珀·李只是将自己孩提时期的记忆艺术化了，各种解读只是读者的附会，当各种附会超出了哈珀·李的思维疆界，她用沉默表示：那只是一个故事。

　　不知道哈珀·李是否想过，一部美国文学史，从来就不缺乏控诉种族歧视问题的作品，为什么她的这本云淡风轻的《杀死一只知更鸟》能在出版未久就引起如此大的轰动，在国内获得了普利策奖，在国外被译成多种文字？同样的故事我们可以用不同的笔调加以呈现，哈珀·李选择了一种非常优雅的行文方式，那种从容的、闲适的、微笑着的、不计前嫌的叙述，说的不是今天天气不错、那条街上一家小店的曲奇饼不错、隔壁邻居家的女主人昨天上身的那件连衣裙不错等这样的适合用上述口吻陈述的轻随笔，而是，一个名叫汤姆·罗宾逊的年轻人，被人诬告犯了强奸罪后，只是因为是一个黑人，辩护律师阿蒂克斯·芬奇尽管握有汤姆不是强奸犯的证据，都无法阻止陪审团给出汤姆有罪的结论。此一妄加之罪，导致汤姆死于乱枪之下——《杀死一只知更鸟》描述的是这样一个沉重的故事。

事实是，哈珀·李用一种甜丝丝的语言让儿童来叙述一个黑暗、沉重的话题，呈现的艺术效果是，《杀死一只知更鸟》成为一本经典，而根据小说改编的电影也成了美国 50 部艺术佳片之一（电影的视角跟小说一样）。

大概，哈珀·李当初写这本小说的时候就有这样的野心，当种族歧视已不再是一个话题的时候，她的小说依然有着旺盛的生命力。哈珀·李的愿望变成了现实。她通过小说塑造的名叫阿蒂克斯·芬奇的小镇律师，几乎是一个出自教科书的完美男人。

小说开始没多久，叙述者、阿蒂克斯的女儿斯科特就给阿蒂克斯这样的评价："阿蒂克斯是我们非常满意的爸爸，陪我们玩，给我们读书，对我们公正又随和。"有着这样性情的中年男人（小说特别指出，阿蒂克斯结婚的时候已经 40 岁了），会怎样与那个他并不特别满意的社会形态（不然，他不会为汤姆辩护）和谐相处呢？他总是以自己太老了作为挡箭牌给自己织就一件意念中的绵里藏针的外衣，比如，太老了，不能陪儿子吉姆踢球了；太老了，就是端起枪来也瞄不准了；太老了，镇里的无赖就是挑衅到了眼前，只要没有伤及尊严和肌体及家人，都是一笑了之的……"你射多少蓝鸟都没关系，你要记住，杀死一只知更鸟就是一桩罪恶。""知更鸟只唱歌给我们听，什么坏事也不做。它们不吃人们园子里的花果蔬菜，不在玉米仓里做窝，它们只是衷心地为我们唱歌。这就是为什么说杀死一只知更鸟就是一桩罪恶。"后一句话，是斯科特不明白爸爸关于"杀死一只知更鸟就是一桩罪恶"的话去追问莫迪小姐而得到的答案。这段答复，几乎就是阿蒂克斯做人的原则：爱护知更鸟的人，他给他们无私的帮助、温暖的怀抱、适度的进退以及无微不至的关怀。当然，如果你杀死了一只知更鸟，阿蒂克斯就会以牙还牙，在几乎整个镇子的人都反对的情况下，阿蒂克斯都要在法庭上替无罪的汤姆辩护，哪怕没有了妈妈的自己的儿女会因之受委屈。当 12 人陪审团无情地告诉阿蒂克斯汤姆有罪时，他的恨铁不成钢；当警长告诉阿蒂克斯汤姆死于乱枪下时，他的欲哭无泪到悲愤；当吉姆因为阿蒂克斯为汤姆辩护而在月黑风高之夜遭人暗算时，他由为儿子伤情的焦灼到对梅科姆镇那些无赖的种族歧视的痼疾无意改变的愤懑，让读者对这个有着柔弱的外表却异常坚定的大叔，产生了由衷的感佩，甚至，在读过《杀死一只知更鸟》后的数天里，我遇到事情都会情不自禁地想一想：阿蒂克斯会怎么办？

几乎就是一个出自教科书的完美男人。后来，有人将《杀死一只知更鸟》改编成电影，选择格里高利·派克饰演阿蒂克斯，简直是天衣无缝。

爱米丽怎么会拿起两把刀？

——詹妮弗·克莱门特《迷药》

从明媚的阳光漏进东面的窗户开始读，到夕阳西下的时候读完，倒是与弥漫在詹妮弗·克莱门特《迷药》这本小书里的情绪合了拍。

知道有这本书，开始于九久读书人的微信公共账号。限于篇幅，这个公共账号关于《迷药》的信息全都是出自这本书的"案例"部分。这本书的案例，罗列的都是真实发生过的女杀手的故事，且多半是连环杀手的故事，于是我想当然地觉得这是一本关于女杀手的访谈录，冠以"迷药"，是因为女性毕竟不如男人那么孔武有力，她们一旦起了杀心，付诸行动往往要伴以"迷药"，药理的、心理的、生理的。多有意思的一本书呵，所以，我得到了这本书后急切地读完了。

却是一本女人成长的故事。

"墨西哥城里的爱米丽·尼尔从小在百科全书、地图和字典中长大，母亲在她幼时离奇消失，唯有她和父亲安静度日。她嗜好收集各种女性犯罪的案例，迷恋那些耸人听闻的罪行背后的隐情。尼尔家族有一所孤儿院，院长阿加塔粗壮温暖，爱米丽常和她一起照顾流落到院里的不幸孩子。然而平静的时日被堂弟桑蒂的到来打破了，欲望与诱惑渐渐扭曲了爱米丽的内心。同时，随着一桩时日久远的家族隐秘的揭开，爱米丽搜集的那些女性杀手的故事，也呼之欲出……"豆瓣上的这段内容简介写得很棒，唯一需要修正的是"欲望与诱惑渐渐扭曲了爱米丽的内心"这一句。被扭曲的是贸然闯进爱米丽和父亲平静家园的堂弟桑蒂。桑蒂为什么要离开农庄来到爱米丽的身边？是为了报复尼尔家族让他生长在黄沙滚滚里只有他们一家三口的农庄吗？明明知道自己的妈妈就是爱米丽的妈妈，明明知道自己的爸爸就是爱米丽的叔叔。对，母亲失踪一直是好心的阿格塔院长给予爱米丽和爱米丽爸爸的一个美丽的误会，爱米丽的妈妈其实是跟爱米丽的叔叔私奔了。直到真相大白，爱米丽都不曾被扭曲内心呵，她问桑蒂你知道吗？她想听到桑蒂否定的回答，可是桑蒂，却残忍又坚定地告诉爱米丽，他什么都知道。《迷药》结束在爱米丽穿着桑蒂的衣服从厨房里拿了两把刀。墨西哥女作家詹妮弗·克莱门特没有把结局写出来，我们是因为结局而去读《迷药》的吗？不，从早晨开始读时心情像阳光一样明媚到傍晚读完时情绪如正在降临的夜幕一样阴沉，足以证明《迷药》是一本好小说了。《迷药》还是一本匪夷所思的书，那紧锣密鼓地穿插在爱米丽成长过程中的一个个案例，起先我觉得它们是噱头，哪里，它们是把爱米丽推向从厨房拿起两把刀这个情节的迷药。而爱米丽拿起的两把刀，也让我们去思考：那些案例中的女主角，是怎么成为一桩桩杀人案的主角的？日后爱米丽成为另外一本书里的一页案例中的女主角，我们会不会追究，什么才是催生爱米丽拿起厨用刀和牡蛎刀的迷药？

南美作家讲故事的能力无远弗届，刚刚读完的《霍乱时期的爱情》是这样，这一本《迷药》也是这样，尽管这两本书的名气和篇幅都不能同日而语——没有规矩，照样能成方圆。

有些谎言用一生都追不回

——伊恩·麦克尤恩《赎罪》

伊恩·麦克尤恩的《赎罪》，我看到这本书的时候有些犹豫要不要读，因为看过电影，且电影拍得相当不错。

翻开，读到 10 页以后就不忍释手了。看来，文字有影像永远抵达不到的彼岸。

《赎罪》的关键情节是，寄住在塔利斯家的布里奥尼的表姐罗拉被人强暴了。由于布里奥尼那么坚决地指认家中女佣的儿子罗比·特纳就是施暴者，罗比先是被送进监狱后又被送上战场。虽说罗比劫后余生了，布里奥尼的姐姐塞西莉亚对他也是不离不弃：放弃家庭，以护士为业养活自己等待罗比。电影正是以塞西莉亚对罗比的一腔钟情为抓手，将罗比的冤屈，塞西莉亚的深情、苦等，罗比的逆来顺受表达得如江南的黄梅天，黏滞又沉郁，所以，《赎罪》登上大银幕赢得了好评，当在情理之中——到了什么时候，爱情故事都不会失去关注。

读过小说后，才知道麦克尤恩意不在渲染所谓的关键情节，亦即塞西莉亚与罗比之间的爱情故事，他要剖析的是一个 13 岁的女孩布里奥尼，一个有着良好家庭教养的 13 岁女孩，怎么会红口白牙地撒一个弥天大谎的。

为了吸引读者？抑或，伊恩·麦克尤恩要将读者拽进他的思考迷阵里，布里奥尼作出荒唐举止的理由被麦克尤恩颠三倒四地"隐藏"在关键情节里。现在，我把《赎罪》读到了最后一个字，可以顺一顺布里奥尼诬告罗比的心理支撑了。当布里奥尼开始懂事以后，爸爸忙于公务整天不在家，哥哥里昂游走在外，家里只有病恹恹的妈妈艾米丽和生活无序的姐姐塞西莉亚——雌性有余雄性不足，这让10岁的布里奥尼朦胧中喜欢上了罗比。布里奥尼还是一个心思纤细、纠结的女孩，为佐证这一点，麦克尤恩让布里奥尼有写作天赋。向罗比表明心迹被拒后，起先布里奥尼还忌惮姐姐塞西莉亚与罗比的恋情，恰好罗比写有脏词的应该废弃的给塞西莉亚的情书是经由布里奥尼之手递给塞西莉亚的（罗比怎么会想到一个13岁的小姑娘早熟到敢偷看情书了），恰好塞西莉亚为叔叔遗留下来的花瓶与罗比怄气跳入水池后衣裙紧贴身体形同裸体的样子给布里奥尼偷窥到了，恰好塞西莉亚和罗比在书房偷情的一幕被布里奥尼撞见了……人人心里都有一朵恶之花，彼时布里奥尼心里的恶之花就是：自己得不到的感情他人也休想得到！

　　麦克尤恩用文字层层叠叠地辛苦堆砌，就是为了告诉我们小小年纪的布里奥尼心里的恶之花是怎么开花的。可是，麦克尤恩为什么要去解剖布里奥尼这样的小人物呢？他是为了呈现这样一个事实：你一念之差犯下的错误，用一生的赎罪都无以弥补。如麦克尤恩所写，所谓的强暴案是虚妄的，月黑风高之夜"强暴"了罗拉的里昂的朋友马歇尔后来娶了罗拉，谁又能说那一夜的好事不是他俩的两情相悦呢？好不容易在战后重聚的罗比和塞西莉亚，麦克尤恩让他们一个死于败血症一个死于著名的贝尔汉姆地铁爆炸，那是在1940年。也就是说麦克尤恩连赎罪的机会都不想给布里奥尼呀，他让两位布里尼奥谎言的受害者死于非命，又让布里尼奥备受良心谴责直到1999年，半个世纪，麦克尤恩让布里尼奥用了半个世纪来赎罪。

垂垂老矣的布里奥尼，用她的一生告诉我们：谨言慎行，不然，你即使赔付掉一生都未必心安。

像个精赤条条的汉子

——詹姆斯·M·凯恩《双重赔偿》

　　我果然像小白所引导的那样没有先读小白的导读。等到读完了詹姆斯·M·凯恩的小说再回头来拜读小白的题为《小说是对故事的双重赔偿》的导读，发现精英的高端术语很快就让我迷茫了，全没了读小说时一气呵成的酣畅淋漓。

　　一气呵成，一点都没有夸张，这得益于小说本身篇幅不大。而一上手就手不释卷地读到了小说的最后一个字，更得益于凯恩将情节设计得丝丝入扣。《双重赔偿》已然是一个精赤条条的汉子，就是将镜头推到近处仔细寻找，都找不到一块赘肉。

　　这样的犯罪小说，难的是作家杜撰出来的情节难以说服读者。《双重赔偿》不是空穴来风，是20世纪初发生在纽约的真实案件启发了凯恩。可是，要说凯恩如实地记录了那桩案子，《案件聚焦》式的所谓创作又怎能将《双重赔偿》推到"美国式杰作"的高位？所以，凯恩只是借了黑色小说的壳，他真正关心的还是人心，人心的纹理在凶杀这样暗黑的背景下能纤毫毕现，凯恩就是将这种纤毫毕现做到了极致，当然，我指的是对男主角沃特·赫夫的塑造。

　　沃特·赫夫的堕落，是因为跌入了菲丽丝精心策划的计谋里，这是《双重赔偿》显性的抓手。当被菲丽丝枪伤后由同事凯斯安排出逃的赫夫在亡命路上不得不与菲丽丝携手的时候，我们回头想想他们两个初次见面的场景，一个谋杀纳德林尔先生的计划初露端倪的时候，看似是菲丽丝用言语、动作暗示了她有一个阴谋在心头乱撞，如果赫夫是个正人君子，菲丽丝再暗示对他都是火星语呵。两个人一拍即合，寥寥数语以后就成了一桩谋杀案的合伙人，只能说明保险推销人赫夫久久游走在有钱人之间心理早就失衡，菲丽丝的贪婪只是将赫夫的失衡变成了欲望。

贪婪加上欲望，在凯恩的笔下，置纳德林尔先生于死地的谋杀计划环环相扣，胜负手、后手一样不落地出现白纸黑字里，读来白纸还是白纸，只是因为凯恩先生添加在上面的黑字是聪明得过于单刀直入，引得我这样不够聪明的读者一路紧追慢赶，好歹跟着作者的速度看到一对落败男女在逃亡的船上还勾心斗角着，真恨凯恩就此画上句号。后来呢？"我（赫夫）没有听到客舱的开门声，但现在我在写字的时候，她（菲丽丝）就在我身边。我可以感觉到她。"两行留白以后，是全书的最后两个字：月亮。月亮看见什么了？就是这对男女被仅剩的一点良知啃噬得食不甘味寝难安。

据说凯恩的成名作《邮差总揿两遍铃》就写到了成功作案的男女是如何在互相折磨中了却残生的——这才是詹姆斯·M·凯恩的黑色小说能够成为"美国式杰作"的关键。我想，凯恩是在用他的笔诠释着"人在做，天在看"。

撞碎了我的心理防线

——詹姆斯·M·凯恩《邮差总摁两遍铃》

　　2011年上海译文出版社出版的《邮差总摁两遍铃》前，有孔亚雷的长篇导读。我遵嘱读完全书以后再回头来读孔亚雷的长文，结果损失颇大。如若按照责任编辑的安排先导读再正文，我将摒弃对犯罪小说的偏见。

　　文章刚开了一个头，就不得不停顿下来，因为我必须回忆一下我对犯罪小说的偏见来自何方。这么一想，发现我对犯罪小说的认识其实很模糊，是把犯罪小说与探案小说混同在了一起。如此，我接触到的第一部犯罪小说或者说探案小说，应该是艾勒里·奎恩的《希腊棺材之谜》，且不是通过阅读，而是由上海电影译制片厂的演员将其变成广播剧后我聆听到的。《希腊棺材之谜》之后，接触到的同类小说应该就是阿加莎·克里斯蒂的了，同样不是通过阅读，而是电影先入为主，《尼罗河上的惨案》。由影视而书籍，这些年，阿加莎·克里斯蒂的小说读了若干本，还有约瑟芬·铁伊的《时间的女儿》和《萍小姐的主意》，都是读的时候能让自己忘乎所以，读过以后觉得这些探案小说均是智商极高的作者凭空编织出来的环环相扣的猜谜故事，只是作家在构筑谜面的时候添加了凶杀这一使故事更加惊悚的元素从而让读者欲罢不能。

　　既然是犯罪小说，《邮差总摁两遍铃》也有迷障：谁是凶手？这也是孔亚雷建议读者先越过他的题为《死比爱更冷》的导读直接进入故事，因为他的文章里有剧透。其实，就算越过了孔亚雷的导读，詹姆斯·M·凯恩在写作这本书时根本就没打算将谜底掩藏得很深直到我们读到最后一页才恍然大悟：噢，原来是弗兰克联手科拉杀死了科拉的丈夫，侥幸脱罪以后，弗兰克和科拉互相猜忌互相埋怨互相伤害互相舔舐伤口以后打算开始新的生活，一场车祸让科拉死于非命，也让在此次车祸中无辜的弗兰克背上了谋杀的罪名被关进死囚牢房，《邮差总摁两遍铃》就是弗兰克·钱伯斯身在死囚牢房里的自述——这些，凯恩开笔不久就好像不够老练的犯罪小说作者一样都在字里行间泄露给了我们，当然，那是凯恩的有意为之，正如孔亚雷在导读中所言，凯恩意不在写一本探案或者犯罪小说，犯罪只是凯恩表达人性的一把钥匙，用这把钥匙打开《邮差总摁两遍铃》的"大门"，门里灰暗的色彩叫人绝望。长相英俊又怎么样？照样"他们把我（弗兰克·钱伯斯）从运干草的卡车上扔了下来"；性感（她实在算不了一个绝色的美人儿，不过她那种阴沉的神态和嘴唇向外撅起的样子，使我真想替她把撅起的嘴唇推进去）又怎么样？科拉为了生计不得不嫁给极不喜欢的油乎乎的希腊人尼克。两个绝望的年轻人不想被绝望吞噬，便合伙谋杀了尼克。尼克死了，他们也成功逃脱了法律的制裁，我们以为弗兰克和科拉从此就过上了他们想要的生活，但，罪恶让他们在绝望中越陷越深。被绝望逼迫得垂死挣扎的弗兰克和科拉，他们之间的猜忌、埋怨和互相伤害撞碎了读者的心理防线，让读者合不上书页。

黄昏中读完《邮差总摁两遍铃》，沮丧得无以复加。这种无限接近真实的小说，真的不能多读。可是，又忍不住去网上翻检詹姆斯·M·凯恩的下一本书……

品尝苦难生活的理由

——罗恩·拉什《炽焰燃烧》

腰封上夸奖罗恩·拉什的作品"精确地捕捉了美国南方阿巴拉契亚山区的复杂特征"。

读之前感觉腰封不知所云，读之后觉得"复杂"一词是夸饰。也许，出没在罗恩小说里的人物身份有异，微小农场主、典当铺小老板、盗墓者、一双吸毒父母的儿子、失婚的寂寞女人、遇人不淑的寡妇、国家公园里的偷盗者、孤独的父亲、精神错乱的白领、失意的酒吧歌手。我几乎将《炽焰燃烧》中近 10 篇小说的主角都罗列在这里了，很复杂，不是吗？其实，身份是埃德娜、帕森、韦斯利、贾里德、露丝们的外衣，罗恩要表达的，是外衣下的人们在艰难时世里等待世界末日的苦逼日子。

我没有危言耸听，"艰难时世"和"等待世界末日"两个词就来自罗恩两篇小说的篇名。在《艰难时世》里，埃德娜怀疑矮脚鸡下的蛋总是不见踪影是被邻居偷走了，在埃德娜言语胁迫下丈夫雅各布只好在鸡窝里埋下钓钩试图抓到偷蛋贼，结果，雅各布不得不要小心翼翼地从邻家小女孩的嘴里取出钓钩。

《等待世界尽头》：诸事不成的"我"只好在酒吧驻唱赚些银两养活自己。听"我"唱歌的又是些什么人呢？总是以酩酊大醉收场，呕吐一地的秽物将酒吧污染得臭不可闻。他们，叫"我"更加看不到未来。

仅就这两篇小说的简述，你一眼扫过以后的感觉是否只有绝望二字？"希望永远失去了，而生命却孤单地留下来，而且在前面尚有漫长的生命之路要走。你不能死，即使你不喜欢生"，罗恩·拉什一本薄薄的《炽焰燃烧》，是用纤毫毕现的故事，注释了舍斯托夫的这句话。

列夫·舍斯托夫，20世纪俄国著名思想家、哲学家，1919年后流亡海外。这样的背景，舍斯托夫有这样的论断，虽锋利如匕首却有很多人愿意握住它。我们一直认为世界上最幸福的美国人，竟然也曾生活在艰难地捱向死亡的路途中，真的？在网络热气腾腾的清谈节目《晓说》断断续续地说着美国，隔着高晓松这一层薄膜认识美国，就是美国人从来就生活在小烦恼大幸福中。可是，罗恩·拉什的《炽焰燃烧》告诉我，美国人也曾闪躲在烦恼丛中，不知道幸福为何物。我相信谁？我当然相信不折不扣的美国人罗恩·拉什。抑或，《晓说》中的美国真实不虚，但那是美国的面子。谁知道一张姣好的脸庞有没有经过高级化妆品的修饰？生活在美国深处的罗恩·拉什，几笔下去，就写出了沉默的美国人与自由富裕的美国曾经貌合神离的实情。

罗恩·拉什，颠覆了我一直以来需求小说的理由——当下，已叫人看不到未来，所以，我们需要小说。小说家们用生花妙笔营造出来的梦幻世界，能够让我们在阅读的几个小时、几天、几十天里忘记现世的苦楚，享受片刻的欢愉（相对于漫长得望不到边际的苦难人生，再长的长篇小说需要的阅读时间都是短暂的）——所以，对曹寇、阿乙他们的小说，我总是警觉地躲避着。比自己生活更苦难的小说中的生活，我们去体验的理由在哪里？罗恩·拉什用他的才华告诉我们，品尝比我们生活更加苦难的生活的理由，犹如餐桌上的苦瓜，帮助我们在苦涩中回味生活真正的美妙。

等着被自由抛弃？

——乔纳森·弗兰岑《自由》

阅读乔纳森·弗兰岑的《自由》，需要鼓足勇气。译成中文以后，《自由》超过了600页，如此大体量的小说，要阅读意味着一个星期内必须摈弃更有诱惑力的读物。读吗？这时候，宣传的效应便显现出来了。《自由》的引进方说，奥巴马凭借其总统地位在《自由》出版前就尝了鲜，此一行为招致弗兰岑粉丝的强烈抗议。

甫开始阅读，就觉诧异：跟我想象中的《自由》不一样。我的想象基于两点：一是长期以来意识形态给予我的本能，是将"自由"一词归位为上层建筑；二是美国总统热衷的读物讲述的应该是一个脱离了地心引力的故事。也就是说，《自由》是一本讲述精神层面喜悦或者苦闷的小说。

事实上，《自由》讲的是这样一个故事：一个家庭里的三个孩子，帕蒂因为天资不如弟弟和妹妹而被爸爸妈妈长期忽视，甚至，被人强奸以后因为对方的父母是强势的政治人物，帕蒂在积极参与政治的妈妈的劝说下，只好息事宁人。被忽视和遭强奸在帕蒂心里留下的阴影，帕蒂自己都没有把握尺寸有多大，只是，与沃尔特结婚并生儿育女以后，帕蒂想要跟家人和谐相处变得异常艰难。幸亏，在那个叫圣保罗的小城市里，在巴瑞耶街的邻居眼中，帕蒂是个不错的妻子和母亲以及常常请他们品尝自己烤制的小甜点的好女人。可是，随着儿子乔伊的叛逆，帕蒂用 20 余年贴在自己身上种种"好"字标签被一一撕脱，而帕蒂真正爱着的摇滚乐手理查德正好来家里做客，万念俱灰的帕蒂趁丈夫沃尔特出差的功夫，决定由着自己的性子做一件事，跟理查德上床。作为小标题，"错误已经铸就"两次出现在《自由》的目录里，跟理查德上床的后果果然是"错误已经铸就"，一个家庭因此到了分崩离析的边缘。要不是理查德重新有了创作的灵感无暇再顾念已很脆弱的帕蒂，要不是沃尔特的助手拉丽莎死于车祸，帕蒂还能跟沃尔特一起回到婚姻生活的原点、试着将爱渗透到彼此今后的生命旅程中吗？

　　一个被冠以"自由"的故事，描述的却是小儿女情深梦短的沉浮于尘埃中的生活状况，巨大的落差让我每天的阅读变得将信将疑：总是读着读着就要合上封面以证实一下：我是在读那部席卷全美的《自由》吗？这样反反复复，封面上的那句话也就一遍又一遍地跃入眼帘："自由带给我们的，原来是幸福之外的一切……"慢慢地这句写在封面上的提示让我大概懂得，看似一部记录了 911 恐怖袭击、环境保护、伊拉克战争等世界性大事件的小说，作者真正关怀的还是大事件里衣食住行地过着每一天的帕蒂们。透过乔纳森·弗兰岑的记录，我们这些大洋彼岸的读者隐约触摸到"自由"一词渗透到具体生活中后给帕蒂们带来的是什么？除了幸福以外的所有烦恼。

　　乔纳森·弗兰岑用他的新作宣告：自由如同私家车、空调和新衣，需要我们节制地拥有。如若由着自己的性子滥用，我们就只好等着被自由抛弃了。

无奈铺满字里行间

——约翰·厄普代克《父亲的眼泪》

我想，差不多有 10 年为了生计而浑浑噩噩，自己错过了什么？至少，没有当令地读到约翰·厄普代克的"兔子四部曲"。等到想要触摸只属于厄普代克的文学肌理时，遇到的是他最后一部短篇小说集《父亲的眼泪》。

通过各路方家的评论，揣测厄普代克的"兔子四部曲"，应该是活色生香的美国生活记录。但，这并不意味着作家本人就是那火热、香艳生活的参与者，"兔子四部曲"也许只是作家的客观记录。不过，能入作家法眼的生活片段一定是对应了作家的心性的，不然，它就无法刺激得作家坐立不安，非要白纸黑字地写下来才心安。如我的臆断有些许恰当处，那么，等到年近 80 的厄普代克提笔开始写作他一生中最后一本小说的时候，经历过暴风骤雨的他，已经绚烂归于平静。一样看夕阳，有人看到的是静美，有人看到的则是日薄西山。厄普代克看到的是后者，至少，在他写《父亲的眼泪》的时日里，"夕阳无限好，只是近黄昏"的况味总是盘旋在他的脑海里。

《父亲的眼泪》，总共 18 篇小说，共 249 页，可以推测这 18 篇中有的篇幅是极为短小的，比如《童年即景》和《德语课》，才十来页大约六七千字。就是这么短小的篇幅，厄普代克都不忘将老之已至、处处皆无奈的情绪铺满在字里行间。

因此读得我特别沮丧。我设想，如果提前 30 年读到《父亲的眼泪》，我的沮丧会如此强烈吗？那时候，青春是我全部的资产，杯满盈，满盈的是青春，所以，遇到一个"老"字，除了不理解，还会认为厄普代克在无病呻吟：老有那么可怕吗？而今，体力上的今不如昔让我触碰到了老的边缘，大概晓得了老之意味，《父亲的眼泪》等于用小说提醒我：心中那个"老"字有多沧桑，所以，无比沮丧。

能不沮丧吗？

《与埃利扎纳漫步》：1950 年就毕业的中学同学聚会，戴维携第二任妻子前去参加，中途开个小差与曾经的美女同学、现仍风韵犹存的埃利扎纳漫步一次，往日情怀让两位老人相拥，结局却是"气喘吁吁"。什么叫老？就是飞扬的青春只留在了记忆里。即使青春的标志那么明艳而强烈地闪亮在自己的眼前，亦是心有余而力不足，连想一想都要"气喘吁吁"——只要愿意，厄普代克的提醒是每一个人都能预见的，只是，厄普代克用那么深入骨髓的笔触，令读到这一篇小说的读者无处躲避一个"老"字，以致，读罢《父亲的眼泪》，我发现它们迅速从我的记忆里闪开，就是要复述这一篇《与埃利扎纳漫步》，都要重新翻开书本。我的记忆不至于如此糟糕。《父亲的眼泪》之前读过的托宾的《母与子》，还那么鲜明地印刻在我的记忆里，所以，忘却《父亲的眼泪》，是心因性的遗忘，原因是《父亲的眼泪》里描述的种种老态太逼真，令人不忍卒读。更让人沮丧的，那是绕不过去的人生最后之旅。

也曾搜索过他人对《父亲的眼泪》的评价，似乎没有人提及集子的开篇小说《摩洛哥》。我却最喜欢这一篇。夫妻情浓的时候带着一双小儿女在一个错误的时间来到摩洛哥度假，不对的风景以及不对的服务让这一家的度假沦为疲于奔命，可是，没有阳光没有沙滩没有美食的摩洛哥，丝毫没有打击到这一家人的度假心情——我像读历险记一样随着这一家人在摩洛哥遇到的波折而跌宕起伏，怎么也没有想到小说结束在这一句话上："在摩洛哥，我们一家人曾经那么紧密地在一起，可我们就是从那以后开始疏离四散的。长大成人，离开家门，目睹父母离婚——全发生在那之后的十年间。"我被这个结尾羁绊了许久许久，伤感、幽怨、不舍、甜蜜等多种维度相异的情感杂拌着出没在我读罢《摩洛哥》的那些天里。

给读者这样的阅读幸福，只有厄普代克这样等级的作家做得到！

温暖，但很脆弱

——科尔姆·托宾《母与子》

科尔姆·托宾的短篇小说集《母与子》总共收集8篇，篇篇都是精华，但不妨碍我们从中选出最喜欢的那一篇。

我最喜欢的是《一首歌》，并迅速转载到我参与编辑的、读者对象为中学生的杂志上。因为转载，所以要一遍一遍地读《一首歌》，读一遍，自觉触摸到的托宾关于母与子之间那种薄如蝉翼的温暖情感，又多了一分。在诺尔幼小的时候，著名歌手母亲与父亲劳燕分飞。基于怨恨，父亲折断了母亲对诺尔的关怀。现在，诺尔长大成人，是一个乐队的成员。歌喉远不及母亲的美妙所以无法远播，诺尔他们只能在爱尔兰一个叫做米尔诗的小镇上的酒吧里演奏、歌唱。通过唱片，通过报纸，诺尔总是追踪着关于母亲的信息，所以诺尔知道母亲来米尔诗镇演唱的消息。暌隔十余年的母子乍一见面会有怎样澎湃的情感对流？没有。只有母亲依旧魅力十足的歌声："她唱着她的爱带走了北，她的爱带走了南，她的爱带走了东，她的爱带走了西……最后一句几乎是用说白，她的爱带走了上帝。"对，母亲在用歌词向久未见面的儿子示爱。而诺尔对母亲的依恋，托宾用诺尔幻想自己与母亲合唱的效果来表达，含蓄到稍不留神就会错过的浓厚的母子情，托宾这么处理是要考量读者的领悟力吗？我猜，不。像科尔姆·托宾这样的大师，更喜欢沉溺于自己对生活的理解中。母与子，感情最主要的内容是温暖，温暖是多么脆弱的感情，所以托宾不肯让诺尔和母亲当面相认，只是让温暖轻扬起来，让读者在温暖的气息中享受他小说高雅的品质。

我也是母亲，所以敢说《关键所在》是天下关于母亲最柔情蜜意的篇章。丈夫意外去世，只留给南希三个孩子、一大堆债务和小小的日渐衰退的小超市。用开炸薯条店和酒廊的办法，举步维艰地带领一家人继续过日子的意外收获，是南希他们获利丰厚以及南希的儿子吉拉德对经营好炸薯条店的天生素质及喜欢。猜得到的结局是，南希一改还清债务后一家人搬去都柏林过脱俗日子的初衷，因为有吉拉德的倾情相助，南希他们一家从此在小镇过上了小富即安的日子。托宾不让我们的猜想如意，而是：南希不顾吉拉德的反对，坚决卖掉炸薯条店和酒廊搬去都柏林，从而让孩子受到了她能提供的最好教育。只有为人父为人母的读者打量南希的选择，才觉其间充盈的母爱有多深。只是，在孩子的感觉里，这种温暖很脆弱，只有南希这样一意孤行地坚持着，这温暖才能弥漫在她与孩子们之间，直到他们一家走出了小说设定的时空。

《借口》中，母亲把持温暖的方式，是用出格的行为引起儿子的关注；而《家中的神父》中，母亲把持温暖的方式，是宽恕儿子年轻时出格的行为……

那么，《长冬》呢？本书译者柏栎的译后记写得非常点睛，所以我总是读一篇参看一遍柏栎的点评。他（抑或是她）说书里最长的《长冬》是他的最爱。好在哪里，这个故事？母亲嗜酒得不到父亲的谅解离家出走，恰好遇到暴风雪，母亲从此没了踪影。这个情节，只占了《长冬》很小的篇幅。更多的《长冬》篇章，托宾用来铺叙没了母亲，米尔盖和父亲陷入了怎样的困顿以及寻找母亲不着而流露出来的淡淡的焦灼。再淡的情感也禁不住叠床架屋，而孤儿马诺鲁走进米尔盖家帮助他们料理家务的"闲笔"，则更加深了托宾对母与子情感的理解：温暖，但很脆弱。

像时光一样不能错过

——科尔姆·托宾《黑水灯塔船》

接下来，我想追本溯源走到科尔姆·托宾小说以外的世界，看一看他的妈妈在他的人生中到底怎样左右了他，让他的创作始终徘徊在母与子那欲说还休、欲罢不能、欲迎还拒的茫然中。当然，我对托宾的判断有些虚弱，因为，迄今为止，我只读过托宾的两部作品，短篇小说集《母与子》和长篇小说《黑水灯塔船》，而这两部，主题均在探讨母子两代之间已有的隔阂还有办法、还有可能、还有必要去消弭吧。

《黑水灯塔船》中文译本的扉页上说，科尔姆·托宾是英语世界公认的语言大师。可，也许译者被语言大师的头衔给吓着了？那种过于亦步亦趋的移译，呈现的中文突破了汉语表达的规范，以致，读者难免疑惑：这就是语言大师的语言？等到越过了因翻译造成的读者与托宾之间的迷障，我得承认，比较《母与子》，《黑水灯塔船》给出的两代人之间的沟壑，大概像在直升机上俯视地球上的东非大裂谷，触目惊心又无可奈何。

海伦已经成家立业，她和弟弟德克兰的妈妈莉莉在他们的爸爸病逝后已经成就了一份自己的事业，而他们的外婆则守在改成度假旅馆的祖业里安度晚年。爱尔兰本就是一个地虽不广但人口也足够稀少的国家，四个应该是这世上最亲的亲人因为工作因为生活的缘故分头行进在各自的轨道里，如果不是突发事件，托宾用一个长篇的篇幅撕扯给我们看的破碎过的亲情结成的痂，将被时间和空间遮蔽。

但是，因为同性恋而染上艾滋病的德克兰，将不久于人世了。

当年，他们的爸爸进入生命倒计时后，莉莉将海伦和德克兰送到外婆家好腾出工夫全心全意地送别丈夫，在德克兰的记忆中，往事就是在外婆家度过的童年。弥留之际的人总是希望能身处一生中最美好的片段里？德克兰希望能去外婆家住上一阵子，但他已病重到不能自控，为满足德克兰最后的愿望，海伦只好让丈夫带上两个男孩去度假（尽管，她那么不愿意自己不在儿子身边），在护送和陪伴德克兰的日子里，外婆与他们的妈妈莉莉之间、海伦和德克兰与他们的妈妈莉莉之间的种种只关乎感情的陈年往事，如沉渣泛起，虽桩桩件件能撞碎每一个当事人的心理防线，但因着托宾极为冷静和节制的叙述，让阅读者有可能按捺住过于激动的情绪，依照托宾的意图思考一个问题：有了裂痕的感情有可能修复吗？

有一件事已经在我心头如小鹿般撞击了许久，要不要把我与母亲之间那些往事依照我的记忆、我的认识和盘托出？之所以有这样的想法，是因为坊间关于母亲的回忆，不是温暖就是愧疚于自己的疏于照料。而我的，不是。我对于我妈妈，是必须完成的一次生育过程，所以出生不久就被送到外婆家直到回家上学。8年的母爱，对我妈妈来说每月十数元的抚养费已经足够了，她从来没有也没有能力能够想一想，8岁以后直到出嫁，我和她之间一次次因着鸡毛蒜皮而升级的争执，根源在我需要她在场的时候，她不在。现在，她老了，因为抑郁症而更加需要我，尽管，她用一句"女儿身上我力气、钞票都没花过"说出了她的歉疚，而我，无法说服自己去亲近她，宁愿用物质来替我尽职。我曾经以为这样的母女沟通障碍只是个案，偶然间，一位同事告诉我，她就是无法说服自己搀扶着母亲过马路。她和我一样，童年时期由外婆替代了妈妈。

既然我与我妈之间的别扭不是个案，两代之间，为什么不能有母爱的无穷温暖和小辈疏于照料的愧疚以外的说辞？至少，能够告诉像我这样耿耿于怀的缺母爱者知道，我们不孤立。

我们真的不孤立，在远方，在托宾的笔下，《黑水灯塔船》虽努力轻描淡写，"黑水灯塔船，我曾以为它永远都会在那里"，托宾让莉莉告诉德克兰的朋友曾经与建在岩石上的塔斯卡尔灯塔相互辉映的黑水灯塔船的去向的同时，也给出了黑水灯塔船的象征意义。这一影射告诉我们，与时光一样一去不复返的，还有当一个孩子成长时母亲缺位所造成的心理伤害，永远都在那里了。就算德克兰死后海伦家里永远备好了牛奶等待莉莉来下午茶，海伦给予莉莉的，也只能是道德层面上的反哺，它不可能如泉水汩汩而来，谁让那一眼叫情感的深泉，需要一箪食一瓢饮地慢慢酝酿。

扒在井沿看一眼的代价

——斯蒂芬·茨威格《变形的陶醉》

第一次世界大战后，在奥地利一个名叫克莱因赖芙林的小镇上，28 岁的克里斯蒂娜的日子过得可真叫干巴：是一家乏味的邮务所的邮务助理，妈妈已病入膏肓，家就在邮务所对面那间走起路来楼板会咯吱叫、天花板上满是水渍的小屋子里。

克里斯蒂娜可不认为自己的生活有多么糟糕。她恪守自己一份得之不易的工作，她尽孝被苦难的日子折腾得奄奄一息的寡母。她以为天下人都像她一样苦度时日，她就这样平心静气地送走了自己的如花年华和绽放的青春，余下的岁月总不见得比青春期更躁动吧?!

看得到终点的日子在克里斯蒂娜 28 岁那年拐了个弯。

克里斯蒂娜的姨妈克莱尔阴差阳错地从克莱因赖芙林出走抵达美国，身份也从服装店的导购小姐摇身一变为阔太太。走到黄昏的时候，回欧洲度假的克莱尔想到了自己苦命的姐姐，便邀请姐姐到风景胜地与他们欢度假期。想到小女儿照顾自己尽心尽力，克里斯蒂娜的妈妈让她代替自己去度假。

接下来的故事落了窠臼：享受过奢华日子的克里斯蒂娜人回到了克莱因赖芙林但心已经回不来了。遇到同为天涯沦落人的斐迪南后，一幕惊天杀人案被策划、被实施。在斯蒂芬·茨威格未及完成的小说

《变形的陶醉》里，克里斯蒂娜的生命大概会过早地走到终点吧。

我想到了早前读过的小说《遥远的救世主》。芮小丹向丁元英索要的爱情礼物是帮助王庙村脱贫，丁元英为爱而行动但同时一针见血地告诉芮小丹：她这是让王庙村的穷人扒在井沿看了一眼外面的世界后，掉下去痛苦会更大。依稀记得芮小丹追问了一句：能不能帮助王庙村爬出井来？也依稀记得丁元英的回答是：不可能，文化属性使然。

斯蒂芬·茨威格的小说《变形的陶醉》告诉我们，扒在井沿看一眼必然掉回井底的结果，并非中国文化属性使然。这是一个放之四海而皆准的真理，决定扒在井沿上看一眼后的命运，不是宿命，而是要看我们靠的是谁的能量才得以从井底爬到井口的。《变形的陶醉》是姨妈克莱尔偶尔发作的慈悲心，《遥远的救世主》则是芮小丹和丁元英之间生发的一场惊天地泣鬼神的爱情故事——被动的脱贫，被打回原形看来是必然的结果。

《变形的陶醉》，一个叫人读后倍觉凉薄的故事，不过，读着斯蒂芬·茨威格的这部作品，更惊吓我的，还不是克里斯蒂娜的结局。20多年以后重读茨威格的小说，我惊惶地发现，《变形的陶醉》已不能像当年读《象棋的故事》《一个女人一生中的二十四小时》那样让我沉醉其中不能自拔。缓慢的情节推进、华丽的语言堆砌几度让我不能耐受，竟然不存些微顾惜就跳跃了过去，就连茨威格最能攫取读者心的人物心理描写，比如《象棋的故事》中主角挪动一个棋子时内心翻江倒海的过程，也不能牢牢地抓住我。这是怎么啦？也许是因为这些年来的阅读帮助我从井底扒到了井沿？这倒是好事。哪天我在井沿扒久了支持不住掉回了井底，那些扒在井沿读过的书和结识的书中人将帮助我在枯竭的井底美滋滋地度日。

湿漉漉的中年

——田山花袋《棉被》

田山花袋的《棉被》写于 1907 年。

1907 年以降的中国，大是大非太多，又有谁会关注私小说写的那些事？如果实在要挖掘，郁达夫的《春风沉醉的晚上》差可比拟，可那是青年人的苦闷。即便如此，我们亦是边由衷佩服郁达夫先生的才华一边暗忖：这个郁达夫怎么写这个！

可是，哪怕是抗战八年间，哪怕内战，哪怕反右，哪怕"文革"……中年人总是社会的中坚力量，他们除了要担当起社会和家庭的重责外，会不会因为已有的男女之爱褪色而沮丧？有没有因为遭遇新欢而忧切？怎么会没有呢？最著名的例子就是太太客厅的主人林徽因女士春心荡漾地对归家的丈夫说："我爱上了两个男人，怎么办？"林徽因何其幸运，因为美丽更因为智慧，她的这一段精神出轨被衍化成玫瑰色的佳话而被世人艳羡。除此之外，现实中出了轨的中年男女会遭遇怎样的舆论挞伐且不论，只说文学作品，中国现代文学史上，婚姻外偶遇炽热爱情的男和女，几乎无一例外都会被泼污言秽语，于是，特别是 1949 年到改革开放之间的中国，夫妻以外中年的男女私情都被打了闷包。至于改革开放以后的中年男女，他们的婚外情倒是经常出现在文学或者艺术作品中，可多是苟且，哪有多少"蓦然回首"的惊喜？

所以会鄙夷《情书》，怎么可以把不伦恋弄得那么惊艳动人？日本人啊，啧啧啧……

就是抱着这样的态度展读田山花袋的《棉被》的。

故事简单：三十五六岁的时雄开始厌倦起了日常生活，包括教师、作家、丈夫、父亲等左右时雄社会、家庭角色的生活。百无聊赖中，文学女青年芳子闯入了他的生活。这位能跟时雄谈谈文学的女孩，不仅聪慧还"巧笑倩兮美目盼兮"，惹得时雄数度冲动得要越轨，又囿于伦理道德强压住了熊熊欲火。不爽的事情终于不期而至，芳子有了男友，这叫时雄好不伤怀和嫉妒，于是以芳子老师的身份为依凭，以保护芳子为幌子，请出芳子的父亲将一对年轻人的纯真爱情扼杀在萌芽状态。时雄得到什么了？本来还有得养眼的他，因为芳子被带回老家只落得捧起留有芳子气味的棉被号啕大哭。

毕竟是1907年的作品，没有像《情书》大胆地坐实了男女婚外情并将情欲撑到极致如彩色气球一样崩裂在空中留斑斓的碎片飘舞在天上，可是，那种让人读着心生懊恼的情节是相通的：不该相爱的男女相爱了或者单恋了。这样的感情过程应该会写得污秽吧？可是，田山花袋怎么就写得那么清爽？真是百思不得其解。有人说日本人变态容易接受那样的不伦之恋，可是作为一个中国读者，通过移译过来的文本读《棉被》，却还是觉得清爽，什么道理？想来想去，是田山花袋的一支笔十分了得，将色迷迷的中年写得湿漉漉的。还不是一支笔，在田山花袋的心里，那样的感情虽羞于向人道出，却是可以坦坦荡荡地呈现在纸上的。只是奇怪，经由田山花袋的一支笔，那份应该蒙羞的情感竟然像是被清水洗过一样看上去清丽嗅一嗅有花香，什么原因？也许这就是私小说能够独树一帜的原因？！

享受到尽职的快乐

——西格弗里德·伦茨《德语课》

　　封底，印着一位德国小读者的颂词："他（西格弗里德·伦茨）用的是开满花朵一样的句子套句子的文笔，我喜欢。"可是，读中文版的《德语课》，看不到朵朵鲜花，这是文学作品移译过程中不可避免的损失，好在《德语课》胜在故事情节以及作者西格弗里德·伦茨借助故事情节的思考："二战"中大多数德国人应该为惨绝人寰的战争承担怎样的责任。

　　封底上的故事梗概出自谁的手笔？译者许昌菊先生吗？不可能。她难道不知道这句话对《德语课》的伤害有多大吗？这句话说："不久，他（小说的主角西吉）因公然在展览会上'偷'画被送入教养所"，这一句足以减轻作品分量的导读，不知道要让多少不了解德国文坛的中国读者绕过《德语课》，因此永远无法嫁接到这位德意志民族心灵守护者思考的成果。

　　没错，西吉是因为偷南森画展上的画而被送进教养所的。还是一个少年，西吉怎么会想到去偷一幅画而不是战后更加为人急需的面包呢？我们必须耐下性子跟随西吉不那么流畅的文笔才能慢慢走近事情的真相。

　　乡村警察哨哨长严斯和画家南森是一起长大的伙伴。战争爆发了，南森被禁止作画，具体执行这项指令的是严斯。警察哨哨长非常尽职，他禁止南森作画，见南森竟然不服从禁令偷偷作画，他数度阻拦未果，忍无可忍之下，一把火烧毁了儿子西吉偷偷藏匿南森伯伯画作的磨坊。从那以后，西吉只要看见南森的画作，就会看见火苗舔向他喜欢的南森伯伯的作品。战争已经结束，父亲严斯已经无法阻止南森作画，南森的画展也已高调举行，可是，那一团团隐形之火无法在西吉观赏南森的画作时熄灭。西吉不能容忍南森的画作再一次被父亲严斯烧毁，哪怕是在幻觉中，他偷了画。

你会不会像我一样，非常痛恨警察哨哨长严斯？可是，当小说读到最后一页，我对严斯的痛恨已转化为一腔五味杂陈的复杂情绪。就像西吉在教养所被要求写的那篇作文的题目一样，"尽职的快乐"是严斯为人的准则，他把阻止南森画画烧毁南森的作品、打碎儿子西吉心目中威严的父亲形象、阻隔与乡邻的交往，甚至，亲手将不愿意当炮灰的大儿子再次送入纳粹的魔爪——种种违背人伦的行径，像恪守为人准则一样去做去执行，只是为了享受尽职的快乐，可恨可悲又可怜。而严斯，只是纳粹统治下大多数德国人的这一个，我们又怎么能够轻率地求全责备如严斯这样沉默的大多数不具备识破希特勒及其纳粹反人类罪行的慧眼呢？

2013年，我每天总要花一些时间在微博闲逛。那时，"文革"中大人物被批斗、被殴打，小人物被掌掴、被戕害的照片，配上三言两语说明后陆陆续续出现在微博上。这样的微博，无一例外地被多次转发、被多次评论，加害者总是被骂得狗血淋头。面对这样的微博，我无法无动于衷。我外公被揪到由几张桌子搭成的台子上批斗时我才两岁，记忆却那么深刻，外公他穿着咖啡色的卡其布裤子、浅灰色长袖衬衫，已经弯得很深的腰被人一次一地按下，脑袋于是一次次地点在桌子上。近半个世纪以后，痛骂"文革"是容易的，不容易的是问自己，如果身不由己地被裹挟进去了，我会是谁？

痛恨只会不问青红皂白地执行上级指示的父亲的西吉，是被迫开始写作《尽职的快乐》的。当教养所所长看到惩罚已在西吉身上起到效果后，让西吉走出禁闭室停止写作《尽职的快乐》，可是西吉已然不能够了。他通过写作《尽职的快乐》尝到了尽职的快乐——是不是很意味深长？假如西吉替代父亲做了警察哨的哨长，尝到尽职的快乐后，他会不会像父亲一样匪夷所思地做人行事？

《德语课》里有一群心理学家进进出出，他们配合教养所试图找到治疗这群少年犯何以犯罪的心因。我倒很想看到心理学家找到人们沉醉于尽职的快乐的 HIGH 点，不然，谁能保证西吉们不会在气候、土壤成熟的时候以"尽职的快乐"为由作出灭绝人伦的举动？

平心静气中翻江倒海

——伊丽莎白·斯特里特《药店》

让我们屏息静气，开始阅读《药店》。

窗帘没有拉开？拉开！让早春有些稀薄的阳光洒进来。如果细雨纷飞，《药店》里也有情节与之映衬。

我还是简约地概述一下《药店》吧，伊丽莎白·斯特鲁特对你来说也许有些陌生。我也是读过《大方》上刊登的《药店》才知道美国还有这么好的短篇小说作家，除了雷蒙德·卡佛。读过《药店》后，我觉得好，到网上试图找到她的其他小说。可是，相关链接只有 3 条，即便包括《药店》在内的伊丽莎白·斯特鲁特的短篇由新经典文艺以《奥丽芙·基特里奇》为名结集出版，后又以《微不足道的生活》为名再版，关于这位女作家的资料还是不多。而雷蒙德·卡佛，链接多到翻得手软也还有"下一页"。中国读者阅读美国作家，蛮一哄而上的。

亨利·基特里奇是药剂师，在邻镇开着一家小药店。他是镇上出了名的好好先生，不够幸运的是娶的太太脾气有点暴躁，不过还好，头一天晚上还嚷嚷得脸红脖子粗吧，睡过一觉后就云淡风轻了。丹尼丝是接替死去的格兰杰太太来药店做助手的。这个 22 岁的已婚女子看上去还是个女孩呢，所以，亨利很怜惜她，特别是她那也叫亨利的丈夫死于意外、她又无助得叫人生怜后，渐渐地，基特里奇先生自己也有些糊涂了：他给温顺的丹尼丝的，究竟是一种什么情感？丹尼丝再婚，嫁给了给药店送药的麦卡锡，并远走他方。很多年过去了，这些年中亨利生日的那一天，都会收到丹尼丝的明信片，说说她在远方过得怎样，那种怅惘，丹尼丝从不说，但亨利感觉得到。岁月流变，亨利的那家小药店被超市取代了，幸好他们那不争气的儿子变得懂事了。眼看着亨利就要在磕牙的婚姻中继续思恋丹尼丝以走完剩余的人生，病后的丹尼丝写来了一封长一些的信，信中有这样一句话："世间万物，唯有家人和朋友才是重要的，我幸而两者兼有。"读罢，亨利走向他的妻子奥丽芙，他要握住她的手臂，因为他知道她也有伤心事。

······

我怎么这么啰嗦？即便这么啰嗦，也不能把伊丽莎白·斯特鲁特原作的韵味在这里还原到百分之一。一个跨越了几十年的故事，斯特鲁特用了15页都不到就讲完了，叙述过程中的简笔、跳跃在所难免，可是你读着就是觉得有万种情愫一波接一波地冲撞着胸膛，且越是留白处这样的冲撞越强烈，一口气读完《药店》，"在平心静气中翻江倒海"，是我的即时反应。我仿佛看见女作家波澜不惊地说着故事，讲的她平静如止水，听的你却是百感交集，再看她，得意之色溢于言表。

她应该得意。小说读多了大致知道，营造戏剧冲突不易，但是比起不动声色地讲一个惊心动魄的故事，那算不了什么。

我又有些疑惑了。美国在大洋彼岸，很远。邻镇在美国的哪里？我不知道。一个跟我毫不相干的美国家庭里的平淡无奇的故事，何以触动得我不说上几句就无法将《药店》搁到一边？伊丽莎白·斯特鲁特，这位普利策奖获得者，似乎野心不大，就是想写一个个发生在邻镇的故事看看能否让邻镇以外的读者感同身受。她的梦想变成了现实，岂止是邻镇以外的美国读者，就是我这个大洋彼岸的中国读者，这几天都深陷《药店》中。道理何在？美国人也好，中国人也好；住在邻镇也好，住在上海也好，柴米油盐的生活带给我们的痛处、痒处、酸处、麻处是相差无几的，所以，当亨利准备伸出手去握住奥丽芙的手臂时，我也想这么去做。

奥丽芙·基特里奇是面照妖镜

——伊丽莎白·斯特劳特《奥丽芙·基特里奇》

亨利·基特里奇中风4年后，阖然长逝，此刻，奥丽芙·基特里奇在纽约的儿子家里，正为无法接受儿子娶了已有两个不同父亲儿女的女人安而怏怏不快着。天亮后，奥丽芙决定提前回缅因州的家里，尽管儿子愤怒地表示，不能亲自送她去机场。

怀揣一腔怨气，奥丽芙在机场安检时断然拒绝脱鞋。当然，如同奥丽芙以前种种不近人情的举止只能换取他人、观众和读者的不解乃至抵触外，鞋最终还是提在了奥丽芙的手上，只是搅乱了搅烦了机场安检人员的心境。

HBO的迷你剧《奥丽芙·基特里奇》看到第4集的这个段落，是我唯一一次站在了怒火中烧的奥丽芙的这一边：一回到邻镇她与亨利生活了一辈子的家园，奥丽芙就扑向养老院，结果被告知，亨利死了。奥丽芙于是一顿歇斯底里大发作……

没有读过伊丽莎白·斯特劳特的短篇小说集《奥丽芙·基特里奇》、又是跳跃到第4集开始看电视剧《奥丽芙·基特里奇》的，你会以为这个长相泯然众生、脾气莫名其妙的女人，是一个爱护丈夫的好妻子，其实不然，就像他们的儿子克里斯托弗气急之下对奥丽芙吼叫的那样：你对爸爸那么坏！怎么个坏法？《药店》里，新雇员、女孩丹尼斯的丈夫死于意外，丹尼斯难免悲伤，亨利于是多加安抚，奥丽芙冷嘲热讽之外，多次让亨利在丹尼斯面前乃至小镇的社交场合里几乎下不了台。《涨潮》中，因为不喜欢嫁给克里斯托弗的苏博士，就算亨利屡屡用表扬苏博士的方式提醒奥丽芙苏博士已经成了自家人，奥丽芙就是忍不住不罢休地挑剔着苏博士以及苏博士那对从加州赶来缅因州参加婚礼的双亲，甚至，用在苏博士白衬衫上画红线、偷走她的一只耳环一只鞋的幼稚方式发泄自己心中对儿媳的极度不满……这是一个下意识中就能将气氛搅得阴霾四伏的女人，从而让周遭的人忐忑和焦躁不安。这是一个坏女人吗？显然不是。不然，她怎么会下班途中送学生凯文回家不算还进屋劝解凯文那重度忧郁的母亲？不然，她怎么会有心理感应一样在十多年以后成功阻止试图自杀的凯文？不然，她怎么会在帕蒂落水以后拼命施以援手？奥丽芙·基特里奇，就是我们喜欢用"刀子嘴豆腐心"形容的女人，且豆腐心通常给了同事、邻居、陌生人等他人，对家人，侍奉的永远是一张刀子嘴。

2011 年，一本叫《大方》的文艺类杂志问世，其中，选登了伊丽莎白·斯特劳特的《药店》，读过，为亨利的宽容、大度、和善而温暖，为稚气尚未脱净的丹尼斯突然丧夫而伤感，更为奥丽芙·基特里奇那习惯性地用负面情绪败坏周围气氛以及周围人心境的做法感到惊愕。

为什么惊愕？环球同此凉热！像奥丽芙·基特里奇这样的女人，在与美国缅因州邻镇遥遥相对的中国，也出产颇多，总是不知不觉地将在工作中积累起来的坏情绪转而发泄到家里，从而将家庭气氛败坏到叫家人难以忍受自己又未必从中获得愉悦的地步。除了《药店》，伊丽莎白·斯特劳特还将怎么焦虑地呈现奥丽芙？短篇小说集《奥丽芙·基特里奇》一问世，就讨来阅读——说是短篇小说集，其实，是用短篇小说的体裁为"刀子嘴豆腐心"女人奥丽芙·基特里奇立传。一本读完，更觉伊丽莎白·斯特劳特为全世界像奥丽芙·基特里奇这样的女人竖起了一面照妖镜：不要用"我本善良"这样的托词为自己对家人的恶语相加辩解，敢说，亨利的中风没有长期忍耐奥丽芙言语中伤的因素？而克里斯托弗再婚半年以后才告诉奥丽芙以及假借安孕吐为由将奥丽芙请到纽约家中想弥合彼此的隔阂未果，不都是奥丽芙不经意间言语伤害了家人、给他们造成了难以修复的心理创伤的明证吗？

只是，一个无所谓好人与坏人的小人物的"传记"，竟然荣获了普利策小说奖！看到"普利策"一词，"它是一个新闻奖"的反应就会出现在脑海里，事实上，普利策还有文学奖。在普利策新闻奖关注世界风云的同时，文学奖中的小说奖则青睐于细致地描述普通人生活困境的《奥丽芙·基特里奇》。惊讶过后，觉得也是，风云际会终归是瞬间、少数人的遭际，对世界上绝大多数人来说，生活就是由《药店》《绝世》《小插曲》《冬季音乐会》等《奥丽芙·基特里奇》中的篇章绵延而成的，这样的生活虽然微不足道，却左右着大多数人的幸福指数。指数是高还是低，就看奥丽芙们用什么样的态度应对微不足道的每一天了——所以，《奥丽芙·基特里奇》再版，缘于用一个外国人的姓名做书名在中国没有读者缘，更名为《微不足道的生活》了。不管书名怎么变化，这都是一本值得我们边读边想的好书，因为，奥丽芙·基特里奇就像是一面照妖镜，无情地扯掉了我们任由自己坏脾气发作的伪饰，从而提醒自己：你的选择无从改变，你选择的人也无法改变，能改变的只有你自己，如果你想让你微不足道的生活还有滋有味的话。

他像是只负责序言

——罗贝托·波拉尼奥《地球上最后的夜晚》

　　罗贝托·波拉尼奥的文字像是一个痴迷健身的型男,腹肌、肱二头肌都有着漂亮的线条。与这样的文字较力,也同与型男角力一样,看上去很美其实很累。读波拉尼奥的《地球上最后的夜晚》,总是被他的狡黠勾得引得哭笑不得:好不容易翻山越岭接近了谜一样故事的结局,却戛然而止了。

　　只说被用作书名的《地球上最后的夜晚》这一篇。经历过《圣西尼》《亨利·西蒙·勒普兰斯》《恩里克·马丁》《一件文学的事》《通话》《毛毛虫》《安妮·穆尔的生平》《小眼席尔瓦》和《戈麦斯帕拉西奥》后,我坚信自己对《地球上最后的夜晚》已有了足够的警惕,所以,会在打开这篇小说的刹那开始揣测:波拉尼奥界定的地球上最后的夜晚,是不是星月陨落、大地混沌一片之时?小说中却是一对49岁的父亲和23岁的儿子走出墨西哥城前去海滨城市阿卡普尔科尔游玩时相伴的一段日子。

　　1975年,B和父亲一起出城短暂度假。一路上,B在父亲的引导下,享受高级宾馆、享用美酒美食、流连海滨美景、与姑娘们打情骂俏……还有,豪赌。就在B父在B面前因为赌场得意而神气活现时,前一秒钟B还因为假期将尽而快活地想"明天我们就走了,明天我们就回首都墨西哥城去了"，后一秒钟"这时他们动手打起来了"。一个父子都玩得开心的假期竟然以"他们动手打起来了"结束，没有读者会不好奇地问：他们为什么打架？可是，波拉尼奥像是只负责序言的作家，"这时他们动手打起来了"，是《地球上最后的夜晚》的最后一句话，也就是说你想要知道父子俩为什么动手打起来，只有重新阅读。

重新阅读，读者会发现，在与父亲开始这一段假期之初，B看父亲"已经在桌旁看前一天的体育报纸了。早饭已经做好了。咖啡，牧场煎蛋"。而在"这时他们动手打起来了"的前一句话，波拉尼奥写道：后来，B父有些驼背地向出口走去。我们把两张B父的照片并排在一起，会发现经过短暂的旅行，父亲在儿子面前不加掩饰地由着性子吃喝玩乐嫖和赌，高大的穿着白衬衫干净地吃着自己动手弄出来的早餐的形象，倒塌了。对一个儿子来说，父亲猛然变成猥琐的泯然众生的中年男人，等于是遇见了"地球上最后的夜晚"？"最后的夜晚"就足够了，何必冠以"地球上"？

自始至终，B一直在阅读一本诗集，法国超现实主义作品选。在这本诗集里有诗有照片的居伊·罗塞，因为朋友们的疏漏失踪在"二战"期间德国人占领的法国南部，他被疏漏的原因是他是一位次要诗人而不是重要诗人。波拉尼奥是智利作家，流亡欧洲的时候从来没有让自己流亡的身份成为欧洲同行的谈资，并且始终对流亡在欧洲的拉美作家保持着在他人看来有些自虐的警觉。40岁才开始发表作品，我觉得也是他想与拉美流亡作家保持距离的一种态度。为什么？他不想自己成为法国超现实主义诗人群体中的居伊·罗塞。这样的解读能够成立的话，那么，与父亲一起的旅行，等于是B的一次深入到拉美流亡作家群体内的一次探访，结果，这个群体让他失望得像是看到了地球上最后的夜晚。那难道不是作家对自己的祖国乃至整个世界失望透顶以后转化为小说的一种表达？

《戈麦斯帕拉西奥》也是一篇让人捉摸不透的小说。篇幅不大，情节更是简洁得几乎没有情节：我23岁（又是23岁）那年在戈麦斯帕拉西奥的文学工作室谋到一个差事，这个差事怎么样？小说几乎没有涉及，而是尽情渲染了女馆长的各种情绪，特别是女馆长在车里聆听朋友、女歌手演唱兰切拉民歌时的各种反应。这种描写不由人不去猜测，戈麦斯帕拉西奥到底寓意什么才使女馆长如此出离凡常并让初来乍到的"我"噩梦连连？

也有一种可能，波拉尼奥只是将自己遇见的生活提炼成了小说，读者所有的附丽都是读者自己想多了。有意味的是，这些芸芸众生只要被波拉尼奥写进了小说，就成了秤砣，沉甸甸地堵在了读者的心里，比如，《安妮·穆尔的生平》中那个为了自由而颠沛流离的美国姑娘安妮·穆尔。

冷漠比刻薄更可怕

——罗贝托·波拉尼奥《美洲纳粹文学》

像编撰一本词典一样构思一部小说，始于《哈扎尔词典》吗？那么，凡是想到以这样的体裁结构一部小说的，一定是绝尘而去的天才。那本《哈扎尔词典》，说是读过了，读书笔记也存进了文档，但，感觉与米洛拉德·帕维奇相距过于遥远。

所以，得知罗贝托·波拉尼奥的《美洲纳粹文学》又是一部用词典方式结构而成的小说，捧读之前先胆颤。但没有想到，比起我阅读过的波拉尼奥作品《地球上最后的夜晚》，要好读许多。

我说的好读，是波拉尼奥所讲的以美洲作家为主角的 32 个故事，主人公有男有女性格不一年龄相距也很大，但是，这些由诗歌或者小说起始但结局一定与文学无关的美洲作家传记，波拉尼奥写来都很惊心动魄，哪怕标题为《卡洛斯·埃维亚》的那一篇只占了中文译本大半页的微型小说，照样起承转合得意味深长，以至有那么一瞬间，我坚定地以为，波拉尼奥这一本《美洲纳粹文学》所写的作家，个个有原型，甚至，我还杞人忧天地为波拉尼奥担忧：不错，他移民西班牙了，但是，智利还是他的家乡，有这样一本公然宣布与美洲作家为敌的作品存世，波拉尼奥还怎么在老家的文学圈混？直到发现，有几位作家的死期被波拉尼奥写到了未来，比如 2017 年，而波拉尼奥自己，因为肝功能衰竭死于 2003 年，10 余年的时间差让读者体验到了波拉尼奥令人惊诧的想象力。

波拉尼奥在其生命的最后一段年华用他不世出的才华虚构出一部美洲作家词典，意在何处？《美洲纳粹文学》的环衬上，印着这样一句阅读导引：文学是一种隐秘的暴力，是获得名望的通行证，在某些新兴国家和敏感地区，它还是那些一心往上爬的人用来伪装自己出身的画皮。我初读《美洲纳粹文学》，是匆匆掠过环衬上的这段话后进入到正文的，我当然不能明白波拉尼奥何以用弥足珍贵的生命的最后时光来为一群顶着作家头衔实则是一群恶棍、无赖、打手、混蛋等宵小之徒列传？不错，我们读得非常快乐。可是，波拉尼奥这样的作家，不会为逗人一乐而奋笔疾书，况且，1998 年，距离作家离世还有 5 年，他不会为了逗人一乐而与时间赛跑的。这样从体裁到题材都非常奇特的小说，我一时不太适应，所以，刚刚读完就又重新开始读了。当然，更是为了寻找到波拉尼奥这本小说的奥义。再次从头翻阅《美洲纳粹文学》，这才发现如果不能理解和接纳环衬上的这段阅读导引，是无法读懂《美洲纳粹文学》的。

作家，只是波拉尼奥相对而言比较熟悉的职业，写来也就相对游刃有余，不然，很有可能是一本《美洲纳粹音乐》或者《美洲纳粹法律》，也就是说，这一次文学成了波拉尼奥所厌恶的这个社会的替罪羊。所有的嬉笑怒骂、恶语相加和恶意揣测，都得之于这个世界投射给波拉尼奥的反射。

其实，人人都在感受当下这糟糕的世界，但只有波拉尼奥写成了《美洲纳粹文学》。惊人的想象力外，还需要有波拉尼奥式的刻薄，才能成就一本《美洲纳粹文学》。刻薄，一个反义词，但是，谁又能否认刻薄是一种强烈的情感呢？远去西班牙的波拉尼奥如果以冷漠的态度反刍他的家乡乃至他的国家，那才可怕。他竭尽刻薄之能事写成一本《美洲纳粹文学》，是在用我们也许不那么能接受的方式表达着他对远处那方土地上发生的事情、行走着的人们的关注和牵挂。

冷漠比刻薄更可怕，不止于波拉尼奥和他的《美洲纳粹文学》。

手持玫瑰只为玫瑰之名

——翁贝托·埃科《玫瑰的名字》

和我一样，你被《玫瑰的名字》这个书名吸引了，又一看，该书的作者是翁贝托·埃科，更是心花怒放。和我一样，你拿到一本新书总要翻到最末一页看看故事的结局，"昔日玫瑰以其名流芳，今人所持唯玫瑰之名"，这一句意思莫名又意味深长的结束语，一定让你忐忑：如此玄妙犹如偈语的结尾，属于小说吗？以学识和见识著称于世的翁贝托·埃科，写的《玫瑰的名字》到底是一本怎样的书呢？

翁贝托·埃科，一个如雷贯耳的名字。我粗读过他的随笔《带着鲑鱼去旅行》，一方面为他的睿智折服，一方面又为他在文章里播撒的那么多"我不知道"而惊惶，所以，那时，他的《傅科摆》等，我统统不敢阅读。

如果不是《玫瑰的名字》这个芬芳的名字，我会不畏艰难翻看埃科这一部早期作品吗？恐怕不会。既然是玫瑰"招蜂引蝶"，就让我们嗅着玫瑰的芳香寻找玫瑰的踪迹吧。

已经跟着阿德索（小说的叙述者）追随威廉修士在叫楼堡的修道院里寻觅了两天，也通过闪烁的文字"看"到了两起凶杀案，却不似读阿加莎·克里斯蒂的小说那般非常着急地想知道凶手到底是哪一个，因为，我已经迷失在埃科借玫瑰之名构筑起来的知识宫殿里，兜不出来了。

本笃会、方济各、属灵派——同样是耶稣的子民，他们之间的分别从何时起？为了什么？既然同是耶稣的子民，何以要在彼此间修筑起无法逾越的壁垒？

圣奥古斯丁，是基督教神学家和哲学家，拉丁教会之父——他的思想体系是怎么回事？

托马斯·阿奎那——这个似曾相识的名字，到底以怎样的智慧成为欧洲文化史上的一座丰碑？

用欧鼠李的树皮泡成药，可以治疗痔疮；用牛蒡新鲜的根茎制成敷剂，医治皮肤的瘢痕很有效——是吗？

德高望重的智人西尔维斯特二世为了得到一部手稿，用一架稀世的浑天仪作为赠礼——知识曾经那么至高无上过？

修辞学家的思维运用了说"反话"的修辞手法，先作判断，构成了说反话的标志和理由——当作何解？

花拉子密的《星象图表》，海桑的《光学理论》，阿尔金迪的《论星光》——阿拉伯人给这个世界到底贡献了多少什么样的思想光辉？

……

人到中年，突然发现在埃科的知识迷宫里，自己几近白痴。无可奈何是我读完《玫瑰的名字》"第二天"后最深刻的感受。还好，这无可奈何没能阻挠我继续深入到《玫瑰的名字》里，更加恭敬地跟着埃科漫步在我的"不知道"里，亦步亦趋地在修道院里东张西望。"昔日玫瑰以其名流芳，今人所持唯玫瑰之名"，故事发生的那个时代，修道院里的僧侣们孜孜以求地在寒冷的缮写室里抄录、翻译经典，是因为当时他们的生命旅程是与经典合二为一的。我们，借埃科虚构的凶杀案迷茫于经典之中，似乎只是为了从"不知道"到"知道"，"今人所持唯玫瑰之名"，能做一个手持玫瑰的人，我已心满意足，所以，我会跌跌撞撞地读完这些发生在七天里的故事，或许，第七天的故事刚刚谢幕，我又要回到第一天去，就像日月星辰那样，周而复始——等到那时，我大概就寻到了《玫瑰的名字》里玫瑰的踪迹。也未可知啊，我已经读掉"两天"了，却闻不到一丝一缕玫瑰的馥郁，难道……我仿佛看见埃科在不远处正狡黠地笑着。

　　已经很久没有遇到一本叫我读起来寸步难行却又津津有味的好书了。

小城故事多

——劳伦斯·布洛克《小城》

501页的《小城》，一直读到第496页，我的神经和情绪才一松。好比一路读下来眼看着故事里的角色死的死伤的伤，紧张和阴郁之中作者劳伦斯·布洛克突然给了读者一点点阳光的清香——这些留守在纽约的男男女女将有一个光明的未来。

愚钝，读小宝先生刊登在《东方早报》上的绝妙的书评《小城故事多》，竟没有联想到劳伦斯·布洛克不是我完全陌生的作者，只是，他的那些关于纽约凶杀案的探案小说，过于血腥，叫人不忍卒读，于是，手里的4本我只读了2本就放下了。这个疏漏，带给我很大的好奇心，就在网上到处寻找我以为是初次见面的作者的新作。假如我知道写《小城》的劳伦斯·布洛克就是写血淋淋的探案小说的劳伦斯·布洛克，我还会到处追寻吗？追寻的结果是，索性直奔书店买了一本，连隔天快递都等不及呢。

小宝先生的文章里，出了一个有趣的题目：如果布洛克先发表《小城》的前100页，然后征询读者的意见，往下走，你们最想看哪几位的故事？我读《小城》之前倒是想着到时候千万别忘了问自己接下来最想读到谁的故事。可是，读到100页的时候，早就忘了小宝先生故弄玄虚的问题——杀手杀得性起，一个个无辜的生命只因为碰巧与杀手擦肩而过，就成了冤死鬼，费雪、克拉拉、茉莉……且一个个死状极为瘆人。我读到 100 页，职业古怪的同性恋者潘科、老色鬼刑事案律师温斯特、潦倒的作家克雷顿、为释放情欲绞尽脑汁的画廊女老板苏珊、被迫古怪的前纽约警察局局长巴克伦等统统退到背景里，我只想尽快知道，谁在跟纽约作对。

血手木匠在 490 页到 496 页之间，被孤胆英雄巴克伦三枪撂倒在可怜的受害者的小艇里，故事就此结束。可是，阅读并没有结束。扔下书去游泳，围着游泳池一圈一圈地兜，脑子里也在一圈一圈地转：纽约人都这么剑走偏锋吗？是的，知道故事的结局后，情节退潮，涌到你眼前的是一个个被劳伦斯·布洛克雕琢得形态各异却齐齐跃出了我们约定俗成的道德规范的男男女女。年纪轻轻的潘科，怎么偏偏要去妓院这种地方打扫卫生以换取果腹的银两？已经功成名就了，温斯特仅仅为了能继续享受情欲而放弃医治癌症，这算什么？据说是暗讽作者自己的落魄作家克雷顿，怎么涉嫌了谋杀案反而走红起来？说是画廊的老板，想性爱多过想艺术的苏珊，作者为什么把那么多溢美给她？漂亮、性感、手到擒来的本事……用小宝先生的话来说就是苏珊设计的叫人不忍卒看的场面不脏，再如何，苏珊也是我们固有的道德观念所认定的脏女人呵，还有那个巴克伦，沉溺于苏珊设计的情色游戏中不能自拔直到拔枪击毙血手木匠才获新生。凡此种种，就构成了纽约城里的人群？即便是没有到过纽约，即便是风闻纽约人有多么糜烂，都不能相信他们是纽约的大多数！

对了，《小城》的故事开始于 2001 年的"911"以后。大概只有纽约人，才能够称出曾经高高耸立的双塔的分量，而双塔的轰然倒塌，让纽约人个个失重，于是，苏珊他们以玩弄生活对抗绝望。著名作家劳伦斯·布洛克制造了一个杀手，一个因亲人全都死于"911"而由好好先生变成杀手的血手木匠，让纽约人因此堕入绝望的底部，随后，血手木匠被失去生活方向的巴克伦收拾了，标志着纽约人摆脱了"911"造成的阴影，振翅飞翔——这是资深纽约人劳伦斯·布洛克写《小城》的目的吗？

这样去理解《小城》，就把《小城》给稀释了。就像我没读《小城》之前，不能体会小宝先生对译者刘丽真的赞誉。那些难以启齿的场面和用词，刘丽真居然都用贴切的中文——摆平，且不脏。不易，真不易。尽管如此，我还是要把手头的这本《小城》收好，省得孩子无意间翻读了。

谁都知道，吸血鬼只是一个借口

——斯蒂芬妮·梅尔《暮光之城》

耳听着电影《暮光之城》在大洋彼岸的票房节节攀升，眼看着小说《暮光之城》在大洋此地的销售业绩越来越火爆，我都不敢跟人提及我把出版社送我的一套《暮光之城》转送给了别人。虽说这是一套写给青少年的读物，可我从来不敢轻薄青少年读物，德国儿童文学作家恩德的《奥菲利亚的影子剧院》《毛毛》都是意味深长的童话故事，所以，《暮光之城》到手时，我翻阅过，才转送给别人的。

难道我老了迟钝了嗅不到新生读物扑鼻而来的新鲜气息了？当有机会观摩电影《暮光之城》（一）时，我说服自己搁下琐事去看电影。

两个小时，女孩贝拉和男孩爱德华完成了从相识到想要相爱到真正相爱的过程。与所有纯情故事有着同样的内核，别出心裁的是这一对打算爱到沧海桑田的男女，男孩爱德华是吸血鬼库伦家的孩子。

因为德拉库拉，从中世纪流传至今的吸血鬼故事中的吸血鬼臭名昭著。他们嗜血、残暴、涂炭生灵，让有吸血鬼出没的地方的人们生活在恐惧中。斯蒂芬妮·梅尔似乎想要给吸血鬼翻案，瞧她在《暮光之城》系列中设计的吸血鬼库伦一家，他们不喝人血，只饮动物的鲜血为生，他们努力与周围的人类和睦相处，为此他们艰难地克制着作为吸血鬼嗜人血的天性——当女孩贝拉被吸血鬼噬咬一口慢慢向由人变成吸血鬼的方向进发时，爱德华扑到贝拉的脖颈处使劲吸出毒液的同时还要隐忍住吸血鬼的本性——这算是电影《暮光之城》（一）中最有火花效应的情节了，如此简单的设计，居然能吸引到难以计数的"粉丝"，真叫人无可奈何之余再次感慨：这是一个劣币驱逐良币的年代。

得罪一下《暮光之城》的"粉丝"，如果把《暮光之城》比作劣币，在我的阅读记忆里，与之能够对应的堪称良币的是伊丽莎白·科斯托娃的《历史学家》。同样是一部由吸血鬼唱主角的小说，比起轻巧的也许是俏丽的《暮光之城》，《历史学家》要厚重得多：几百年来，一代又一代历史学家不惜以自己的名誉、安全为代价，苦苦追寻产生吸血鬼的历史源头——中世纪中欧残暴的"刺穿者"德拉库拉的下落，从牛津大学图书馆到伊斯坦布尔、布达佩斯到东欧诸国的山野乡村，小说的主角海伦父女穿梭于修道院、档案馆，在追踪各种晦涩的线索与隐藏的文本、密码中，逐步接近德拉库拉可怕的真相。情节真的扣人心弦，当然，作为学者的科斯托娃免不了要在推进情节发展的过程中穿插关于吸血鬼的历史和现状，读起来有些枯燥，你可以穿越这部分内容追着情节而去，这并不影响故事的完整性。可是，你按捺住毛躁的心态一个字一个字地领悟作者的良苦用心，你会发现在被情节煽动得心旌摇曳的同时，你的知识储备里又多了一个文件夹。

也有爱。与《暮光之城》中少男少女的纯情相比，《历史学家》显现的是大到无疆的爱，"我亲爱的、不幸的继承者：不管您是谁，想到您在读我不得不留下的信，我非常遗憾，我为自己感到遗憾——如果这封信到了您手里，必定是我有了麻烦，也许死了，也许更糟⋯⋯"这封信，在《历史学家》中出现了一次又一次，我的感动也随着读过的书页越来越厚而越来越深重，我知道，《历史学家》中的历史学家，不再是钻进故纸堆里远离民生的隔世者。

村上春树又让我们望尘莫及了

——村上春树《没有女人的男人》

与其说他在讲故事，不如说他在制造一个一个迷障。在他的《没有色彩的多崎作和他的巡礼之年》以后，我陆续读了他的散文集《与小泽征尔共度的午后音乐时光》《大萝卜和难挑的鳄梨》以及《碎片》，就在我觉得小说村上春树已经退位，取而代之的是散文村上春树时，《没有女人的男人》来了。

读完《恋爱中的萨姆沙》和《没有女人的男人》以后，我问自己，如果在阅读之前被告知这是村上的又一本散文集，又有什么可怀疑的？前者，像卡夫卡《变形记》主角一样，写人的形态被变得虚无后"他"的感官和感觉；后者，"我"被午夜电话告知前女友自杀身亡以后如梦呓一般的思绪。作为小说的最基本要素故事情节已经隐身到难以找到，只有杂陈在心里的五味，这，说是散文，不可以吗？

就是这本书中无可争议的小说，如《驾驶我的车》《山鲁佐德》《木野》，也是随心所欲地叙述，至于读者最关心的"后来呢"，村上春树像是漫不经心。

《驾驶我的车》：家福的太太到底为什么要在与家福和谐美满的情况下婚外恋？真的如渡利理解的她那离家出走的父亲一样，是得了一种病才无法让自己安于家庭的吗？村上知道，我们读完小说似乎还不太明白。

《山鲁佐德》：羽原为什么被安置在这间小屋子里不能出门？"山鲁佐德"受谁指派定期给羽原送食物和自己的身体？"山鲁佐德"为什么在每一次性事以后如《一千零一夜》中的山鲁佐德那样讲故事呢？当然，小说进行到三分之一时，"山鲁佐德"开始了自己青春往事的回忆，可是，14岁的她潜入单恋男生的家中拿走一支铅笔在抽屉里藏一条卫生棉条的过往，与羽原被迫不能见人以及"山鲁佐德"给羽原提供的服务有什么关系？没有答案。可是，我不得不说，我已经被村上春树征服了。他用"山鲁佐德"的故事营造出来的男女之间荷尔蒙对冲以后发酵而成的情愫，有一股新酿的葡萄酒的气味，闻着甜香，用舌尖舔一舔，酸涩得让人眯眼却又愿意陶醉其中。

不是情节，而是小说散发出的气味叫人着迷，《没有女人的男人》中的顶峰之作，当数《木野》。撞破老婆与同事苟合后，神木不得不离职盘下姨妈的茶室开起了酒吧。因为一只雌性野猫的不请自来，深巷里的酒吧生意渐好。那个看上去有点凶的男人后来自况是受姨妈托付来帮助神木的，真的？那个被情人用烟蒂烫出许多伤疤的女人是怎么回事？猫走了蛇来了是怎么回事？至于神木在凶男人近似强求下关了酒吧如亡命天涯一般地到处游荡，又是为什么？直到神木违背男人的要求在明信片上多写了几行字，村上都懒得交代此举招来了什么，《木野》就戛然而止了——小说可以写成这样不顾读者的需求吗？读罢《木野》的几天里，间或，我想起《木野》忍不住会问：姨妈的茶室生意兴隆仅仅因为姨妈面容姣好吗？被赶走的两个男人是木野不得不关闭酒吧的原因吗？还是用烟蒂在女人身上烫出疤痕的男人窥破了女人与神木的一夜情？这就是村上春树引领小说潮流之处：今天，小说的读者已不再是被动的接收体，而是应该和作家一起完成小说，作家只要为小说定下基调，就可以。像是没有结局的《神木》，是雨夜酒吧里正在播放的由钢琴和萨克斯合作的爵士，撕扯人心又欲罢不能，这难道不是一篇最好的小说吗？

事实上，《没有女人的男人》的所有篇幅，村上全都是只营造气氛而放弃故事的完整性。

比如：《独立器官》和《昨天》。如果说后者还讲了一个相对完整的故事，木樽自忖配不上惠莉香，就希望好友谷村能与惠莉香的关系有所发展，20 年后，谷村婚娶，惠莉香孤身一人，木樽远去美国。至于其间发生了什么让三个人成了今天的格局，村上没兴趣。《独立器官》，那么自洁的美容外科医生，自律到分分秒秒不越矩，却能因为一个已婚女人、一个只当他为过路情人的女人，死去活来，最终抑郁死去。那是一个什么样的女人呢？村上连轻描淡写的兴趣都没有，他只感兴趣于描摹这个为情所惑的男人，是怎么被情网困住继而被勒死的。而我们，也就在不知不觉中深深着迷于村上将医生送往死路的过程中散发出来的气息，被裹挟得身不由己。

好玩得没有办法

——村上春树《碎片》

村上春树的书几乎每一本都有，但是，读得不多。就读过的村上作品中，我觉得他的散文好过小说。这个比较仅限于《没有色彩的多崎作的巡礼之年》和《碎片》。

像我这样未必是村上春树粉丝的读者都知道，村上春树非常喜欢美国文学比如雷蒙德·卡佛，非常喜欢爵士乐比如比利·荷黛，非常喜欢古典音乐比如李斯特，既然如此，1980年代当《运动画刊》邀请名声渐隆的村上撰写专栏的时候，他完全可以端起架子写一写英语顶尖小说高标在哪里？翻译英语小说的甘苦在哪里？爵士乐从哪里开始听起才是正点？谁才是将李斯特的《巡礼之年》弹奏得最贴切的钢琴家？说实话，在展读《碎片》之前我就是这样揣摩《碎片》的，待到翻过去一页又一页，怎么形容这本完全不同于其小说风格的专栏合集呢？用村上这本书的话语系统，就是好玩得没有办法。

好玩之一，原来数度与诺贝尔文学奖擦肩而过的大作家，在1980年代曾经与我在同一片蓝天下呼吸过！《凯伦·卡彭特之死》《苏菲的选择与布鲁克林大桥》和《埃里奇·西格尔如是说》三篇，村上分别说到了《昨日重来》的歌者凯伦·卡彭特、电影《索菲的选择》以及小说《爱情的故事》。先不管村上怎么说这一支歌这一部电影和这一本小说的，仅就这一支歌、这一部电影和这一本小说的名字，就一下子把我带回到了我的青春年华。看不到影像资料，用卡带录音机听着不知道是几度翻录的凯伦·卡彭特的浅吟低唱以及成方圆像极了的翻唱，那种蔷薇花香一样的青春享受，让我恨自己没有办法感谢凯伦·卡彭特，所以，读到村上春树在文章中叹息凯伦·卡彭特因为压力过大患上厌食症，我得到了安慰：原来彼时已有人替我做了我想做的事情，感谢《昨日重来》。至于《苏菲的选择和布鲁克林大桥》一文，村上的兴趣不在电影而在影片的景点之一布鲁克林大桥，可是不妨碍我让梅丽尔·斯特里普的绝世表演浮现在眼前，于是，昔日重来。而《埃里奇·西格尔如是说》，就是文章的篇名换成了"NEVER SAY I'M SORRY"，"80后"及"90后"们都会不明所以的吧。可是我们"50后""60后"怎么可能不知道这句"NEVER SAY I'M SORRY"是在哪里什么时候由何人说出来的？畅销小说就是这样，1980年代畅销到半天就能卖空的《爱情的故事》已是今人的陌路，我特意在这里拈出这一篇来，除了它让我记起当年读小说看电影时掉过的眼泪，还为了村上在文末添上的这一句话"这种事我也想经历，只要一次就好"。村上春树想要的事，是自己的作品有一天能像《爱情的故事》在美国那样半天里就卖得一本都不剩——这是《碎片》一书好玩之二了。众所周知，如今，新作半天一天就在日本全部售罄，村上遇到不止一次了，既有今日，村上回忆起当年自己的愿望会怎么想？

《碎片》的篇幅都不大，千字以内，名为《疱疹》的文章因此一分为二成了这一本书里难得的重复话题。因为滥交而传染、爆发的疱疹，并非如村上记录的那样是当年医生口中的很快就会痊愈的一般皮肤病，它是艾滋病，是让那么多人早早告别人间的魔鬼，是让那么多人被纠缠得不得脱身的魔鬼，是让这么多人谈虎色变的魔鬼。我真的很想知道，村上眼看着自己当年的轻松话题衍生成今日的人类大伤痛，会想些什么？村上春树的《碎片》写得很轻松，除了他根据美国报刊采撷的话题一般都很轻松外，行文风格也大异于他的小说，轻松而又幽默，就像"性"这样令人羞涩的话题，村上说来也是非调侃就玩笑，正因为如此，30多年以后读到《疱疹》，恍若隔世的感觉让读者觉得：好玩的未必都是浮云。

有些好玩的还是趣味，比如，想要为自己的音响升级换代又怕太太唠叨，只敢换一个唱头啦；为在游泳池租一把躺椅的价格而唠叨啦；为多年的朋友不再能相聚而没有办法啦……尤其是在太太面前藏藏掖掖地买唱头的假意怨真心爱的片段，直叫人为那个能成为村上春树夫人的女人，感到幸福。

音乐只是介质，我也喜欢

——石黑一雄《小夜曲·音乐与黄昏五故事集》

族裔的特性是注入血脉和骨髓的。石黑一雄 5 岁由日本西去英国，如今已逾半个世纪，以自己的文学成就被誉为"英国文坛移民三杰"之一。《小夜曲·音乐与黄昏五故事集》是我第一次接触石黑一雄的作品，是不是因为刚刚读罢村上春树的《没有女人的男人》的缘故？读着石黑一雄以音乐作为介质讲述的一个个路人甲的日常生活，虽然因为音乐惊艳一瞬，但刹那变不成永恒，人们很快就被打回原形，回到泯然众生和寂寂无声中。

然而，大和文化那种欲语还休、不愿意将句号画实的做派，让石黑一雄的这本书，没有一篇小说的主角在篇末望断天涯路。然而，"只是近黄昏"的况味，让琳迪·加德纳、埃米莉、"我"、史蒂夫、埃洛伊丝那惊不起池塘里微澜的小人物的不如意，愈加叫人凉彻骨。

托尼·加德纳是一个差不多就要过气的歌星，为了让演唱生涯再迟一点抵达终点，托尼·加德纳必须制造一些绯闻让世间有嚼舌头的料，设计了一场情意绵绵的威尼斯之旅，为的是跟妻子离婚，此为《伤心情歌手》。

埃米莉嫁给了查理而不是选择雷做丈夫，是她自己的抉择。时光流逝，他们都已经人到中年，不肯让埃米莉重温她年轻时喜欢的爵士的做派，让埃米莉每每恍惚：查理是自己选的丈夫吗？此为《不论下雨或晴天》。

在伦敦，没有一支乐队肯接纳吉他手"我"，"我"只好去在莫尔文山开餐厅的姐姐家帮忙聊以维持生计……此为《莫尔文山》。

吹萨克斯的史蒂文迟迟不能出人头地，大家认为是他长得太抱歉的缘故。妻子就要离他而去了，临别送他的礼物是给了他整容的一大笔钱，此为《小夜曲》。

艾格尼丝自称是一个大提琴大师，年轻的蒂博尔经她指点后的确大有长进。奇怪的是大师授课只动嘴不动弓弦——原来，艾格尼丝空有音乐天赋却因为年幼时没有遇到好的老师，音乐前程夭折。曾经的音乐梦想只停留在了唇边，艾格尼丝最终嫁作了商人妇。

五个故事，简述至此，是不是芸芸众生的生活片段？其实与音乐无关。

五个故事中，我最喜欢的是《莫尔文山》，却与音乐密切相关。

音乐史常把亨德尔称作英国作曲家，事实上，亨德尔是德裔英国人，说亨德尔是英国作曲家，到底让英国人气短，是爱德华·埃尔加为英国人赢得了作曲家的声名，他的《爱的致意》《大提琴协奏曲》，特别是《威仪堂堂进行曲》让世界认可，英国也有不世出的作曲家。莫尔文山，是埃尔加经常盘桓和喜欢的地方，辞世前他将自己的墓地圈定在莫尔文山，并留遗言"如果谁在莫尔文山听到琴声，那只能是我"。多么柔情蜜意的音乐家逸闻？现在，石黑一雄要让他的故事发生在莫尔文山，怎不叫人期待，又一个埃尔加将诞生在石黑一雄的笔下？读完《莫尔文山》，谁都读到了石黑一雄的悲伤：莫尔文山非但没有成就"我"成为一名创作型歌手，一对来自瑞士、说起来也是从事音乐工作的旅人，给了"我"当头一棒：在豪华场所拉琴给食客们听，连他们的儿子都不认可他们，他们夫妇说"我"的作品好听得令人震颤——又怎样呢？当然，石黑一雄画上句号之际都没有写出"我"的音乐前途将是一弯冷月，美却远在天边。

被迫与托尼离婚以后，琳迪会怎样灰头土脸？

埃米莉与查理重归于好还是分崩离析了？

整容以后的史蒂文是不是依然如故？

七年以后胖了一圈的蒂博尔成没成角？心气比天还高的艾格尼丝，还好吗？

石黑一雄给五故事的，都是温柔的结尾，所以，哪怕在异国他乡盘桓了半个多世纪，族裔的血脉总在不经意间就流露在他的笔端。

福克纳大叔的锐意创新

——威廉·福克纳《喧哗与骚动》

　　始于神话传说的西方小说，到了威廉·福克纳驰骋文坛的时候，不得不换一种口吻说话了？在现代派小说之前，作家赋予自己或者出没在小说里的代言人一种全视角的叙述方式，往昔当下乃全未来，人前、人后乃至他人的内心深处，叙述总是无所不能。当然，作为读者读到兴起时依然能冷静地跳开幽怨、哀伤、欢喜、怨怼、痛恨、无措等小说能给出的情绪想一想的话，就会发现，他或她怎么可能知道？福克纳就试着从他或她必须知道才能叙述的角度，写了这一部逼疯读者的同时又让读者欲罢不能的天书。

　　曾经显赫一时的康普生家，在 1900 年到 1928 年之间到底发生了什么以致每况愈下直至衰败？浮华世家的没落，在西方文学史中不乏力作，福克纳完全可以循着前人的足迹贡献一部被各种层次的读者交口称赞的"康普生家的前世今生"，心气和眼界决定了福克纳必须选择一条崎岖坎坷的文学小道，我们现在管这条文学小道叫意识流：让小说的情节随着一个人的冥想渐渐凸显出来。福克纳觉得，康普生家的事情，光靠一个人的思绪难以画圆，一个人的思绪跟他的视角有关，一个人的视角怎么可能全方位？所以，福克纳邀请 4 个人来完成《喧哗与骚动》，他们分别是班吉、昆丁、杰生和女佣迪尔西。

福克纳大叔的这一异想天开，天才如他也许只是将乍现的灵光记录在案，苦的是读者，多少次觉得已经抓住了故事的线头，却被班吉、昆丁飘忽的思绪散乱在无形中。于是，有了这样的体会：班吉一个白痴前言不搭后语的内心，你可以暂且放置一边；昆丁一个抑郁病人忽东忽西的冥想，你也可以暂且放置一边。当凯蒂、康普生、康普生太太、小昆丁等康普生家的大人小孩呈纷乱状漂浮在你的脑海里时，你且硬起心肠不管不顾地放弃已经习惯的从头至尾的阅读，翻开杰生的自述。你会发现，要塑造一个人物，放弃全方位的描述，也放弃其他人物的评述，就让这个人物在言谈举止中呈现自己，很难。但福克纳大叔将杰生塑造得奸诈、市侩、令人厌嫌。福克纳大叔就在杰生基本上顺理成章的叙述中，完成了杰生这个人物的塑造，同时，也让班吉和昆丁飘忽的内心独白在这一段里一一有了维系处：看似因为凯蒂的堕落拖累了康普生家族，使之每况愈下，实质上，康普生家族是1900年代至1920年代美国南方老牌贵族的缩影。

一个点撬动整个社会，是能够在人类历史长河中占据一个位子的文化产品的基本素质，比如，阿基米德的物理学。很久以后，那时的人们在世界文学史上某一页找到福克纳这个名字，一定是因为他通过《喧哗与骚动》塑造的康普生家族，因为，这个家族的兴衰映射的是整个美国社会。而喜欢中国历史的阅读者，也许会发现，2010年代的中国社会，是康普生家族的放大版。

1920年代以后，经历过大萧条以后的美国，开始飞驰。

2010年代以后的中国，会怎样呢？

孱弱、敏感的灵魂

——帕特里克·聚斯金德《香水》以外的作品

橘色、红色、天蓝色三种水果色装帧而成的帕特里克·聚斯金德除《香水》以外的三部作品《低音提琴》《夏先生的故事》《鸽子》，摆放在公共图书馆的书架上，煞是惹眼。等到将它们借回家打开三本书中的任何一本，才发现环衬上帕特里克·聚斯金德的自述才迷人呢："1981年，我的一个《低音提琴》的剧本还算比较成功，1985年出版了您已经熟悉的《香水》，1987年出版了《鸽子》，目前我什么也不写，因为我想不出任何东西要写。"一句"我想不出任何东西要写"勾销了卖文为生者骡子推磨般的状态，当然，"目前我什么也不写"的前提是，《香水》让聚斯金德名利双收，这是多少作家梦寐以求的境界啊！

在崇敬、期待、热切、挑刺乃至嫉妒等诸般情绪混合成的复杂情感下，我打开了帮助聚斯金德文运开始亨通的《低音提琴》。顾名思义，这是一个从事低音提琴演奏的音乐工作者的故事。正如作家在自述中所言，《低音提琴》是一个剧本，一个写给一个人的剧本，唯其如此，读起来丝毫没有我们通常阅读剧本时的阻隔，除了用不同字体标注出的演员彼时的演出提示外，整本《低音提琴》读来就是一本低音提琴演奏者的内心独白。因为是一个低音提琴演奏者在一个人家里的内心独白，所以，没有伪饰和骄矜，聚斯金德将一支乐团中好像最不引人注目的低音提琴组的不起眼的合奏员的心路历程，描述得让人读来悲凉感油然而生，因为，你也许不是低音提琴演奏员，甚或，你的职业与音乐毫无关系，但是，《低音提琴》中那个撑满一场戏的演员，低音提琴演奏员只是一个代称，代表的，是所有从懵懂到怀揣理想到芸芸众生到一事无成的你我他：并不是因为喜欢而是为着抗议父亲的专横和母亲的漠视，"我"才学起了低音提琴，也算小有天赋且非常努力，名牌音乐院校的毕业证书可让我们一窥"我"孜孜以求的过往，结果又怎样？国立乐团低音提琴组里那个不起眼的合奏员是"我"终了一生的职业，"我"怀才不遇的牢骚装了一肚子，不应该吗？读《低音提琴》，不长的一个剧本却让我多次代入其中为"我"唏嘘不已。而漫漶在《低音提琴》中的关于音乐的高见，更让我对帕特里克·聚斯金德佩服得屡屡遥望西方，仅举一例："音乐史一个巨大的秘密，是一个充满玄妙的谜团。对它知道得越多，明白得就越少。"对音乐我又略知一二，在故事中遇见这样的箴言，怦然心动都不足以表达我对《低音提琴》的感谢。

怀着喜悦的心情，继续阅读聚斯金德的《夏先生的故事》。像所有初读这本小说的读者一样，我以为这是一本少年成长小说。不过，说《夏先生的故事》是一本少年成长小说也未尝不可，"我"，从为着必须骑车去学钢琴而苦恼万分到理解地看着幽闭症患者夏先生慢慢走进湖水结束生命并为了夏先生的一句"求你们闭闭嘴，别再打搅我行不行"而苦守秘密，这个过程，难道不是一个少年成长的宣言吗？至于为幽闭症所迫不得不将生命抛洒在疾走路上的夏先生，不用说，是低音提琴演奏员的同类——聚斯金德何以钟情于这一类有着敏感但屡弱灵魂的另类人物？

　　除了《香水》和篇幅短到只有几页的几个短篇，帕特里克·聚斯金德作品就只有《低音提琴》《夏先生的故事》和《鸽子》了。《低音提琴》和《夏先生的故事》在同一类人物里打转，《鸽子》会不会有新气象？答案是，没有。巴黎一家银行的保安，每天按照计划过着有条不紊的生活，一只无意中停留在他只有一间屋子的公寓门外的鸽子，让喜欢一成不变的他乱了方寸……又是一个灵魂敏感而屠弱的小人物。

　　低音提琴演奏员、无职业者、银行保安，不错，三个不同职业身份的人成为聚斯金德戏剧或者小说的主角，看似纷繁，其实，剥去二人的职业外套，聚斯金德写的是一种人：极度敏感于外界的风吹草动，极度屠弱到无力与飞到眼前的一粒草芥抗争，他们之后如蜗牛一样龟缩到壳里祈求能够平安度过每一天——这何尝不是帕特里克·聚斯金德对这个世界的要求？一有新作问世，就逃遁到谁也找不到他的地方与山水同在，直到下一步作品写就。

　　《鸽子》以后，聚斯金德再无新作问世，所以，我们无从知道，《香水》的作者今安在？又怎样啦？

一支笔写出一个邪恶的天地

——弗兰纳里·奥康纳《好人难寻》

开始阅读弗兰纳里·奥康纳的《好人难寻》的第三天，我大学同学的微信群里像是没来由地回忆起一个人来。当然，她是我们的同学，小个子、大眼睛，脸蛋总是红扑扑的，是一个热情又热心的女孩。毕业以后我们各奔东西，直到1998年的冬天我们才再度相见，此刻，她已经躺在了殡仪馆那口冰冷的棺材里。她死了，死于红斑狼疮。

与她同居一室时因着她的热情招呼吃过一些她从家里带来的小食，但我跟她关系泛泛，分别以后就没有过私下接触。直到大家在微信群里一句一句还原着她，我才知道，深受红斑狼疮侵扰的她死前说的最多的一句话就是，生不如死。

读《好人难寻》到了第三天，我始终没法理解，虽然身患沉疴，奥康纳看到的世界与身体无恙的人看到的应是同一片蓝天和同一片大地，经过奥康纳的过滤，它们怎么就变成了铅灰色和盐碱色？同学在微信群里的集体回忆，一下子接通了我与奥康纳《好人难寻》之间的"电路"：一个备受红斑狼疮折磨的病人，差不多总是徘徊在生死边缘。不知道彼岸的日月是苦还是甜的奥康纳，知道此岸的每一天就是在生不如死的状态下煎熬着，她反馈给我们的她对周遭的认知，是经由一个红斑狼疮患者变形以后的人和事，所以天是灰的、地是板结的、人心里都住着一个魑魅魍魉。

《好人难寻》：老太太有些无事生非，但，生的都是些无伤大雅的小是非嘛，比如，大家要往东她偏要往西，出门前娇俏地打扮自己不说，还非要在领口的布质紫罗兰里暗藏一只香袋。理由却叫人不适，"万一发生车祸，她死在公路上，所有人都能认出她是位有品位的太太"。但奥康纳将一家五口死于逃犯枪下归因到老太太不时生出的小是非上，我初读《好人难寻》很不服气，一读再读，奥康纳的推定是那么毋庸置疑，在不得不接受奥康纳对柏利一家的处置之余，脊背嗖嗖发凉。

极致，是奥康纳的写法之一。目睹母亲被一次次生育榨干了容貌和身体，鲁比发誓不要孩子。可身体的变化明白无误地告诉我们，34岁的鲁比有孕了，可鲁比咬牙不承认啊，这种自我否定，奥康纳安排在鲁比艰难的爬楼梯过程中，堪称绝妙。至于这篇小说的篇名《好运降临》，初觉只有反讽，继而，觉得奥康纳这个被重病羁绊在庄园里的单身女人，看人看事如医院里的核磁共振，一层是一层的意思。

《人造黑人》：把一对祖孙写成了两个齿轮，用去一趟城里的路程互相咬合，一个小意外让原本能够合理轮转的齿轮崩了"牙齿"，今后会怎样？奥康纳没说。我们能想象但不敢想。这么小的篇幅里，奥康纳就能让读者被压抑得喘不过气来，这种异秉，岂是"天赋"二字就能含混过去的？

《善良的乡下人》：一开始我被奥康纳误导了，以为主角是两位喜欢倚靠在厨房的料理台旁刻薄别人的老太太。统共一万字左右的短篇，奥康纳让主角出现得那么晚，这是一个自信到可以用短篇任性拿捏人物和读者的大作家！虽然《善良的乡下人》在篇幅过半时才出场与女主角、高冷的女博士回合，可是，他俩在别人家谷仓里大战的那一回合，难道奥康纳没有让帷幕降下得恰到好处？

《流离失所的人》，是《好人难寻》中篇幅最大的一篇，麦克英特尔太太的多疑和刻薄，被奥康纳抽丝剥茧地写得令人厌嫌。尤其当古扎克先生是一个来自波兰的难民又勤劳能干时，麦克英特尔太太在农场里那些看似微不足道的小人物的推波助澜下，一寸一寸地把古扎克先生送到拖拉机轮子下的过程，就更令人愤懑了。这样的小说，读后很长一段时间里都让人难以释怀。

……

新星出版社出版的《好人难寻》，不止上述这些篇目，不过，上述这几篇，是我最喜欢的。这是一种悲喜交加的喜欢。悲的是，奥康纳这个因为病痛而无法远行的作家，怎么看见的遇见的都是些令人寒心的故事？不是奥康纳时运不济，认真读完《好人难寻》，就会发现奥康纳所看所听，也是今人所看所听，红斑狼疮这种家族遗传病侵蚀着奥康纳肌体的同时，赋予了奥康纳看人看事与众不同的判断。《好人难寻》所附的《弗兰纳里·奥康纳年谱》中，我们读到奥康纳喜欢修改自己作品的题目，《救人等于救自己》原名《世界近乎朽烂》，《好运降临》原名《楼梯上的女人》，所举两例，都是原名客观描述，修改以后的篇名则蕴含了丰富的情感底色：反讽、讥嘲、袖手旁观，而所改之名的厚度和包容度显然大大强于原名。这样的文学才华来源何处？卡佛说"对弗兰纳里·奥康纳而言，存在着另一个世界"，这另一个世界，我以为就是疾病带给她的。大江健三郎说"弗兰纳里原和三岛由纪夫生于同年，我时常思考他们的生死观"，扯出三岛由纪夫有些勉强，但，红斑狼疮让奥康纳的生死观有别于常人，那是一定的，于是，美国文坛乃至世界文坛就有了一个别具一格的女小说家，这为喜。

弗兰纳里·奥康纳的作品，有邪恶之美。

一见钟情易，婚姻难

——伊恩·麦克尤恩《在切瑟尔海滩上》

译者黄昱宁在译后记中推断伊恩·麦克尤恩《在切瑟尔海滩上》的故事发生在 1962 年前后。彼时，兴起于美国、很快席卷西欧的反文化运动得以轰轰烈烈还要假以时日。可是，任何一种文化运动都不是无源之水、无本之木，成为一种社会思潮的反文化，在 1962 年的英国，大概已初露端倪，像英国这种千百年来等级森严的国家，经历过"一战"和"二战"全民同甘苦共患难的洗礼，阶层之间的鸿沟在慢慢变浅甚至消弭，一个外显的现象，就是不同阶层的男女开始通婚。

出身贫民、家境困顿的爱德华和有钱人家的千金、执迷于室内乐的弗洛伦斯，在新婚之夜就各奔东西了，可见，伊恩·麦克尤恩是一个保守的传统文化的守护者。可是，该如何用人物和情节来完成关于跨阶层的婚姻无幸福可言的命题呢？都说伊恩·麦克尤恩的作品除了《赎罪》都以篇幅小、切口小著称，《在切瑟尔海滩上》又一次证明了伊恩·麦克尤恩的创作习惯，译成中文不到 8 万字，切口多小？请看引文："他们年轻，有教养，在这个属于他们的新婚夜，都是处子身，而且，他们生活在一个根本不可能对性事困扰说长道短的年代。话说回来，这个坎儿想来都不好过。"没错，伊恩·麦克尤恩将爱德华与佛罗伦斯新婚之夜无法同床共眠的错，归到了他们对性事的无知上。

我却以为，那是伊恩·麦克尤恩耍的小花招。刚才的引文，原版是怎么处理的我不知道，反正上海译文出版社的中译本就将这段引文印在了封底上，其间的"勾引"指数，不言而喻，因为，这一段文字堪称《在切瑟尔海滩上》中最热辣的文字，且仅此而已，大部分篇幅，作者用来详尽地描述了爱德华和弗洛伦斯相识、相爱到成婚的过程。

他们的相识是多么青涩而又芳香啊！在一个炎热的夏日，爱德华突然起意去了牛津，而在牛津的一间小教堂的门旁，一身白色连衣布裙的弗洛伦斯正在帮人派发宣传册，之前，因为跟母亲起了勃谿，弗洛伦斯从"一幢建于维多利亚时期的哥特式风格的大别墅"的家中溜出来，步行 15 分钟后站在这里，邂逅了爱德华，然后，一见钟情。

他们的恋爱磕磕绊绊，但是，有爱德华的曲意奉承，比如，接纳弗洛伦斯刚愎自用的母亲的每一次鄙夷，比如愿意到弗洛伦斯父亲的企业担职，于是，遥遥相爱路的中途便有了一场完美无瑕的 7 月里的婚礼。

尽管相爱容易婚姻难，但，也没有难到在新婚之夜就把婚姻搞砸的地步吧？伊恩·麦克尤恩的小说为什么篇幅不长？他喜欢快刀斩乱麻，竟然不让爱德华和弗洛伦斯在蜜月里徜徉一小会儿，就让弗洛伦斯因为无法接纳爱德华的身体而让婚姻戛然而止。这么说，爱德华和弗洛伦斯最终没能成为眷属，是因为性事不和谐？我无法忘怀伊恩·麦克尤恩对弗洛伦斯那件蓝色礼服的拉链被卡过程的详尽描写，因为他知道，一对璧人将就此别过，真正爱人的激情哪里是礼服的拉链可以阻隔的？也就是说，伊恩·麦克尤恩从来就没有想过爱德华和弗洛伦斯是一对真心相爱的恋人，这两个家境悬殊的男女，之所以能够走到一起以恋人相称并一度走进婚姻的殿堂，实在拜 1962 年的社会氛围所赐。等到走过浪漫走进现实生活，阶层的无形鸿沟到底还是阻挠了弗洛伦斯将婚姻进行下去。

有意思的是，分手以后的爱德华和弗洛伦斯似乎都在自己的轨道里生活得有声有色，尤其是爱德华，"生活很安逸"。至于弗洛伦斯，伊恩·麦克尤恩虽未及多花笔墨，"伊尼莫斯四重奏团已经出了名，而且至今仍然是古典音乐的一块令人景仰的招牌"。认真阅读《在切瑟尔海滩上》的读者都明白，对弗洛伦斯，她的人生有这句话盖棺论定，就足够了。

词语的至境在小说

——三浦紫苑《编舟记》

许多人是看过电影《编舟记》后才遇到原著《编舟记》的吧，就像我。原因嘛，因为三浦紫苑的这本长篇小说刚刚被翻译成中文由九久读书人携上海文艺出版社出版。

三五个出版人为了编纂出版一部名叫《大渡海》、面向当代人的日本国语词典，竟然耗费 15 年光阴。这期间，有人来有人去，有人因为词典而病亡有人因为词典而重生，有人从单身变成了丈夫，有人从丈夫变回了孑然一身……也算是一个沧海桑田的故事了，可是电影《编舟记》拍得素雅家常，以白描日本当代文化人不顾一切埋首于所钟爱事业的执着，在让我们钦佩彼岸民族几乎无可挑剔的职业精神的同时，也让我们被轻轻一挥的皮鞭的鞭梢重重地不留情面地抽打在脸上心上——这是我在撕开小说《编舟记》中文版的塑封打算阅读前回忆看过的电影时，所想。

刚刚读过群阳子的《面包和汤和猫咪好天气》，同为日本当令女作家，她们的描述有着共同的特点，就是故作散淡。因为两本书的译者不是同一个人，我敢推测，这种特点怕是原著的姿态。这是我不怎么喜欢的腔调，于是，在一页一页地翻读着《编舟记》时，在越来越确认从小说到电影是一次锦上添花的改编后，我问自己：有电影《编舟记》在前，还有必要阅读小说《编舟记》吗？

当然，如果没有小说就不可能有电影《编舟记》。除去对词语异乎寻常地敏感和对物件归位颇有天赋外，马缔光也就是一个木讷到与世俗生活格格不入的人，他竟然会遇到慧眼识他的阿竹婆婆，而阿竹婆婆的孙女香具矢竟然也是一个执迷的人，能在喜欢的厨艺中踯躅流连，不言寂寞。用心理学理论去推断一对各自专注的男女能够成为夫妻的概率，恐怕是要低到零的吧。可是，与当下过于区隔从而显得怪模怪样的马缔光也和漂亮得叫时尚女岸边绿一打眼就一趔趄的香具矢竟然相亲相爱十多年，看样子将幸福地在一起生活一辈子，这样的人物设计怎么想怎么别扭，但，只要看过电影《编舟记》，就不会觉得马缔光也与香具矢的关系不顺畅，而这种架构，是小说搭建的。

小田切让饰演的西岗正治，如果由着我们惯常的逻辑方式去推断这个人物，因为油滑而无法在词典编辑部待下去，只好从《大渡海》中抽离出去。离开以后的西岗，会怎么回头看词典编辑部和《大渡海》？人品差一点他会拆台，人品好一点他会不管不顾。可是西岗，哪怕远观也是不离不弃，离开的前一晚，西岗建的那份"机密，仅供词典编辑部内部阅读"文档，有马缔光也等编辑部人员的个人脾性，更有所有参与《大渡海》撰稿的作者情报！读到这里，西岗正治给我的感动超过了马缔光也，因为，西岗正治的觉悟需要修行获得，不像马缔光也，他给予《大渡海》的热忱，是天性使然。看，我用了"读到这里"的字样，是的，对西岗正治这个人物的好感，更多的来自原著。

没错，从小说到电影，《编舟记》已经完成了一次华丽转身。然而，小说和电影毕竟是两种完全不一样的艺术形态，当电影用光影音画重现小说《编舟记》的时候，不得不舍弃一些唯有小说才具备的特质，要命的是，这些特质，恰恰与《编舟记》所要再现的一段生活，琴瑟和谐。

　　如前所述，《编舟记》是呈现三五个词典编辑痴迷于词语海洋无怨无悔的艺术作品。那么，怎样的呈现才能与词典编辑的职业相得益彰呢？三浦紫苑大概曾经泽披于这一行当，小说中她在推进情节发展时总是用这样的方式来敷设马缔光也他们对编纂词典这一职业越来越多的热爱：第一次约会香具矢得到允诺后，"突然加剧的心跳，几乎要把灵魂从身体里撞击出去。马缔心想，这就是所谓'登'天般的激动心情吧"，转而，三浦紫苑让马缔光也"陷"入"登"与"上"两个词语异同的纠葛中，整整两页。真是妙笔，不用说，马缔光也心无旁骛的痴呆状已经跃然纸上，以马缔光也为代表的《大渡海》编纂人员的一见词语便犹如灵魂附体的状貌，也是不着一词尽得风流。

　　这样的情节从小说移植到电影以后，还能通过旁白诉诸的话，有些小说中的元素，只怕是旁白后再加字幕，也要被习惯音画的观众忽视的，比如：

　　无论搜集多少词汇，并加以阐释和定义，词典也没有真正意义上的完成的一天。汇总成一本词典的瞬间，词汇又以无法捕获的蠕动从字里行间溜走，变幻形态。仿佛在取笑编纂词典的人们所付出的辛劳并热情放肆地挑衅着："有本事再来抓我一次！"

　　又比如：

　　……记忆就是词汇。过往的记忆常会因为芳香、味道及声音而被唤醒，其实，这就是把以混沌状态沉睡在脑中的片段转化为词汇的过程。

长久浸淫在词语中后深得个中三昧的日本作家三浦紫苑流布在她的《编舟记》字里行间关于词语的精妙论断，岂是在银幕上一闪而过就能教我们了然于心的？所以，看过电影之后，还是应该读一读小说《编舟记》。也许你原本就喜欢日本女作家有些故作姿态的笔调，那么，《编舟记》对你而言将是一次一马平川的阅读；也许你同我一样有些不怎么习惯她们的行文方式，但是，当故事和人物遮蔽了语言的日本腔调以后，《编舟记》值得我们从事相关行当的人，一读再读。

一想到艾伦·坡呀

——迈克尔·康奈利《大师的背影》

仔细回想，与美国作家埃德加·艾伦·坡的缘分，始于大学三年级。1980 年代，教授外国文学的老师还游走在托尔斯泰、巴尔扎克、雨果等的文学家园里，稍微近代一些的外国作家，老师未必比我们知道得更多，许多近现代外国文学家的作品，都是我们自己去图书馆阅览室瞎碰碰上的，就这样，我知道了美国还有艾伦·坡这样一位异类作家。

直到现在，我与诗之间还有一道天然的屏障，知道《乌鸦》是艾伦·坡的代表诗作，但当时更令我沉迷的是他的小说。曾经想过要将他的小说作为自己毕业论文的选题，就一一拜读能找到的他小说的中文译本，读后发现，几乎没有关于他的中文研究资料。一个偶然遇见艾伦·坡的本科生，英文又很不好，怎么可能平地而起一篇关于艾伦·坡小说的毕业论文？只好调转船头。但是，这段往事给了我一个很不好的暗示：我已经读过艾伦·坡了。

单位附近的街道图书馆将迈克尔·康奈利的文集整整齐齐地码放在一起，枣红色的书脊连成了一条长度远远超过宽度的长方形，我一眼看过去就被刺激到了：我要把这个人的作品读完！我知道迈克尔·康奈利专攻探案小说，读完他不算是立了大志，于是就站在枣红色的长方形前斟酌：从哪一本开始？后来选择了《大师的背影》《诗人》和《黑色回声》。

印在枣红色封面上的书名本来就小，我根本没有在意银白色的"大师的背影"下还有一行与封面同色系闪闪发亮的小字"游走于埃德加·艾伦·坡的世界"，不然，不一定会借这一本，因为，我以为我已经读完艾伦·坡了。

事实上，《大师的背影》中的每一篇，对我来说都是新的。

《泄密的心》：亡者的心脏固然停止了跳动，但是，恐惧已经植入杀人者的肌体，它会时时刻刻和着心跳的节奏警告杀人者，冤魂就在不远处——读着读着，我总忍不住环顾四周，尽管窗外阳光明媚。

《陷坑与钟摆》：我会情不自禁地将自己代入小说，前一秒还在假设掉入陷坑的后果，后一秒即被艾伦·坡写得令人汗毛凛凛的恐惧吓倒，想象自己，手脚被捆缚无法动弹，一群饥饿的老鼠爬满周身……

《黑猫》：又一个将尸体砌进墙里的故事，我想起了一部意大利电影《一个警察局长的自白》，这部惊悚的影片中黑帮杀人以后喜欢将尸体浇注到混凝土里。对呀，这部意大利电影的编剧有没有读过《黑猫》？

《莫格街凶杀案》：头发连带头皮被抓出一大把，满是瘀伤的尸体被硬塞进经年不用的烟囱里，死者面部完全变色舌头被咬穿……如此惨无人道的凶杀现场，竟然真不是人之所为，异想天开却又浑然天成的构思，不知道是什么给了艾伦·坡这样的灵感。也许，艾伦·坡写作此篇的目的是要显示自己逻辑推理的才华，但更让我胆战心惊的，是惨不忍睹的犯罪现场。读完《莫格街凶杀案》，那天已近黄昏，合上书本去赴一个约会：一个在美国公干了三年的朋友，数日前回国，我和另一位好友约定那晚为她接风，把酒言欢，所以，出了单位的大门后没有走平常回家的路，结果迎面遇上一位穿着翠绿色连衣短裙、脸孔涂抹得煞白、走起路来膝盖几乎不弯的女子，吓得我瞬间僵立在路旁，以为一脚踏进了艾伦·坡的小说里。更加诡异的是，这一场说了几天的约会，我和另一位好友都以为对方电告了当晚聚餐的主角，事实是，当晚的主角根本不知道有这样一场专门为她的欢宴。结果，餐桌旁只有我们两个经常在一起的人尴尬地等待开宴。该怎么推定发生这种低级错误的原因？反正我归因给了正在阅读的艾伦·坡。

　　埃德加·艾伦·坡开了许多文学样式的风气之先，悬疑、推理、犯罪、寻宝，等等，受其存世不多的作品启发，后来者将他开创的每一种文学样式都做到了极致，比如，《大师的背影》的编选者迈克尔·康奈利用犯罪小说这一样式将自己推到了杰出小说家的地位——这是比较冠冕堂皇的称颂艾伦·坡的说辞。与我，30 年后偶然地重读艾伦·坡一篇《莫格街凶杀案》后竟然会遇到这样一位装扮异样的女子，继而，又遇到了一个不可思议的低级错误。我只能说，一想到艾伦·坡呀，这个一生癫狂的诗人、小说家，就会灵魂出窍。

少年时的创伤何时结痂?

——迈克尔·康奈利《诗人》

《黑色回声》是我读的第一部美国最著名警探小说作家迈克尔·康奈利的作品,阅读过程始终不在状态,以致,这本《诗人》让我有些犹豫:要不要读?

没有想到,从创作《黑色回声》的 1992 年到创作《诗人》的1996 年,4 年光阴竟让迈克尔·康奈利有了这么长足的进步,《诗人》让我读得如痴如醉。

记者乔治的孪生哥哥警察肖恩死于自驾的警车里。种种物证都指向肖恩是因为一桩久久未能破解的残暴的少女凶杀案而深度抑郁导致自戕,只有乔治,觉得哥哥不会因此自杀。

我被《诗人》吸引,始于肖恩或者枪杀肖恩的凶手留在被雾气迷蒙的车窗上留下的一行诗:摆脱空间,摆脱时间。

诗句来自埃德加·艾伦·坡:摆脱空间,摆脱时间,/穿过斑驳之门,/阴森的鬼魂出没搅扰着我。/我孤身一人,/独居在一个呜咽不已的世界,/我的灵魂是一片凝定的浪潮。

诗无达诂,但,艾伦·坡的这几行诗,却是内涵凸显:一个孤独的灵魂在现世中找不到泊定的居所,只好摆脱空间摆脱时间在幽冥的彼岸喘息片刻。我以我对艾伦·坡诗句的理解去期待迈克尔·康奈利的《诗人》，《诗人》没有辜负我。

格拉登幼年时曾经遭受过一个警察的性侵，成年以后他以同样的方式报复社会，被捕后从狱友那里习得催眠术，再度回归社会以后，格拉登依然以不齿于人类的手法赚取养活自己的银两并报复社会。而枪杀受害者的理由，听来颇有艾伦·坡诗文的意味：生怕他们成年以后像他一样无法安生不得不用他一样的方式在社会的夹缝里勉强活着。

厚厚的一本《诗人》，涉及的杀人案总有十来件吧，且每一件都被康奈利再现得现场感极强，甚至，对厂体的描述，从视觉效果到嗅觉效果，康奈利样样在行，给出的阅读效果是，你又厌嫌又克制不住好奇心去追着看。而每一桩杀人案的现场，杀人者留下的一行必定来自艾伦·坡的诗句，则为这本警探小说蒙上了隔世的鬼魅忧郁气息，于是我想，《诗人》中的十来件杀人案，只是迈克尔·康奈利探讨一个问题的躯壳，而迈克尔·康奈利想要探讨的话题是：一个人少年时期或者更早一点，童年时期遭遇的心理创伤，到底会在一个人的一生中迁延至何时才能释怀。

我想起了早年我当老师时遇到过的一个女孩。她是我带的班级的班长，我虽年轻也能看出她的眉宇间有整个班级的学生所没有的沉郁，但彼时我也刚出校门不久，不知道如何应对她的"出格"，就假装没有看见，直到某一天她的妈妈来告状说她已经几天没有回家了。这下，我没法假装什么都不知道了，只好找她来谈心，可她，只要我问她为什么不回家，她就低下头来一声不吭，叫我无可奈何。后来，是她的一个好朋友告诉了我她不肯回家的原因：她爸爸性侵她。我一听，傻眼了，不能不管又不知道怎么管，考虑了几天不得法又请教了年长的同事后，我把她的妈妈请到学校来，那是一个被生活压榨得已经全然缩进壳里的女人，所以，那以后没多久，我的班长就转学了，从此没了音讯。我知道，在众多处理那件事的方案中，我采用了最愚蠢的一条，但，什么是最佳方案呢？成了我心中一个结，所以，一有机会我就去修了一个心理咨询师的课程。当然，课程是课程，实际生活中案例的多样化永远在教材之上，这也是《诗人》让我着迷的原因之一吧：到什么时候我们的社会才能向那些童年或者少年遭遇过心理创伤者提供接受心理调适的机会，从而化解郁积在他们心头的创痛，帮助他们尽量顺畅地生活。

迈克尔·康奈利写作《诗人》的初衷是什么，我不知道。但，他让我从中获取了我所需的阅读养料，《诗人》就是一本好书。可惜的是，小说进入到结尾部分意外迭出，当然，精彩是精彩了许多，可同时也削弱了对格拉登这个连环杀手形成原因剖析的力度。

布考斯基好在哪里?

——查尔斯·布考斯基《苦水音乐》和《邮差》

最近，静安区图书馆将文学书籍搬到了外借室的二楼。静安区图书馆占用的是新闸路上的一幢小洋楼，钢窗蜡地。最近一次去借书，秋已尽冬未来，早上的阳光透过窗棂落在地板上，斑斑驳驳。我在排排书架里寻找着，蓦然就遇到了查尔斯·布考斯基的《苦水音乐》和《邮差》，几乎没有犹豫，就将它们夹在了腋下。

其实，我刚刚才知道美国还有一位被称作"洛杉矶的惠特曼"的诗人和小说家查尔斯·布考斯基，因为，不久前读过比目鱼的《刻小说的人》。这个理工男在他的这本集子里，尽涉及一些我从未耳闻的小说家，比如，布考斯基。比目鱼在评论《苦水音乐》时这么说："几乎没有复合长句，几乎没有比喻，几乎没有任何'文学描写'……然而布考斯基的小说散发着某种特殊的、力道颇为强劲的能量。"这样的评价，怕是只有自己去读过才能有所感悟。

那一天，总共借了10本书回家，最先读的是《苦水音乐》。《苦水音乐》的最后，是朱白先生的一片长文《戳穿这个徒有其表的世界》。朱白先生，常有出人意表的书评刊登在《东方早报·上海书评》上，我很喜欢，因为他的评论虽出人意料却总是言之有理。读完朱白的长文后，回过头来一篇一篇进入到"洛杉矶的惠特曼"的世界，莫名惊诧、茫然无措，于是怀疑起自己的阅读能力。

　　就这样将粗粝的生活几乎不加修饰地书写下来，就是极好的小说了？且通篇都是粗口以及没有丝毫美感的性生活描写。朱白先生的评论说，布考斯基描述的，是美国蓝领工人的生活现状。我没有去过美国，通过布考斯基的小说我以为美国的蓝领工人之所以过着入不敷出、粗鄙不堪的生活，更重要的原因在于，他们用滑梯的姿态和速度将自己的生活毁弃得只剩下了苟延残喘和不堪入目。按照朱白先生的说法，唯其如此描写，才是"戳穿这个徒有其表的世界"，那么，中产阶级的体面生活就是一种经过伪饰的装模作样？当然不是，所以，一本《苦水音乐》，我最喜欢的是《一个头像》：玛吉的隔壁住着一对艺术家夫妻，男人写诗女人雕塑。玛吉自己喜欢在黄昏时分弹奏肖邦的《夜曲》，可见，这是一个文艺女人，当然很仰慕诗人。可雕塑家并不以诗人为意，总是与诗人吵架，吵到尖锐时，诗人的头像被雕塑家扔了出来。玛吉如获至宝地将头像捡回家，这就有了后来诗人走进玛吉的家听玛吉弹琴的旁逸斜出。以为玛吉和诗人之间会有故事，没有。小说止于诗人想要与玛吉上床而被玛吉拒绝时。诗人的头像被诗人自己拿回了家拿到了雕塑家的身边，玛吉的家中似乎从没有一尊诗人的头像进出过一样。但又的确发生了什么，玛吉再弹肖邦的《夜曲》，前所未有的好——这才是生活呀，平静如水中有暗流涌动，而不是整天脏话和肮脏的性交易。非要将日常生活描述得让读者不堪忍受，就是"戳穿这个徒有其表的世界"了？体面的生活就是徒有其表的生活？

　　布考斯基是连西恩·潘都想纳头就拜的大作家，我却喜欢不起来，就将原因归咎于翻译。哪里想到，《苦水音乐》的翻译据说还相当不错！接着读《邮差》，一个名叫切纳斯基的落魄男人，做邮差、换女人、喝得烂醉、性爱无休止——通篇如此，主角永远是切纳斯基，换的是一个又一个女主角，第二章重复第一章，第三章重复第二章……平淡如水，那水，浑浊得看不见水色。

谁能告诉我，布考斯基到底好在哪里？

草芥默尔索

——阿尔贝·加缪《局外人》

阿尔贝·加缪的《局外人》，20岁读和人到中年时读，读到的况味完全不同。

20岁读加缪，是潮流所迫，那时候不读加缪是一种落伍，所以我读加缪的《局外人》，只能是一种行为：我读过了。其实是不明白加缪借默尔索想要说些什么。

如今，我已人到中年。尽管《局外人》被各家出版社一印再印，为商业机密在隐去了印数的版权页上我们读不到《局外人》到底被多少人带回了家，但有一点是显而易见的：不读加缪肯定不如不看《致我们终将消逝的青春》或《中国合伙人》遭到的白眼多。我也是在看过《致我们终将消逝的青春》和《中国合伙人》以后倍觉被虚假的深沉作弄得胸闷气喘浏览家里的书架时，手指触到了阿尔贝·加缪的《局外人》，觉得，到了重读《局外人》的时候了。

区区5万来字，加缪又不像有些先锋作家喜欢在文本里设置阅读障碍，5万字的《局外人》顺溜得一口气就能读完。读着读着，我依稀想起当年读加缪《局外人》，眼界所限觉得这个人的作品，就算还有《鼠疫》和《西西弗斯神话》，怎么可以跟巴尔扎克、雨果比肩？时光流逝，也把我对生活的戏剧期待慢慢滤尽，才明白真正的高手是能将流淌的岁月任意剪下一截就能成就一部经典的。

伟大作家的另一高明之处，是他顺手截下的一段生活场景，让我们在什么时候拿出来都能咂摸出当下的意味。

译者柳鸣九先生为其写的序言，让我的诧异一个紧接着一个：难道我 20 岁时读的《局外人》的版本里，没有柳先生的序言？不然，重读之前我记忆里的默尔索，怎么就只是一个无所事事的局外人？母亲活着的时候默尔索与之鸡鸡狗狗，母亲死后默尔索为死去的妈妈所想所做以及所产生的后果，也是无聊得比我们的日常生活更加没有色彩。唯一在默尔索无聊之极的生活中生出的小枝丫，就是被负面情绪挤压得无处躲藏时默尔索莫名其妙枪杀了一个阿拉伯人。可见，20 岁的阅读记忆，多么不可靠！

20 岁时的随意阅读，需要我今天花加倍的时间先是清理年轻时的误读，再如同阅读一本新书一样地重读，并去懂得一位文学大师是怎么能够不动声色地让草芥默尔索成为文学长廊里一个永恒的人物的。不是吗？首版于 1942 年的《局外人》，讲述的几乎是 100 年前的故事，作家本人也因为车祸离世半个多世纪了，今天我有了一些生活阅历后重读阿尔贝·加缪的这本代表作，发现就算是在 1930 年代，就是远在法属阿尔及尔，都能让大师预见 2010 年代遥远的东方，有一些与默尔索有着相同命运的个体需要《局外人》来慰藉。草芥般的默尔索有着怎样的命运？他应该随着风吹拂的方向去表现母亲死后自己应有的反应，才不至于在接踵而至的生活琐屑中迷失方向。可惜，默尔索不懂得他这样的小人物是无法主宰自己的生活轨迹的，他非要依照自己的真性情去表达他对诸事的看法，他不被那个社会见谅乃至借他的一次失手将他送上绞刑架，就是草芥默尔索必然的人生末途。

悲 戚 又 忧 戚

——科伦·麦凯恩《舞者》

我是不是黑白色色盲？直到第二天中午，我才发现《舞者》封面上黑色底版白色的一束，不是光，而是一只男人多毛的脚。我说的，不是海岩的《舞者》，而是爱尔兰作家科伦·麦凯恩的《舞者》。主角鲁道夫·纽瑞耶夫确有其人，是从苏联叛逃至西方世界的芭蕾舞明星，而在书的第三部中出现的安迪·沃霍尔，也是史上确有其人的艺术家，那么，这是一部纪实作品了？可除了鲁道夫·纽瑞耶夫和安迪·沃霍尔等几位艺术界世界级名人外，出没于鲁道夫周围的人物，又全是虚构的，比如，慧眼识珠地从一群邋邋遢遢的男孩中将鲁道夫·纽瑞耶夫拎出来的安娜，从安娜手里接过鲁道夫并呕心沥血将其雕琢成璞玉的普希金，又都是作家为塑造鲁道夫虚构出来的人物。这种亦真亦幻的写作手法，给读者的阅读体验是：从小说开始，以纪实作品结束。由于错将《舞者》当作了纯粹的纪实作品，由其带来的悲戚和忧戚就更觉无以排遣。

一重悲戚，因着安娜。安娜，这个曾经的苏联著名芭蕾舞女演员，因为丈夫被当局大清洗而随夫从繁华的圣彼得堡来到寂寞得没有芭蕾舞舞台的边地乌法，一颗熠熠闪光的巨星就此陨落。而其最后的结局更让人兔死狐悲：解冻后回到圣彼得堡，居无定所又疾病缠身，安娜很快归于尘土。无以在圣彼得堡安身立命的安娜的丈夫只得再度回到伤心地乌法，没有了安娜，他连随便过完残生的勇气都没有了，让自己尽可能体面地死在了陋室的床上——人如草芥，我想在冷战时期长大成人的我们对此有切身体会，鲁道夫·纽瑞耶夫趁到巴黎演出的机会毅然"抛弃"祖国奔向自由世界的怀抱，我想我能够理解：人是趋光动物，总是向着光明而去。

但是，科伦·麦凯恩用《舞者》告诉我们，以巴黎为圆心的西方世界，没有光明。从苏联的政治魔爪下逃脱出来的鲁道夫，凭借自己过硬的基本功和超群的艺术表现力，很快就在西方世界的芭蕾舞舞台上站稳了脚跟，最佳搭档、最丰厚的酬金、为所欲为的生活……在科伦·麦凯恩的笔下，逃脱了苏联政治魔爪的鲁道夫，很快掉进西方世界灵魂无以寄托的陷阱，吸毒、滥交、酗酒等为人所不齿的行为，都是鲁道夫所热衷的，这让我有些惶恐：他不是说受不了集权政治的钳制才奔西方自由世界而去的吗？可是，由鲁道夫的眼睛看到的西方自由世界以及鲁道夫生活其中的西方自由世界，带给我们的只有恐惧，也就是《舞者》带给我们的忧戚：安娜的命运、安娜女儿的命运、安娜丈夫的命运以及因为鲁道夫叛逃后他那些依然留在苏联的全家人的命运，无一不在控诉着暗黑无比的社会形态。可是，纸醉金迷的生活难道就是自由唯一的属性吗？这样的自由，真是我们需要的吗？如若不是，一边是意识形态桎梏下让我们黯然神伤的现状，一边是自由主义的标榜下日趋糜烂的现状，两边一合就是全世界，那，人类的未来又在哪里呢？

抑郁猛于癌症

——马特·麦卡利斯特《甜蜜的悲伤》

遇见这本书后决定将其借回家，是因为译者是孙仲旭。

早些时候，这位优秀的译者因为抑郁症从高楼一跃而下，丢下了他挚爱的家人。除了阅读过他的译笔，我与孙仲旭没有交集，对我，纪念他的最好办法是，阅读他翻译的作品。

《甜蜜的悲伤》，美国战地记者马特·麦卡利斯特怀念母亲的佳作，封面上"关于爱、家庭与美食的回忆"的副标题，让我以为这将是一次愉快的阅读旅程，结果不是。

"那一刻，我知道有一个办法可能唤回我的妈妈：走进厨房，按照她的菜谱做东西。她的小排骨、巧克力脆饼、草莓冰淇淋——它们会成为门径，让我走进几乎已忘记的过去……"在我读完《甜蜜的悲伤》以后，再一次默念印在封底上的这句话，我明白这只是作者马特的愿望。

1970年代中叶，马特只有10岁的时候，家人发现那个聪明、乐观的家庭主妇变了，变成了一个脾气暴躁、不可理喻的女人，瞧她，总是怀疑有人在诋毁她有人在勾引她的丈夫有人在……重重疑虑让安只好借酒浇愁，"它能让我暂时高兴起来"，安这样回答马特对她酗酒的不理解。那时，大家还没有意识到安已经被一种名叫抑郁症的病魔纠缠着，直到安在某一天早上趁唐回老家奔丧之际，告别一双儿女开车到人迹稀少的高地服用了过多的药物打算自杀，大家才意识到，安病了。

安病了，可是，对抑郁症患者的家人来说，陪伴一个抑郁症病人要比意识到家里有一个抑郁症患者更难。在躲避母亲这一下意识的指使下，马特选择了战地记者作为自己的职业，伊拉克、阿富汗、以色列……直到安病入膏肓了，马特和姐姐简这才意识到，安需要他们无微不至的关怀。也正是这最后的陪伴，抑郁症患者家属的痛楚，掩饰不住地流露在马特的笔端，所以，所谓的"美食的回忆"，其实是马特想用美好的味觉来掩饰沮丧的感觉，试图将抑郁症患者家属的痛苦陪伴用美食装饰成一个有着甜蜜往事回忆的故事。他成功了吗？可我，无法忘怀安从一个快乐、聪明的两个孩子的妈妈慢慢变成一个孤独的不可理喻的精神病患者的过程，无法忘怀马特·麦卡利斯特在讲述妈妈在生命晚期因为抑郁症给自己以及家人带来的困扰和怨愤及至无奈的过程。这个过程，叫人读来直觉抑郁症这个幽灵有多么强悍和不可捉摸。最令人沮丧的是，每况愈下的生活状态，是安这个抑郁症患者自己无法控制的。

人，摆脱不了命运的安排。抑郁猛于癌症，两种疾病，都让我们束手无策——译者孙仲旭在翻译这本书时，一次次深入骨髓地体验着一个抑郁症患者给家人带来的巨大困惑和麻烦，更叫他忐忑、无奈、绝望的是，他知道自己已经罹患了抑郁症！读完《甜蜜的悲伤》，越来越觉得译者孙仲旭选择自决的方式离开这个世界，与这本书有着千丝万缕的关系。在生命的最后时刻，孙仲旭大概觉得自己总有一天会像自己曾经翻译的《甜蜜的悲伤》中的安一样无法把控自己的病程，从而给家人带来无尽的烦恼和忧愤，于是，他纵身一跃解脱了自己。他的死，带给家人的，是无尽的悲痛……

少年故事打动了我

——罗伯特·麦卡蒙《奇风岁月》

砖头一样厚的《奇风岁月》，今天还有谁胆敢翻开并不离不弃地读到最后一页？

于是去豆瓣逛了逛，还真有人读完并有肯切的书评。

我也读完了。起初是工作需要，后来，是欲罢不能。

现在，装帧有些马虎的《奇风岁月》就码在我面前，我盯着酱红色的封面反复地问自己：你是被罗伯特·麦卡蒙写的什么吸引住的？

"这本推理小说了不起"，腰封上的这句来自日本的推荐，我想认同，但是不能。的确，这是一个推理故事，在科里和他爸爸眼前沉入湖底的那辆车以及车里被拷在方向盘上的那个死者，如梦魇压在爸爸的心头，疑惑在科里的脑子里，几经周折，凶手竟是奇风镇上最和气的医生——足够崎岖，但是，那不是这本小说吸引我的关节点。

"有史以来最好看的100本书"，腰封上这句话的前缀是"全美图书馆员票选"。一本悬疑小说能步入那样的堂奥？那么，就是因为小说写的是重大题材：凶手乐善德是纳粹，是新纳粹主义者，是全世界追捕纳粹战犯组织的搜索对象——如果因为这个阅读兴奋点，《奇风岁月》怕是早就被我扔在了一边，因为，这个情节出现在小说的末章末节。

读《奇风岁月》，我没有半途而废，只是，在阅读途中常常会把书扣在书桌上看着窗外的苍狗白云，想想我的少年往事。那时，上海跟乡村的关系还那么密切，我居住的地方不算太偏僻，可是，出我家的门走上 10 分钟就是菜田了。我们总是不为什么就在天地间疯跑，逃江山、跳橡皮筋、刮刮片……记忆中大片的菜田里是有一两个大粪坑的，可是我们的爸爸妈妈似乎不怕我们会在疯癫中跌入其中，真的也没有人跌入其中，只记得在大片的菜田中央突兀地杵着一间歪斜的小屋，里面住着一个名叫倪爱莲的女孩，她是我的同学。她家为什么离群索居？我们被告知是因为她爸爸是坏分子。奇怪的是我们这群淘气的孩子会互相欺负却从来没有欺负过倪爱莲，为什么？她如莲花一般柔弱得令人爱怜。现在知道，倪爱莲的名字出自周敦颐的《爱莲说》；现在也知道了倪爱莲的爸爸是"右派"——

这就是《奇风岁月》的魅力，我以为，它为我隐秘的少年心事找到了共舞的伙伴。是的，当科里骑着那辆名叫"火箭"的魔幻自行车风驰电掣在奇风镇时，虽说要等上 10 年我的少年时代才开始且自行车于我是奢侈品；当科里目睹莫里将棒球投到天边外而不可思议的时候，等上 10 年我的少年时代也只能把玩红缨枪……只有科里和小魔女在课堂上把老铁肺气得半死的情节，与 10 年以后我的少年时代因为视知识如粪土我们只好整天游荡在午后的骄阳下有些许共同的地方，似乎我的少年与科里的少年实在没有可以类比的，可是，《奇风岁月》让我嗅到了少年人身上特有的气味：看天天高看地地广，面对这个世界跃跃欲试但事到临头又总是茫然无措。少年就是在透明的天空下呼吸着自由、洁净的空气，虽常有气急的时候，可总有尾随而至的新鲜追着我们的脚后跟催促着我们快跑，气喘吁吁中我们乐不可支——天下少年皆如此？

　　小说的原书名是《Boy's Life》，都认识的英文单词可是对照小说怎么也翻译不妥帖的书名，非常妥帖地道出了这本小说之所以能吸引读者手不释卷的原因，"它唤醒每个读者心中的少年梦"，同样写在腰封上的这句话，只有等你读完整本书，才会热泪盈眶地默念上一遍又一遍。

　　我是被罗伯特·麦卡蒙写的少年故事深深吸引的。

有剧痛才开始青春

——马克·海登《枪》

《格兰塔》这本奇怪的英国杂志，接下来你要读到的这一篇是小说还是散文，它根本就不提示你，文本又溢出了我习惯的模式，所以总是要读掉至少一页以后才心领神会：呃，小说。或者，呃，散文。

马克·海登的《枪》倒是没给我一丁点错觉，一篇写法非常传统的小说。且，所铺陈的又是一个很老套的故事。丹尼尔像所有 10 岁的男孩一样正处在看什么都觉得百无聊赖的年龄——我从哪里得到这个结论的？马克·海登这样描写丹尼尔眼里的景物："这条漏斗形的小径，两边高楼林立。刮大风的天气，风沿着这条小径席卷而过，在四幢公寓楼中间有一块被称作草坪的正方形空地上放，形成一股涡流。"我想起我像丹尼尔这么大的时候，1970 年代，也是夏天，我坐在我家院子里那棵无花果树下百无聊赖地看马路上来来往往的行人。所以，我能理解丹尼尔为什么会在炎热的 8 月那个下午不睡午觉而找同学肖恩，他要打发黏滞不前的时间，我像他这么大的时候，会跟大家一起尾随一个漂亮的女孩走出好远，只因为人们传说她怀抱的婴儿是她的私生子。

在马克·海登看来，即便在 10 岁那年有奇峰突起的刹那，丹尼尔的 10 岁还是会淹没在"逝者如斯夫"中，这可从马克·海登偶尔逃离 1970 年代回到当下的插话中见出端倪："他一生还会遇见三件离奇的事情。"其实，如亨利八世这样凶悍的英王不都消散在历史长河里了吗？我们且将此刻的关注集中在 10 岁男孩身上吧。10 岁男孩，居然会有机会拿到一杆猎枪，的确离奇。可是，如果马克·海登连这样的离奇都不为丹尼尔设计的话，题为《枪》的小说还依靠什么情节抓住读者？两个整天想着用什么刺激来填充自己荒芜得发白的少年时光的 10 岁男孩，偷偷拿起了肖恩哥哥的枪，他们越过一堆城市垃圾、一辆破败的汽车、一个不那么友善的邻居……总之，作者铺设给丹尼尔和肖恩的背景与他们彼时的心境一样百无聊赖，如此，接踵而至的枪声才会显得那么惊心动魄。意外的是，马克·海登让一颗子弹穿过了恹恹的天空，将一头獐鹿打死。

接下来，马克·海登让丹尼尔和肖恩用一辆破旧的婴儿车把獐鹿拖回家——读到这里的时候，我有些疑惑：枪是被肖恩偷出去的。他们把獐鹿拖回家，不是为他们偷枪错误提供佐证吗？又一想，两个 10 岁男孩一定觉得一头獐鹿已经远远抵消了偷枪的错。真是太准确了，对 10 岁男孩的心理揣摩。

结果是，肖恩被哥哥打落了一颗牙。这一颗落在地上的带血的牙齿，一下子就抵消了丹尼尔和肖恩因为偷枪而暗示给自己的负疚感。但，他们还未来得及回到 10 岁男孩的昏蒙呢，接踵而至的情节让他们迷失了。在打落肖恩的一颗牙齿后，肖恩的哥哥开始欢天喜地地将他们拖回家的獐鹿开膛破肚。两个 10 岁的男孩怎么都没法明白：既然我们的错误需要用掉落一颗牙齿来抵充，我们错误的凭证怎么又能让大人欢喜呢？两个男孩因为目睹所谓大人对一件事情分阶段地评判错和对，疼痛地摸到了青春期边缘。

小说《枪》结束在当下：丹尼尔已经 50 岁了，回到年少时到处乱逛的家乡，他看见三个罗伯特家的孙子也迈入老境时，马克·海登写道："那个人问，你是谁？有那么三四秒丹尼尔不知该如何回答。"他不知如何回答，我想大概是因为他一时不知道该感谢还是痛恨那把一下子把他从稚儿推进令他晕眩的青春期的枪。

　　几天以后，因为还惦着《枪》，我也问自己，这么一个平常得不见波澜的故事，为什么在春天的午后让我读得忘记了瞌睡一口气从头读到了结束，读完后太阳穴还在一跳一跳地疼痛？答案其实简单：马克·海登用不长的篇幅那么准确地记录了少年变身为青年的前夜的疼痛。

　　比马克·海登的《枪》的篇幅长得多，我被丹尼尔附体一般久久徘徊在丹尼尔苍白而又疼痛的少年向青年的过渡中。

西尔维亚会因此错过《尤利西斯》吗？

——西尔维亚·比奇《莎士比亚书店》

　　到了最后两章，西尔维亚·比奇隐忍了又隐忍，到底还是抑制不住抱怨起了詹姆斯·乔伊斯。

　　我不知道乔伊斯生前有没有交代过他的天书《尤利西斯》和《芬尼根守灵夜》从手稿到出版物的过程。如若没有，西尔维亚·比奇道出的特别是《尤利西斯》的出版记就是真相了。对，是西尔维亚·比奇这位美国女子，当自己开在巴黎奥德翁路上的莎士比亚书店还举步维艰的时候，当自己和唯一的助手忙得不可开交却依然不能衣食无忧的时候，在詹姆斯·乔伊斯的手稿《尤利西斯》出版无门的情况下，慧眼识珠的西尔维亚·比奇毅然接下了出版这本书的杂务。只有读过《莎士比亚书店》的读者才能体会詹姆斯·乔伊斯的纠结有多么难以理顺，从封面到排版格局，于是，第一版《尤利西斯》总是在修改中，成本与日俱增也就不是夸大其词了。

　　《莎士比亚书店》读到这里的时候，我特别羡慕西尔维亚·比奇，她的一生走过的是我一生的梦想，不是吗？很久以前，我就梦想开一家只要一个开间的小书店，这么幻想的时候一部日本电影《姊妹坡》正好在此地热映，于是与跟我有同样梦想的闺蜜约定，如果有书店，就叫"姊妹坡"。开着这样一家书店，又遇到一位詹姆斯·乔伊斯等级的作家，经由我们的手，又一位詹姆斯·乔伊斯屹立在了世界的东方——夫复何求？

可是，将《莎士比亚书店》读到了最后一页，在"《尤利西斯》版权与我"一章里，西尔维亚·比奇说，尽管入不敷出，把"莎士比亚书店"当钱袋子的詹姆斯·乔伊斯却依然动辄带领全家入住高级酒店，动辄请上一众好友到高级饭店去铺张，且高档酒品从不间断——尽管西尔维亚·比奇在抱怨的字里行间反复申明像詹姆斯·乔伊斯这样的世界级作家，高级酒店、高级饭店以及高档酒品都是他应得的，"那他就应该去写畅销书"，这是最狠的一句指摘了。读到此处，我还在想：西尔维亚·比奇还是应该再忍一口气的，就像我这样的家庭主妇、职业妇女双肩挑的人，每天上班到困倦之极回到家里还要给家人烧菜煮饭，最好是毫无怨言，不然就前功尽弃。再读下去，原来，西尔维亚·比奇的怨尤来自《尤利西斯》的版权转让问题。《尤利西斯》驰名世界以后，詹姆斯·乔伊斯想要一家名头更加响亮的出版社出版这部作品，情有可原，问题是，应不应该给握有版权的莎士比亚书店一点补偿？西尔维亚在书里写道：詹姆斯·乔伊斯连照面都不打，只是让相关人员贴身逼迫西尔维亚交出版权代理业务以及他所有俗务的打理权。西尔维亚只是选择了如前所述的几件小事抱怨了一下，真的不为过。

于是想到老同学之前贩卖过的一句箴言"好女人不能用来做老婆"，用在西尔维亚·比奇和詹姆斯·乔伊斯之间的关系庶几讲得通。两个人之间曾经的友情不逊色于詹姆斯·乔伊斯与老婆诺拉之间的感情，但是，一本书的版权纷争让情谊烟消云散，只落得无法隐忍的抱怨错落在詹姆斯·乔伊斯享受过的酒店、饭店和好酒中。

可是，西尔维亚·比奇会因此宁愿错过《尤利西斯》吗？

不过，我更愿意通过《莎士比亚书店》记住这样一个故事：巴黎被德国人占领后，一个德国军官看中了莎士比亚书店橱窗里的那本《芬尼根守灵夜》，要买。西尔维亚·比奇说她自己要留着。留下最后一本《芬尼根守灵夜》的代价是她被关进收容所6个月——为这个人的一本书可以坐6个月牢，可见，抱怨是真的，那个人在西尔维亚的心里永不退潮，也是真的。

毋宁说，弗明是一个卑微的人

——萨姆·萨维奇《书虫小鼠》

先说一段题外话：生活中这么令人厌嫌的老鼠，为什么总是能得到画家和作家的青睐？迪士尼的那个女主角就不必说了，美国作家萨姆·萨维奇又拿一只丑陋的小老鼠做了主角。

按说，一只卑微的老鼠哪怕降生在大英图书馆里，日夜逡巡在那里，也是不可能识文断字的，可是，这只出生在波士顿贫民区里一家叫彭布罗克旧书店的地下室、靠碎纸屑果腹长大的老鼠弗明，非但识得文字，并且饱读诗书，文学品位高端到甚至连詹姆斯·乔伊斯的《芬尼根的守灵夜》这样蹈虚的文学作品也可以议论几句！我大概在10页以后就一头栽进了作家的虚构中，为一只叫弗明的老鼠痴迷得日夜颠倒。等到书店就要被改造城市的推土车推倒、书店老板诺曼愤然锁上就要不复存在的书店的门不知所踪后，又等到落魄作家杰里摔了一跤躺在医院里等待往生以后，听着弗明躺在一堆烂书里发出的哀叹声，我才想到要嘲笑一下自己：你又被作家骗了两天！一只老鼠，就算是在彭布罗克书店的旧书堆里跌打滚爬着长大，许多时候还不得不靠啃啮书页喂饱自己干瘪的身躯，怎么可能就此成为一只饱读诗书的老鼠？毋宁说，弗明是一个有着老鼠外形的卑微的人。

所以，我愿意有这样一位作家，用悲悯的情怀借一只丑陋的老鼠来告诉我以及幸运地读到这本《书虫小鼠》的读者：丑陋没有关系（到后来，弗明都不愿意看镜子里的自己），被家人不待见没有关系（弗明是妈妈一胎中的第 13 个儿女，鼠妈妈只有 12 个奶头，一出娘胎，弗明就总是挨饿），生逢乱世也没有关系（妈妈将弗明它们养到可以自己觅食以后就抛下它们自顾自去醉生梦死了），只要你能找到一家像彭布罗克这样的书店，你的人生一样会精彩。

不过，我有些好奇，萨姆·萨维奇打算写一个关于书籍的力量的故事时，为什么会选择老鼠而不是直截了当地让一个名叫弗明的人来完成作家心中对知识的美好寄托？因为老鼠可以丑陋到连自己都无法面对镜子？因为老鼠可以钻地下室爬臭水沟攀上书堆？因为老鼠只需要残羹冷炙甚至碎纸屑就可以苦度一生？因为作家想要告诉所有正在阅读《书虫小鼠》的你我：就算你命运不济、时运不济地卑微到是一只老鼠，照样可以有自己的幸福生活。是，属于弗明的幸福很短暂，但幸福不会因为短暂而从来没有降临过。

小鼠弗明，是每一个卑微的人的镜像，它的喜怒哀乐能让每一个卑微而敏感的人，百感交集。

到后来，读到弗明孤零零地倚靠在自己千辛万苦拖拽来的碎纸堆里等待年老等待死亡时，我想哭。可是，"但我失去了，以至沦落到这般田地，一切都离我而去。我在孤单中品尝孤独。老了老了，真伤感。真伤感，乏得很。"这一段作家借由弗明的嘴巴发出的内心感慨，犹如歌剧咏叹调的余音，虽渐渐弱去，但其间的不甘心，让我收起了眼泪，为小鼠弗明的渐渐离去，笑了。

真相，在熟视无睹中消散

——彼得·海斯勒《江城》

中文名字叫何伟的美国人彼得·海斯勒的畅销书，我先读到的是《寻路中国》。再读他的书，隔了一年。

是与一堆书一起从网上购得的。把《江城》从一堆新书里抽出来先读，而没有因为不那么喜欢《寻路中国》而偏废《江城》，是因为年前参加上海译文出版社的新书发布会时得知，彼得·海斯勒的书畅销得让人吃惊。我很想知道，美国人用英文写成的关于中国的书，译成中文在中国出版后居然都成了畅销书，理由是什么？

嘈杂、脏乱，人与人之间粗鲁又友善、相怨又相亲，这是1990年代后期彼得·海斯勒开笔写《江城》时中国以及中国人的模样，当然，他的蓝本是中国西南地区一个叫涪陵的小城。我试着拿掉限定词"涪陵"回想我生活的城市在1990年代后期的样子，那时的上海不知道要比涪陵摩登几许，却一样嘈杂，一样脏乱。那时，我住在国定路，连接复旦大学和上海财经大学的这一条如今已成繁忙要道的马路，那时还是一条一下雨就泥泞不堪的小道，唯一一辆通往五角场的公共汽车大约要20分钟才有一班。那时，我在淮海路上的前上海教育学院上班，横跨半个市区的217路公共汽车总是在纪念路上被火车粗暴地拦截住。物质条件相当不堪，但1990年代后期的上海，虽摩登却跟涪陵一样，比现在更有人情味，1996年4月，我放在自行车书包架上的皮包被人割断背带抢走，一个农民工骑上我的自行车奋力帮我追回了皮包；1996年我调入现在的单位，是跟我只有一面之缘的新同事持续一个星期8点半到单位教会我划大样，从而帮助我摆脱了从事新职业的尴尬……读着《江城》，1996年的记忆慢慢复苏，这个过程中，让我越来越清晰，从1996年到今天，我在眼下这家报社工作已满20年，每一年末我都要写一份小结，它们如今安静地躺在我的档案里档案又躺在单位的档案室里，日后它们将成为我1996年至今做过什么的注解，可是，真实吗？哪里有《江城》带出的我的回忆真实？

《江城》为什么能够畅销，跟一个美国人用英文写成的中国题材的书籍复又被人译成中文这样的弯弯绕没有关系。《江城》得以畅销，是因为彼得·海斯勒用拙朴得有些凌乱的叙述，将1996年到1998年的涪陵，如他所见地一一展示。那时的彼得·海斯勒，刚刚起步作家生涯，急于求成的他无暇顾及修辞呀文本呀这些润饰文章的手法，倒也变拙为巧地成为一种文本，一种对1996年至1998年一个中国小城镇里人与事流水账般的记录。在彼得·海斯勒的流水账里，许多人许多事都是生于斯长于斯的我们熟视无睹的，因此，我们的私人日记没有这些事这些人的空间，公共档案更是不屑于留余地给它们。时过境迁以后，《江城》的出版让我们突然悟到：彼得·海斯勒的记录才有被后人阅读以了解今世我们的生活真相的价值。

也就是说，《江城》和《寻路中国》，一个美国人的两本书，在提醒我们：我们曾经的生活的真相，正在我们的熟视无睹中消散着。

正 史 的 补 遗

——北正史《东京下町职人生活》

在我看来，《东京下町职人生活》是一本很另类的书。说它是一本帮助读者猎奇的书吧，北正史口述实录的对象要么是消防员，要么是居酒屋老板娘，要么是做艺妓用的三味线①的，要么是做豆腐的，要么是开玩具店的，要么是开染坊的，这些职业决定了这些口述者没有八卦。就是有绯闻，也激不起看官窥视的欲望，所以，北正史索性看不见家长里短，就这么一笔一画记录下这些职人在漫长的职业生涯中的甜酸苦辣。可，怎么就那么让人一读便牵挂得丢不开呢？

据实，应该是《东京下町职人生活》成书的根基。如若如是，那实在是这些从事着也许用我们的标准分类登不了大雅之堂的职人在以生命触摸和感知自己的职业。我无以转述他们是怎么用生命去触摸和感知自己职业的，就文抄公一下吧。

染蓝业的业主这样说：每天都要建蓝，必须察言观色，看看它的"心情"好不好（颜料居然还有心情，读到这里忍不住要偷笑一下）。

居酒屋的老板娘这样说：每天把米糠反过来倒过去，做了三十年，因为每天都要去翻它，所以米糠很漂亮，味道也很棒。如果米糠

①　一种日本民间乐器。

臭了，也就走味了。不能戴着手套来腌东西。现在的人都嫌臭不愿意做，你得把手伸进去，跟米糠说话才行（那么，米糠是有耳朵咯？读到这里忍不住要感动一下）。

豆腐店的老板这样说：木绵豆腐有好脸色和坏脸色之分。好豆腐用豆腐刀切的时候，切口会发出光彩（豆腐发光？于是，买一块豆腐打量半天，光呢？忍不住郁闷一下）。

……

抄的是8位职人中三个以特别珍重的口吻跟我们分享他们职业的段落。说得真好，对吗？北正史运气真好，一个记者，想要完成一个选题，居然遇到了8个那么珍爱自己职业并能说会道的职人。其实，不是他们能说会道，而是他们如数家珍起来虽是朴素的语言，却都那么入木三分栩栩如生。其实，还有第9个职人如书里"正册"中的8个那么珍视自己的职业，他是谁呢？听听他怎么说：在小巷之间漫步穿梭，穿过大大小小曲折蜿蜒的小巷，走出来又是一片新风景。在转角遇到的中年男女停下脚步笑着说："咦，又出来到同一个地方了。"我心里也想说："咦，怎么又遇到同一组人。"刚才也在这遇见过他们……对，他就是泽田重隆先生，为了我们品读文字的同时能够享受到古雅又充满凡俗气息的插画，这个名叫泽田重隆的人，在根岸的东京下町，不知道穿街走巷了多少回多少时日。

对，阅读《东京下町职人生活》，包含着两重意思，即读北正史的文和泽田重隆的画。北正史的语言你已经通过上面的一点点转录有了感觉，就像是不假思索地记录下采访对象的对答而成的。这当然不是真的，真的是北正史不露痕迹地将自己掩藏进采访对象的应答中，从而用高超的表达手段尽量让口述原汁原味从而形成这本书独一无二的风格。相得益彰的泽田重隆的插图，也是原汁原味地呈现了江户时代就慢慢形成并逐步壮大，如今当然被高楼大厦包围起来的东京下町叫根岸更叫日本的那个地方。

《东京下町职人生活》，传递给我们一个信息：人是可以怀着透明的心态喜滋滋地咂摸着每一天每一个小时每一分钟的。如果要提升一下该书的意味：这也是历史，虽不是高头讲章的典籍，记录的也不是帝王将相的兴衰和疆场的刀光剑影。但是，这种记载是对正史的补遗。我们需要像《东京下町职人生活》这样记录民间职人和手艺起起落落的出版物，因为历史应该是实事求是的、全面的，而不是粉饰的、片面的。

只要说书，都是心香一缕

——里克·杰寇斯基《托尔金的袍子》

书里说：阅读只关乎内容，与版本何干！我深以为然。书的作者里克·杰寇斯基可不这样想，不然，他的身份就不会是书商，更确切一点说，是版本书书商了。屁股指挥脑袋，里克在他的《托尔金的袍子》中引用上述语义时，语调是不屑的。

我也是带着不屑的态度开始阅读《托尔金的袍子》的，只不过，不屑的是里克对一本书的版本细究到疑是有病的程度。所以，首读《托尔金的袍子》是哗啦啦地从头翻到尾、又从尾翻到头，目的是想从中选出一篇来以飨我供职的报纸读者。后来，选了关于奥威尔《动物庄园》的那一篇，与《动物庄园》的预言性和语言犀利无关，只是篇幅合适。

2014年的春节长假中，得以有闲认真拜读《托尔金的袍子》，读到三分之一，就觉得自己年前的选择有些孟浪；等到最后一页翻过，悔意已大到恨不得扯了刊有《托尔金的袍子》选文的那张报纸的那一页。

与奥威尔的《动物庄园》无关，只与里克·杰寇斯基的文笔有关。作为曾经的大学老师，里克要将自己与一本书的或明朗或暧昧的厮守或离弃敷衍成一篇文章，技术上不存在问题，《托尔金的袍子》

一书中的文章之所以有高下之别，实在是因着里克与文中论及书籍的关系，有着亲疏之别。

《诗集》（1919）：雷纳德·伍尔夫先生为了帮助妻子弗吉尼亚·伍尔夫摆脱忧郁的纠缠，给她买了一台印刷机。弗吉尼亚·伍尔夫，这位意识流小说的始作俑者竟然如此醉心于书籍的排版和印刷，一本T·S·艾略特的诗集，由弗吉尼亚·伍尔夫来充当出版人，竟会大费周章到两位文坛大佬就一个封面能来回斟酌到将一壶下午茶喝淡。一本如旷世美人一般的绝版诗集就这样流布于世，到今天因其绝版只是偶尔露峥嵘了，可只要这一版本的T·S·艾略特的诗集露面，都会赢得一众爱书人难过得"恨不相逢未嫁时"。

《道连·格雷的画像》：仿佛在将文坛上那段著名的八卦再讲一遍，可八卦的缝隙里我们可以透气的地方，全是王尔德这位文坛浪荡子对文字的执着和对刻有自己名字的书籍的热忱。

……

简述的《托尔金的袍子》中的两篇文章，很容易让未读过此书的读者对里克·杰寇斯基有个错觉：这是一位爱内容胜于爱版本的藏书家。让读者产生错觉的责任在我，因为我是一个对图书版本毫无感觉的读者。撇开我的个人感受仅说里克的《托尔金的袍子》，由此书反映出的里克与书本的亲疏关系，当然是版本在先。当里克与一本书初遇的时候，只求到手的这一本版本是否好是否能卖出个好价钱。但是，一本好品相的书籍握在手里摩挲久了难免手痒到要翻看到扉页要翻看到内芯，这时候，书商退后曾经的大学教师站了出来，里克开始聊书写了什么写得怎样以及书的情怀了。说实话，虽已蜕变成书商但大学教师的功夫并未远走，里克的这些微书评，写得有声有色叫人欢喜叫人忧心如焚——如果里克·杰寇斯基专事书评，专职书评人怎么办？

那么，《托尔金的袍子》是不是借着贩卖版本书的外壳行书话的实事？之所以在一堆书中抽出这一本先读，我就是抱着"重文轻商"的旧思维想边阅读边琢磨这个问号的，结果，问号拉直以后答案是否定的。里克·杰寇斯基更热衷的是版本的买卖之间，而所谓的书话则是他兴之所至的旁逸斜出，因此，这本书的书名落在了托尔金的袍子上而不是托尔金的《魔戒》上。在商言商，不为过。

只是，我读《托尔金的袍子》从置疑到喜悦，倒也开阔了我关于书话的边界：阅读何必只关乎内容！只要说书，都是心香一缕。

农事中默默念

——乔治·奥威尔《奥威尔日记》

开始记《朱拉岛日记》后的半个月，1946年5月22日，乔治·奥威尔写道："艾琳坟上的多花蔷薇都生根了。我种了南庭芥、小夹竹桃、虎耳草、矮金雀花、一种长生草还有一株小石竹。植株长得不太好，不过那是因为前面是雨季，以后应该会长得好"，那以后直到《奥威尔日记》的最后一页，艾琳的名字再也没有出现。如果不是一页一页读到了490页，我大概会以为奥威尔是一个薄情的人，不是吗？在奥威尔最艰难的摘啤酒花和通往威根码头之路时期，妻子艾琳为他付出了极大的牵挂和担忧，至于战前的家庭生活，我们更是通过奥威尔每天详尽地记录家里母鸡所下鸡蛋个数的状况，大致可知艾琳随奥威尔过着的是怎样的日常生活。战争来了，艾琳除了无怨无悔地追随奥威尔或者乡下或者伦敦地艰难度日外，还是奥威尔的秘书，直到战争就要结束之际病入膏肓的艾琳撒手西去。至少在《奥威尔日记》时期，作为奥威尔的妻子，艾琳的日子只苦不甘。就算艾琳健在的时候奥威尔已经尽己所能呵护了她，这样一个好女人，奥威尔怎么在与之阴阳两隔后就不再相思了？

一页一页往后翻他的《朱拉岛日记》，我慢慢读出奥威尔对艾琳的感情是"一片冰心在玉壶"。恰好在看一组词牌同为卜算子的词，就学着填词一阕：

卜算子·读《奥威尔日记》

离乱艾琳去，坟头栽花祭。

生死两隔难再见，只留君子立。

有意长厮守，无奈风雨急。

多年相携化鸿著，农事中默默忆。

是的，翻地种田养鸡鸭，是奥威尔在《朱拉岛日记》时期的主要工作。我从第一卷《家庭日记》一路读来，到《朱拉岛日记》时我已经能大概揣摩出奥威尔表达情感的方式。

而在《奥威尔日记》之前，对英国作家乔治·奥威尔的全部了解就是《动物庄园》和《一九八四》。《动物农庄》和《一九八四》的寓言性和预言性让我对《奥威尔日记》的期待是：一本思想深邃的创作札记。日记的第一第二部分《摘啤酒花日记》和《通往威根码头之路日记》坐实了我的期待。《摘啤酒花日记》中，虽没有摆脱缺钱的困境，乔治·奥威尔已经贵为作家，却没有故作姿态地在自己与工人之间画一条哪怕是浅浅的分割线说自己是为了创作在下生活，他就是一个摘啤酒花的工人，区别在于他会为啤酒花的丰歉担忧，会为摘啤酒花工人的饥饱担忧，于是，无论白天的劳作多么销蚀他的体力和精力，奥威尔总能坚持将自己的种种忧思记录下来。《通往威根码头之路日记》，奥威尔更是一个地地道道的煤矿工人，寒冬腊月的夜晚到处寻觅避寒的地方，劳作了一天后到处寻觅一顿足以果腹的饭菜；数十天洗不了澡，不知道下一张餐桌在哪里……1931 年的乔治·奥威尔日子过得很局促，但，也还属于中产阶级，他之所以卸掉作家的面具就当自己是一个工人，是因为，他从来没有觉得作家与工人这两种职业有高下之别，更没有在日记中炫耀构思中的《动物庄园》和《一九八四》如果成书，会比地里的土豆圈里的羊价值更大。伟大的作家已经作古半个多世纪，死时才刚过半百，我们越是折服于《动物庄园》和《一九八四》的预见性，就越加痛惜在做摘啤酒花的工人和煤矿工人的时候，奥威尔过于透支了自己的健康。痛惜中，我似乎通过《摘啤酒花日记》和《通往威根码头之路日记》找到了奥威尔通往《动物庄园》和《一九八四》的脉络。

就在我打算顺着《奥威尔日记》继续攀援至《动物庄园》和《一九八四》的境界时，接踵而至的《家庭日记第一卷》让我颇感意外。

整个《家庭日记第一卷》，奥威尔所有的笔墨都用来记录家庭农事，种什么作物养什么家畜，而不厌其烦地每天清点家里母鸡下的蛋，更是给读者留下了深刻印象，也就是这 16 个蛋、13 个蛋、25 个蛋的庸常生活，让我在理解伟大的作家也是一个普通的家庭男主人的同时，开始质疑：出版这样的日记有何意义？也许，奥威尔当年在昏黄的灯光下边回想白天的衣食住行边一字一句记录在日记本上时，从来没有想过有朝一日出版这些文字，可是，因着《动物庄园》和《一九八四》闻名于世以后，私密就不再存在。可以理解出版《摘啤酒花日记》和《通往威根码头之路日记》，因为，它们能帮助我们更加懂得《动物庄园》和《一九八四》。《家庭日记》就是奥威尔琐碎的家长里短，与《动物庄园》和《一九八四》有什么关系？《摩洛哥日记》和《马拉克什笔记》后，我先是被奥威尔热忱地投入日常生活的态度打动，继而，一遍又一遍问自己：依据《摘啤酒花日记》和《通往威根码头之路日记》中显现出来的思想深度，奥威尔完全可以写出比

《家庭日记》更深层次的东西，可他为了什么肯花时间将我们都觉得没有价值的家庭生活那么细致地记录下来？直到读完了第一卷《家庭日记》进入到了《战争日记》后，我会时不时地回到《家庭日记》里读上几句，有时竟会读出眼泪，因为，我好像读到了奥威尔不厌其烦地记录家常生活的良苦用心：国际风云再怎么变幻，所有的主义都是为了全人类的柴米油盐生活过得更加妥帖。艾琳怕是非常认同奥威尔的生活哲学吧？所以，艾琳走后，奥威尔纪念爱妻的最好办法是，像以往一样种地养鸡捕鱼收鸡蛋，随后，一天又一天地记录着在朱拉岛小农场里的收成——在繁忙的农事中默默怀念艾琳，这一份感情日夜发酵，温度、湿度、饱和度等恰到好处时，《动物庄园》和《一九八四》玉成，奥威尔迅速去往天国与艾琳汇合，真是爱到肌理情到了深处。

为了情诗和歌，愿意随你颠沛流离

——巴勃罗·聂鲁达《我坦言我曾历经沧桑》

这本回忆录有点厚，我怕我会读不完。

很久以前本埠一家出版社曾经出过一套数位当时文艺界名人的日记，其中两位我记得很清楚：潘虹和刘心武。两位公诸于世的日记，写得都非常棒。一个演员的文笔怎么可能会如此之好？于是潘虹一时间陷入了代笔的风波。至于数年以后我为什么会牢记那一套日记里还有一本属于刘心武？我记得他在序里有过这样的表述：出版日记好比请人到家里来做客，免不了要扫扫灰尘……从《班主任》和《爱情的位置》开始，是刘心武撬动了彼时铁甲一样的文坛，尽管他作为小说家的天赋渐渐被他陆续出版的小说证明段位在中等，但他始终是我喜欢的作家，可是，这一句表白，让我对他顿失好感。

事实上，这段表白深深浅浅地隐藏在许多大人物的心里，于是，我们读到他们的自传或者传记，清洁得叫普通读者沮丧：原来成功者都是上帝安排好的。

那么，巴勃罗·聂鲁达的自传《我坦言我曾历经沧桑》是否也被"清洁"过？担心是多余的，这是一本不加任何伪饰的自传。如若严密一些，这本自传在《灿烂的孤独》之前非常真实。这个成为诗人的过程，聂鲁达由智利小城特木科的穷小子到游历四方的智利外交官，在草垛里与乡村少女成过一夜之好，在巴黎与妓女有过鱼水之欢，在锡兰富过，在上海街头被人掠夺得一文不名过……所有在我们的道德判断里高雅的、低俗的、值得颂扬的、遭人不齿的经历，聂鲁达都能不加掩饰地和盘托出。

这种脱离了名人自传约定俗成"规范"的再现，让我在阅读这本传记时常有被惊着了的感觉，于是，一遍一遍地在微信上表达我对这本书的喜欢。在数位朋友因为我的惊叹而下单购买了此书后，我问自己：爱女人、爱游历、爱书、爱酒、爱喧哗、爱招摇过市……多少作家不曾这样过？也有不少作家在传记里影射过自己貌似荒唐的生活。这些传记我多少读过一些，更有一些我读到中途就放弃了，他们一写自己就变得谨小慎微起来，表达的光彩、辞藻的肆意全都没了踪影，哪像巴勃罗·聂鲁达的这一本，是一束色彩杂沓、温度灼人、能量巨大的光焰。

他始终在用写诗的笔墨再现着也许本身无甚新意的生活：

没有月亮，但星星像刚被雨水淋过似的晶莹，高挂在其他人都看不见的梦境之上——麦堆里的爱情。

《二十首情诗和一首绝望的歌》是一本令人痛苦的田园诗，写的是青春期把我折磨得死去活来的情欲。

我爱它们，依恋它们，追求它们，咬住它们不放，把它们融化——词语。

（D. H. 劳伦斯）他那折磨人的神秘的性探索因为无用而格外令人痛苦——锡兰。

产生于痛苦的乐句在寻觅战胜痛苦的出路，在上扬时并不否定其被悲伤搅乱的根源——科伦坡的生活。

来吧，情诗，从宏观碎玻璃中奋起吧，吟唱的时刻已经来临。来吧，情诗，帮助我恢复完整，帮助我朝着痛苦歌唱——碎玻璃。

......

色彩之绚丽已不用赘述，能烤焦人的温度每一位爱诗的读者已能感觉，只是，通过《二十首情诗和一首绝望的歌》而走进《我坦言我曾经历沧桑》的读者，在聂鲁达襟怀坦白的笔墨引导下，看到了那些诗那些歌何以翻滚在聂鲁达的心里而后化作绚丽的文字出现在他的诗集里又不胫而走到了全世界，难道真的可以发出呐喊：为了情诗和歌，愿意随你颠沛流离吗？不，不。斯人已去，只留下情诗和歌供缅怀，所以，除了再读《二十首情诗和一首绝望的歌》后会感觉诗和歌的厚度更加踏实以外，又能从中获取什么？就我而言，读过他的自传再去读他的情诗和悲伤的歌，有一种共同参与的感觉，于是，对"爱情很短记忆很长"的理解，不再是爱情转瞬即逝只留空追忆，而是爱情只要曾经来过，爱的人就会长久地留存在彼此的心灵深处，何时翻检，都会有一缕馨香。所以，你看巴勃罗·聂鲁达，一生女人无数妻子三位，却没有厌倦过爱和被爱，二十首情诗对一首绝望的歌，这是他对爱情带给他的欣喜和悲伤的感情比。

因为能够代入，所以，喜欢半本《我坦言我曾历经沧桑》，从《灿烂的孤独》以降，那些章节要么回忆我不甚了了的远在南美的作家诗人，要么就是纷争不休的政治，这些让我这个局外人感觉十分强烈的章节，令我生出这样的感慨：如果巴勃罗·聂鲁达不那么热情地参与政治，会不会是一个更加伟大的诗人？

可是，没有那些政治，巴勃罗·聂鲁达还是我们现在看到的巴勃罗·聂鲁达吗？

杰出的诗人，懵懂的女人

——伊莱因·范斯坦《俄罗斯的安娜》

相对于小说作者，诗人除了天才以外更需要激情。

刚刚读完伊莱因·范斯坦的《俄罗斯的安娜》，脑子里被一大堆问号挤得咯吱咯吱乱响。在一个个排列我关于阿赫玛托娃的问号之前，我得承认，我不是一个喜欢读诗的阅读者。我可以狗一样闻到一本好小说的香气后就紧追不舍，却甘愿徜徉在好诗"身"外听凭诗歌热爱者将其赞美得犹如天人之作却不愿意前进一步尝一尝好诗的滋味。所以，在很长一段时间内，安娜·阿赫玛托娃于我是一个熟悉的陌生诗人。熟悉，是因为我的一些朋友相聚时要么不说诗说到诗必定言及阿赫玛托娃；陌生，直到今天我都无法进入阿赫玛托娃的用诗歌修筑的她的心灵世界。

不是谁都能读得懂《安魂曲》的，如读不懂阿赫玛托娃的诗，《俄罗斯的安娜》就是一本乱象环生的安娜·阿赫玛托娃的传记。透过种种乱象，我以为作者通过阿赫玛托娃的一生，想要告诉读者的就是本文开头的那句话：相对于小说作者，诗人除了天才以外更需要激情。

阿赫玛托娃的一生，走过了 76 年。出身未必高贵但与生俱来的傲气伴随了她一辈子，以致到了斯大林时代她为她不肯低下头颅献媚付出了沉重的代价：在苏联不能出版诗集。饶是这样，阿赫玛托娃都没有向权贵屈服过，哪怕儿子列夫身陷囹圄，都不见她用卖身投靠的方式换取列夫的自由，与她同时代的文人又不是没有人尝试过，尝试过以后又不是没有成功。

我就更加不明白了，像这样一个高傲到宁愿忍饥挨饿都不向当权者低头的女人，怎么就在男人面前失去了骄傲？她的一生，婚姻有过三次，男人不止三个，那个风流成性的意大利画家莫迪里阿尼，能面对阿赫玛托娃的身体只画画不做他想？伊莱因·范斯坦对彼时风华正茂的阿赫玛托娃遇到莫迪里阿尼后有没有激情燃烧，没有做过多的描述，只说了一个细节：当阿赫玛托娃去探访莫迪里阿尼时，后者恰巧没在家，阿赫玛托娃就将手捧的一束玫瑰从窗口扔进了莫迪里阿尼的窗口——怎么解读这个细节？

与古米廖夫离婚以后，阿赫玛托娃嫁给了古巴比伦研究专家希列伊科。从情侣到夫妻，爱情之火自然地变成灰烬。有的人因此紧紧依偎相互取暖，而阿赫玛托娃采取的是寻找新的恋情重燃情感的火焰。可是，希列伊科非但没有点燃阿赫玛托娃的爱情火焰，顺带着还破灭了她的创作激情，这才有了阿赫玛托娃的第三次婚姻，也是我最不能理解阿赫玛托娃的地方：前妻还在一个屋檐下呢，普宁对伟大的女诗人还那么冷酷，阿赫玛托娃居然能够忍气吞声地生活在从物质到精神都让她倍觉阴冷的普宁身边。可喜的是，"诗人不幸诗歌兴"，原来，幸福的或不幸的爱情都是一个天才诗人的激情！

让阿赫玛托娃走向全世界的，是以赛亚·伯林。除了这本阿赫玛托娃的传记提到了这段文坛佳话，伯林和比他年长 20 岁的阿赫玛托娃在封冻的苏联有过一次触及灵魂又痛彻心扉的长谈，已经成为世界性的话题。这以后，阿赫玛托娃另一部诗歌《没有主角的长诗》问世，不错，女诗人错把伯林的来访当作了丘比特射出的爱之箭。当然，那只是阿赫玛托娃的一厢情愿，不然，若干年后伯林重访莫斯科为什么要将夫人带在身边？

上帝为你打开一扇窗的时候同时也关上了一扇门。上帝赋予阿赫玛托娃过人的诗人天赋，却让她面对男人时迷失了一次又一次。也许，真正的阿赫玛托娃并不是我在文中所描述的？那，就要问伊莱茵·范斯坦了。

新瓶装了旧酒，依然猛

——大江健三郎《致新人》

由译林出版社出版的这本《致新人》，好几篇文章我在大江健三郎的其他中译本的文集中读到过。年纪在长，记性大不如前，能"见字如晤"实在是因为身为小说家的大江先生，在教导青少年的短文里也喜欢用形象说话。如《撞头的故事》中的这一段："我从学校回来后，要先向在内室干活的父亲问安，然后到朝着河的小房间去复习功课。或跑到山下的田头，在自己的小木屋里看书。每次问安，父亲只是抬头朝我看上一眼，又埋头继续干活。我每次一进家门，总是习惯性地跑进这段黑黑的通道。在跑向内室的途中，我的头总是会撞到厨房和记账房之间突出的横梁上，撞击的力量很大，虽说还没有到被撞倒或撞出眼泪的程度，也疼得我直哼哼。每次撞了头，我都是慢慢调整好呼吸后，才拉开工作间的拉门，向父亲问安。每当这时，父亲总是用有些诧异和好奇的目光打量我。他当然不会开口问我碰疼了没有。我又头疼，又气恼，赶紧缩回自己看书的地方去了。"描述之后，先生开释"父亲"之所以对他撞头一事除了诧异和好奇外不闻不问的道理，并敷衍出自己有"一再重复同样的失败，但绝不退缩"的好品格，与"父亲"当年对撞头的态度有着密切的关联。

多么像作文呵，不知道你读了我的简述，有无我同样的感受？贵为诺贝尔文学奖获得者，大江健三郎先生在有了一个智障儿子后心地变得柔软如旧绸缎，居然肯为"新人"写上一堆类似高中生作文的"心灵鸡汤"，可惜，这本小小的《致新人》摆在书店里又能得到多少"新人"的片刻关注？倒是我这个非新人，虽然觉得书里的大多数篇什似曾相识，可还是一篇篇认真读过，且读到类似《撞头的故事》这样的文章，会不自禁地想：做父母的真应该读读这样的文章；做儿女的也真应该读读这样的文章。

同样的感受在读到《忍耐与希望》时更加强烈。也许读此文的时候正发生香港同胞在菲律宾遭劫持的事件？萨义德，巴勒斯坦裔的东方学学者，这个生活在美国身份驳杂的巴勒斯坦人，在屡屡听闻自己同胞将自己化作人肉炸弹以示抗议不被世界舆论关注时，有如此痛悔之言"可是如果没有这件事发生，恐怕世界不会了解这里的情况吧"。这种角度解析巴勒斯坦少女甘愿为人肉炸弹的行为，想必，有过同样深邃思考的大江先生也有同感吧，于是，就引用进他的演讲词里，也就遭致无尽的质疑。质疑是容易的，就比如对菲律宾人质劫持事件倾倒满腹的怨尤，可是，情绪宣泄过后这世界是否从此不再有人质劫持事件？事实是，数天后惨剧再次发生！能够洞察一切的萨义德，特别是大江先生被人诟病后一次次解释着自己的观点："由此出发，只有怀着批判的、理性的、希望和忍耐的态度坚持下去，才能带来光明的前景。"

读书，遇到哲学，总是困厄的，而要从困厄中突围，大江先生的办法是慢慢读。《慢读法》，这篇短文被收在了《致新人》一书的最后，读着，我脸上发烧，因为一本《致新人》我用了大半天就翻阅完毕，"是一种自己把自己今后正面接触那本书的路堵死的做法。这是多么不幸的事啊，竟然把那么重大的东西给放跑了。我不禁有些害怕了。"我也害怕了，所以，又一字一句地重读《致新人》，还怕不够，就把书里我觉得最好的三篇文章辑录在这里，告诉大家：已近黄昏的大江健三郎先生还把自己当蜡烛。他说他自己犹如微火，我们却不能信以为真，这是事实，《致新人》一书中的一些篇目其他文集已经收过，可是，哪怕新瓶子里装的都是旧酒，力道还在，猛！

下卷

此地

本卷所涉读物，均为中国作家的作品，

它们刊登在《收获》《小说月报》等纯文学杂志里，

也有一些是单行本；

既有以当下中国生活为蓝本写作的小说，

也有使我深深沉吟的其他作品。

它们带给我的回味，久不消散……

喝咖啡还是凉开水？

——黄咏梅《走甜》和张怡微《春丽的夏》

刊登在 2014 年第 7 期《小说月报》上的两篇中篇小说《走甜》和《春丽的夏》，写的都是中年女人的寂寞。

生于 1970 年代的黄咏梅，写的《走甜》从篇名到内容都在尘埃之上：苏珊已到了喝咖啡在意甜度以防身材走形的年龄，所以要"走甜"——将咖啡去糖。那个在她的相机里与年龄不相称地风流倜傥的男人，让她总是在婚姻里走神。就在苏珊打算一意孤行走出婚姻时，那个男人遁形了。黄咏梅所写，是在咖啡的香味刺激下恍惚出来的中年人若有似无的一段婚外情，读时如百爪挠心，叫人想入非非。至于咖啡为何要走甜，绝不仅在于苏珊的口味，而是暗喻这样的感情是一杯不放糖的咖啡，空留苦涩不见甜蜜。只是，在生活中跌打滚爬到中年的黄咏梅，似乎不太愿意向烟火气低头，让苏珊看穿了那个要给她一段情的男人后，给回归婚姻的苏珊准备的台阶，居然是丈夫为她苦苦寻觅到的助眠的黑紫檀木，端的是死要面子活受罪的虚无。

生于 1987 年的张怡微，则用主角的名字加一个季节做了篇名，直白，且说的故事也是低到柴米油盐：暑天的午后，春丽出门前将脸左一层右一层地裹起来以防晒黑。如果不嫁这个男人而跟女儿过日子，也行，恐怕连屋子漏水、晒衣竿需要抢一抢这样紧巴的日子都过不上，得到就要付出，春丽就算不愿意也要在暑天午后去丈夫的小照相馆顶班。因为城市环境治理，小照相馆被迫关门，春丽不知道该高兴还是难过，现在，她希望女儿能住在身边，房子不要漏水——二十七八岁，怎么幻想婚姻生活，我们都不会怪罪张怡微幼稚，偏偏是她，一笔直插中年再婚女人左支右绌的家庭生活。小说为什么叫《春丽的夏》？女主角叫春丽，夏天的毒日头是春丽心上最大的烦恼，但她顾及家庭的和谐不得不顶着骄阳去丈夫的小照相馆顶班，至于来去照相馆路上翻腾在春丽心里的那些事，是喝着凉开水说的家常话，绝不是咖啡的作料。直至小说的结尾，张怡微都没让春丽看一眼天边的晚霞，而是让她的期许落实到房子是不是还会漏水上。

　　读着，不禁哑然。有梦的年纪倒是在冷酷地记录生活了，梦尽的年龄却对梦幻充满了期待——怎么啦？要么，"70后"写的是自己，"80后"写的是上一辈，所以一个怜惜一个横眉冷对。

　　将这两篇小说放在同一期杂志上，是编辑的无意之为吗？却让我读到了有意思的年龄差别。我指的是作家的年龄之差所决定的她们放置素材"容器"的差别。至于哪一种"容器"更打眼，每一个读者会有自己的定夺。就我而言，站队到张怡微那一边，理由是，我本中年女人，深谙中年女人的当下生活是个什么模式。既然，我们的生活已经飞不上天，只能身形沉重地紧贴地面费力地一步步走向明天，作家们又何必虚构出苏珊那样的梦幻以助推中年女性的抱怨？不错，作家有责任给予阅读者希望，希望不是升腾在半空中的楼阁，而是奈保尔的《米格尔街》。

肉体凋零而后灵魂凋敝

——叶弥《风流图卷》

　　尽管躲进小楼成一体，叶弥的小说总是有这样的特质：就算是养在深闺，也总有人识得其独有的风姿，于是，《天鹅绒》启发了姜文，成就了一部初看不甚了了越看越有滋味的电影《太阳照常升起》。我是在看过电影后对叶弥这个名字继而对她的《天鹅绒》产生兴趣才去搜索她的原作认真阅读的，这篇原作，是荒芜中开出的一朵妖冶却又初心不改的大丽花。

　　所以，是不顾一切地扑入叶弥的《风流图卷》中去的。

　　虽说开端就有异象：一胖一瘦两个女人大庭广众之下大喊"孔朝山，我要和你困觉"。就算是在红灯区暗自妖娆的今天也是惊世骇俗的喊声，一下子攫取了读者的好奇心：什么年代什么地方什么状况之下，两个女人才能视众人如无睹，把心思不加遮拦地呼喊出来？异象的正解，你翻开《收获》杂志 2014 年第 3 期自然就能得到答案。更自然的是，《风流图卷》"滑"过两个女人叫人心惊肉跳的插曲后，开始的正传让我恍若回到了阅读艾伟的《风和日丽》时的愉悦中。这种错觉只停留了半页，孔燕妮跟杨小翼大相径庭，后者耿耿于怀于自己家族的前世今生，是高到云端里的理想信念的诉求；前者，也就是孔燕妮呢？小说开始的时候还是一个稚儿，到小说结束的时候孔燕妮

25 岁左右，近 20 年中，孔燕妮孜孜矻矻的，是在寻找身体的欢愉。通览整篇《风流图卷》，又有谁不是在肃杀的政治风云中寻找让身体愉悦的可能？最早死于政府枪下的冤魂常宝如是，放浪形骸了一辈子以风流一夜了断自己的柳爷爷如是，张柔和如是，3 号首长如是，杜鹃、王来恩乃至王来恩楼上没有姓名的老夫妻等等等等，莫不如是。而与这一股躲藏在红尘中的因为备受压抑而格外汹涌的肉欲相颉颃的，是孔燕妮的老革命母亲谢小达。嫁了吴郭城里所有女人的大众情人孔朝山，谢小达从来不曾得意过，非但没有得意，还对风流倜傥的丈夫百般挑剔——当我们把孔燕妮作为《风流图卷》的女主角来关照孔朝山和谢小达的感情生活，我们说是叶弥为了让孔燕妮的性格形成有足够的说服力，故意设计了这样一对夫妻：一个留美归国的精神科医生，一个出身贫寒的老革命；一个喜欢温文尔雅的生活状态，一个渴求政治前途蒸蒸日上；一个视食色性为人之生存的根本，一个看活色生香皆无聊。孔燕妮的疯狂又内敛、大胆又谨慎、放荡又淑女的情怀，就在这样一对夫妻生活中不断拉锯地映射。问题是，我觉得，《风流图卷》的真正主角是孔燕妮的父亲孔朝山：明知道一个耳光抽到赤贫的王来恩的脸上会招致什么样的报复，可是，在常宝因为他的举报而冤死的时候，怜香惜玉的孔朝山哪会想到还有后果一说？娶妻如谢小达，竟然不知道其老革命身份，求什么？求的是谢小达的天生丽质，后来，反右直至"文革"，夫妻对社会的认同依然霄壤之别，可是，对谢小达身体的渴求并没有因为张柔和不加修饰的表白而减弱一分。而孔朝山的委顿，更是始于谢小达毅然决然地与之离婚。通过孔朝山的伟岸被风吹雨打去，叶弥想要告诉我们，即便是在《风流图卷》描绘的年代里，政治只是官样文章，只有低到尘埃里的肉欲，才起着左右天下的作用。所以，小说结尾处，叶弥会这样写"他（孔朝山）的英气勃勃的样子不见了，纯正生机散发出的光彩消失殆尽，个人的美变成普通人共有的黯淡"。在这之前，谢小达与其离了婚，深爱他10年的张柔和看他实在无意娶她，终于把自己嫁了出去。

只有身体苏醒了，灵魂才会觉醒——从1952年到1968年，作家们书写的这段历史的写实或虚构的作品可谓多矣，只有叶弥，通过孔燕妮始于身体苏醒终于灵魂觉醒的1952年到1968年，道出了10余年间政治风云卷走的人间美好。

无聊生活的记录意在何处？

——曹寇《躺下会舒服点》

我对曹寇的小说感兴趣，始于他发表在《收获》杂志上的《塘村概略》。

这本出版于 2013 年 4 月的小说集，按照作家在《自序》里"除了个别篇目，这本小说集并非新作"的说法，又因为集子中的每一篇小说后面都没有标上写作的具体时间，我宁愿相信《躺下会舒服点》都是早于《塘村概略》的创作，原因是：我那么不喜欢这本集子里的小说。读到《近猪者，吃》后，想了想，又读了用作书名的那一篇《躺下会舒服点》：爆头哥刚被通缉的时候，"我"和刘晓华还处于蜜月期，下班回家有现成的热饭热菜等着"我"，还有"我"随心所欲的夫妻生活。等到爆头哥被警察击毙在"我"和刘晓华生活的小城镇时，"我"已经恨不能躺在刚被运走的爆头哥尸体的轮廓线里，"躺下会舒服点"，一句惊悚的感叹，将与印在封面上的一句话同题的小说，原地踏步在一整本小说的共同主题：变革时期小城镇青少年无聊生活的真实记录。

是的，曹寇对他生长的小城镇里青春少年们的生活状态的记录，是真实到有些刻薄了。搁置小说的具体内容，就看这 21 篇短篇的部分标题，除了用作书名的那一个有一点暖色外（当然，读过小说后，暖色将荡然无存），读起来都令人寒心，诸如"本人已死，有事烧纸""近猪者，吃""到塘村所能干的丑事"……我面对《自序》后一页的目录愣了片刻：现实已经够叫人寒心的了，还要去读这些如没有抹平的水泥墙面一样既灰又冷还支支愣愣的小说吗？可是，《塘村概略》也是一篇残酷到叫人哆嗦的小说，一踩脚读下来，不是觉得曹寇是一个用冷漠的故事硬是将自己的一腔热忱厚厚地包裹起来的有着大悲悯情怀的作家吗？可惜的是，我对曹寇的觉悟是撂下《塘村概略》很久以后才感知到的，那么，就让我在《躺下会舒服点》中即时地感受曹寇别样的温情吧。

　　一篇又一篇读下来，沮丧渐渐淹没了我。王奎、张亮们，成长在粗粝的城镇学校，生活在惨白的城镇里，就是最柔软的婚姻生活，也仅剩了生理需求，丢失了男欢女爱中最不能缺乏的脉脉温情。尤其是《近猪者，吃》，在这篇《躺下会舒服点》中最长的小说里，刘刚、唐存厚、唐晓玲、老毕等出没于《近猪者，吃》里的这些人物，学生、老师、老师漂亮的女儿、假装有文化的黑道老大是他们的外壳，剥去这些外壳，都是些无聊的小城镇的男女老少，在无聊的小城镇里过着无聊之极的等待死期的生活。《小武》《世界》《任天堂》，都是贾樟柯的电影，且都是为贾樟柯赢得世界名声的电影。我不明白这些也许真实记录却将温暖、温情、温柔等这些人间最不能缺乏的感情赶尽杀绝的电影，为什么就能把贾樟柯送上电影艺术家的宝座？同样的问题也问曹寇：这样不厌其烦地写无聊的人的无聊生活，是否觉得更容易把自己送到小说家的宝座？对，一本《躺下会舒服点》读下来，仿佛一抬头就能看到贾樟柯的电影。

我体会到了通俗版的《城堡》

——邵丽《第四十圈》

邵丽用云遮雾罩的手法将发生在天中县城的一桩刑事案写得扑朔迷离。

是案件本身就峰峦叠嶂吗？让我们试着通过人物关系摆一摆《第四十圈》所涉案件的走向：

牛大坠子是袁面（袁世凯喜欢的面条）的嫡系传人，同时拥有天中县城里最豪华的金豫宾馆5年的承包权。牛大坠子将饭店做火后，5年一到，他的承包权被褫夺了。做惯了小老板的牛大坠子无法回到从前，只好弄了个皮包公司糊弄包括自己在内的所有人，幸亏遇到了齐光禄。

齐光禄是一个外乡人，在中天县城卖肉为生。受牛大坠子剁肉手艺的启发，后又用非常手段娶到了牛大坠子的女儿牛光荣，齐光禄和妻子、妻弟一起将原本生意平淡的肉铺经营得红红火火，直至肉铺被张鹤天看中，不得不放弃经营肉铺。后来，因随岳父牛大坠子在风筝节上鸣冤，齐光禄差一点因着用非正常手段娶到妻子而获强奸罪。被逼无奈，齐光禄举起岳父馈赠给他的祖上流传下来的日本刀砍死了查卫东，他被收监等待死刑复核。

牛光荣，牛大坠子的女儿，天中县城里的美女，在与第一任丈夫的婚礼上因闹新房的人失手被摔成重伤后被退婚。带着被摔伤的后遗症，牛光荣嫁给了齐光禄。这以后，因为生活安宁肉铺生意如芝麻开花节节高，牛光荣慢慢痊愈。为让夫婿齐光禄免受牢狱之灾，牛光荣承认自己犯了卖淫罪。劳教期间被狱友欺负摔倒导致再度流产，牛光荣被释放，回家后因为归还肉铺一事再起风波，牛光荣跳楼自杀。

当然，还有一些旁枝。我们暂且搁下，只说一说让牛家从小康到家破人亡的推手张鹤天是谁？张鹤天是查卫东的妻弟，查卫东是中天县城派出所所长。如果查卫东家庭背景了得又飞扬跋扈，那么，《第四十圈》充其量只能是又一篇微型官场小说。但，查卫东来自社会最底层，凭借自己不懈努力和不怕吃苦的工作态度，才从一个乡镇小警察做到派出所所长。是不是做到派出所所长以后查卫东开始不可一世了？不，妻弟抢占齐光禄的肉铺，查卫东不知情，但这不妨碍查卫东的部下——那些小警察出面帮着张鹤天吆喝。牛家在风筝节上鸣冤让政府很难堪，查卫东成了替罪羊被免职从而赋闲。而后让牛家陷于万劫不复境地的，更是与查卫东无关，而是新来的公安局局长郑毅非要所谓的"正本清源"的结果。

如果说牛大坠子承包的饭店在承包期满后有关方面没有按照约定将饭店再度承包给牛大坠子而让牛大坠子生活无着，还能找到冤头的话，那么，降临在齐光禄以及以齐光禄领头的牛家人头上的灾祸，到底谁是始作俑者？张鹤天吗？他只是一个拉大旗作虎皮的小溜溜，怎么有能力造成齐光禄以及牛家万劫不复的悲剧？是查卫东吗？他说他对妻弟的所作所为不知情不是托词，而是真相。那么，是郑毅吗？这个新来的公安局局长，用新官上任三把火的心态要将查卫东遗留下来的恶劣影响清除干净，似乎也不错。郑毅怎么会想到，他的下属因此找到齐光禄和牛光荣，让他们要么承认齐光禄强迫牛光荣嫁给他的手法实际上是犯了强奸罪，要么承认牛光荣卖淫，如此简单粗暴的"正本清源"，造成了牛家令人唏嘘不已的悲剧，可是，罪魁祸首到底是谁？

阅读《第四十圈》，落点不在齐光禄跟着在操场上跑步的查卫东直到他跑到第四十圈筋疲力尽的时候举刀杀了他。就像邵丽在《第四十圈》里一遍遍提到的问题：这样一桩刑事案，过去了这么多年为什么还是明晃晃摆在中天县城的一个死结？读完小说，谁都会不由自主地将自己放入小说中接着邵丽的问题再问：到底是谁将好端端的牛家弄得死的死绝望的绝望？无解。真的是无解。这样的阅读结果让我想起了卡夫卡的《城堡》。只是，在邵丽的《第四十圈》里，"城堡"是让牛大坠子这个升斗小民家破人亡的原因。

用剩女填补心中的空洞？荒唐！

——孙频《瞳中人》

夫妻俩在看一部文艺片，妻子偷空看一眼沙发上的丈夫，丈夫不知何时已经睡着。深睡的幸福从嘴角的哈喇子可见一斑……孙频的小说《瞳中人》以这样的开头叙述故事，真是太冒险了。结婚经年的夫妻，不再需要迎合对方的喜好，一方沉浸在一己的喜怒哀乐中时，另一方也许在场，心在哪里就不知道了——我以为《瞳中人》就是一篇司空见惯的痛陈中年婚姻无趣的小说，《小说月报》将其放在《贺岁版》的中段，不也是一种态度吗？读或不读，你自己看着办。

想不到，平庸的开头后，却是一个构思巧妙得出人意料的故事。

余亚静觉得自己的婚姻生活非常无趣，她要想出一种既能放飞自己心情又能沉重打击丈夫邓安城的办法，从而……什么呢？离婚吗？卖不出一张画的女画家，在那些伪艺术家怀抱里"滚"成剩女，邓安城能够不计前嫌地娶了她并在婚后宠她随她任性，余亚静夫复何求？我是想看到"什么呢"，才顺着孙频的频率亦步亦趋地读下去，结果，读到了一个意料之外情理之中的构思：余亚静走出家门，去一一拜见青春岁月里在她的生活中留下过痕迹的诸位男友。

"好女人是不能用来做老婆的"，这句猛一听荒唐细一品绝对是至理名言的话，来自我的同学。那"好男人是不能用来做老公的"成立吗？余亚静的回访明白无误地告诉我们：成立！景天、华又堂、师康、李明澄……这些在余亚静的心里或身体里留下过痕迹的男人，有的怪了、有的老了、有的颓了、有的成了他人的庸常丈夫。既然如此，回家后的余亚静应该安安心心地跟邓安城把日子过下去了吧？可是，在应承邓安城的宽容和宠爱的同时，余亚静还希望邓安城能够跟她一起观赏文艺片。令余亚静遗憾的是，邓安城在余亚静谈论世界名画的时候还是忍不住睡去了。即便让她衣食无忧，余亚静也不能再容忍邓安城了，她要离婚。数天以后，邓安城在同意离婚后把自己溺死在浴缸里，一个惊天的秘密也由邓安城的日记袒露在余亚静的面前。原来，余亚静是牟小红的替身，牟小红当年曾经一往情深于邓安城，可是，邓安城更倾心魏童。数次被邓安城伤害后，牟小红自杀，从此，邓安城背上沉重的包袱甩也甩不掉，直到遇到余亚静。

可以理解邓安城为了什么会那么毫无原则地宠余亚静，让她任性了。虽然《瞳中人》无一笔写到余亚静和牟小红之间有什么相像之处，被心魔噬咬得不得安身的邓安城就是要把余亚静看成牟小红！所以，这个男人连做爱的时候也不敢看着余亚静，他怕距离太近会看清余亚静不是他的爱人，错爱换得的宁静就会一去不复返了。

赎罪的办法千万种，就是没有想到可以用一个无处安放情感的剩女来作为自己赎罪的盛器的！可惜，孙频在营造邓安城决绝的过程中倾注了太多的情感，以致在与余亚静一起看到倒伏在浴缸里的邓安城时，竟然有些痛恨余亚静不近情理的"逼宫"。随之而来的邓安城的日记，应该是要让读者为余亚静的尴尬而伤心，更为男人的无情而齿冷——你怎么可以用另一个女人的伤痛去填补已经为情而殇的女人在你心里掘出的空洞？

斜睨如此这般的玲珑

——尹学芸《玲珑塔》

2014 年第一期《收获》杂志上的中篇小说《玲珑塔》是一篇写得非常老实的小说，起承转合，甚至说不上如凤头猪肚豹尾般。这样一篇小说，能立起来，靠的就是人物了。

朱小嬛、谢福吉、周刚是撑起《玲珑塔》的铁三角，这是从小说的表现手法来说的。如果从小说的人物关系来界定这三个人的关系：谢福吉是朱小嬛的上级并一直垂涎于朱小嬛，朱小嬛是能写小散文的文学青年，她怎么能轻易就范于肥头大耳的谢福吉？虽然自己是一个失婚女人。只有血气方刚、容貌伟岸的周刚，才是朱小嬛可以再托终身的人选。

我们小的时候常常被爸爸妈妈叮嘱：不要上坏人的当！虽然这个社会距离我们小时候已经过去了很久，但比我们小的时候好不了多少，我清楚地意识着，这个世界上没有坏人，只有品性有问题的人，人与人之间的高下之别，就在于品性中问题的大与小。

三人中贵为官员的谢福吉人品问题最大，倒不是因为他一心要把貌美慧心的朱小嬛占为己有，而是他对玲珑塔地宫文物的觊觎。后来，他设局从"我"手里借来《地方志》又依据《地方志》上详尽的手绘图将玲珑塔地宫里的文物悉数盗出卖掉获利。这个人物，堆积了太多这个社会对这一类人物的怨愤，以致失却了人物的辨识度，最多是一种人云亦云的再现。

而周刚，人前绅士人后魔鬼，凭借自己的容易被人一见钟情的外貌，他轻易隐去自己已婚的真相骗得了朱小嬛的芳心。骗得朱小嬛的芳心有多不容易？先按下不表。我只是非常诧异尹学芸的"辣手"，她让周刚甩了糟糠之妻娶了朱小嬛后还不满足，当又一根高枝垂挂在他眼前时，挥拳相向加死乞白赖地纠缠迫使朱小嬛与之离婚后，在《玲珑塔》的结尾处周刚站在比小说中所有人物都高的"高处"。与他告别的时候，我一下子不知道该怨还是恨。恨，不用解释。怨，为的是像朱小嬛这样的女人，周刚给的，都是她应受的。

朱小嬛到底是怎样的一个女人？刚刚开始阅读《玲珑塔》，我对朱小嬛还挺高看的，你看她，对顶头上司谢福吉的拒绝，多见风骨！后来知道，哪里是什么风骨，是谢福吉可以给的，满足不了她的贪欲。再后来，被周刚停妻以后，朱小嬛打量自己已是明日黄花，就上了谢福吉的床给他生了女儿。当然，盗取玲珑塔地宫文物东窗事发以后，让朱小嬛真的万劫不复了。我以为朱小嬛因此会认栽，哪里知道她竟然会将像极了谢福吉的女儿扔给周刚，找自己的新生活去了。

我得想一想，在尹学芸之前，有没有作家如此淋漓尽致地勾勒过这样的小女子：知道自己容颜上佳，知道自己不是绣花枕头，就将两者依照自己的逻辑组合成杀伤力极强的魅力武器，随后所向披靡。

好在，朱小嬛在《玲珑塔》里沉沙折戟了。朱小嬛这样的女子，是我们的生活中最聒噪的群体。朱小嬛的结局，多少给她们一个提醒：别聪明反被聪明误。这大概也是尹学芸写作《玲珑塔》的初衷吧。

遇见穆先生等于遇见了什么？

——旧海棠《遇见穆先生》

审读完 2013 年最后一期《收获》杂志后，副主编程永新先生在微博上发了一条感叹，随即引发《收获》新作者旧海棠的忐忑，说想不到自己的这篇有些异样的小说竟能在《收获》上发表。程永新回应，《遇见穆先生》是一篇很特别的小说，与头条《点解》一样，题材都是以往《收获》未曾涉猎的。这让我对这一期《收获》充满了好奇。

《遇见穆先生》是一篇篇幅很小的短篇小说，如若概述，寥寥数语即可顾全：人到中年的小艾随两个闺蜜去度假，因腿脚懒散没有跟随女友进山摄影、写生，三五天里小艾只好在宾馆里及宾馆四周瞎逛，于是，三五次地遇见穆先生。"遇见"的高潮出现在假期就要结束的时候，小艾搭上宾馆的观光车打算去附近的古村玩一玩，唯独穆先生边上的座位可以坐。去古村的路上，两人有一搭没一搭地闲聊着直到到达古村后两人相背而行。临到就要打道回府的时候，小艾逛进一座古宅，看见穆先生正在院落里埋头下棋，像是这宅子的主人。既然这样，又有了前几次"遇见"打底，小艾如穆先生的朋友一样坐在堂屋的一把太师椅上。穆先生说那把椅子是老爷坐的，太太应该坐在另一边。小艾嬉皮笑脸道：现在谁还在乎这个，再说我还是客人。可小艾最后还是硬生生地被穆先生赶到了另一边。坐在老爷位子上的穆先生闭上了眼睛进入冥想中，小艾学样也闭上了眼睛，居然进入梦境。在梦里的老宅往事里，小艾委屈得不得了，潸然泪下。小艾睁眼之际，瞧见穆先生正惶恐地打量着她，见她睁开了眼睛，穆先生疼惜地替小艾抹去眼泪并将她揽进怀里。

还三言两语就能概述《遇见穆先生》呢，都快赶上原小说的体量了。事实上，《遇见穆先生》的情节是可以用三言两语就概述完毕的，可是，舍弃了简单情节之中的情绪，就没有"遇见"的意义了呀。那么，遇见穆先生等于遇见了什么？

我们注意到，小艾是和两个女友一起外出度假的。对应小艾年届中年的状况，我们可以推测出小艾大概处于情感的漂浮期。这个年龄的小艾们的丈夫们，能够由着小艾们外出度假的，多半事业有成，缺的就是时间。寂寞中的女人一旦脱离了日常生活的羁绊，会释放出什么样的能量呢？旧海棠很聪明地收住了笔端，就是让小艾的情感旁逸斜出到了穆先生那里，借了老宅子里的旧人物的躯壳，使得中年的情感激荡，因虚无缥缈而更加美丽。

因为虚无缥缈，遇见穆先生等于遇见了什么，答案无以坐实。于是，一篇不长的小说便留下了一个无解的猜想，让人久久难忘。

一浪高过一浪的冲突

——阎连科《炸裂志》

几年前，阎连科老师在《我与父辈》出版时到上海做宣传，我去复旦附中听他给中学生讲课。唯一一次跟阎连科老师这么近距离地接触，又耳闻他用掺杂着浓重乡音的普通话诉说着他与家乡、家乡的父老乡亲以及与文学的情谊，我感觉，他就是一位朴厚的关中汉子，所以，那以后我重读阎连科诸如《风雅颂》《丁庄梦》等激愤的作品，觉得那只是阎连科持续旺盛的创作生涯中拐去布满荆棘的小径散了一次步。

《炸裂志》出版了。

这部阎连科的新作先由《收获》杂志以增刊的形式出版时，编辑部为之设计了一款猩红的封面，这给我一种错觉，以为作为篇名"炸裂"的一词是动词，不就是一部描写农村开山造田毁坏生灵的长篇小说吗？我不喜欢这类题材，就飘过了。

比《收获》杂志晚不了几天，上海九久读书人出版了《炸裂志》单行本，雅致的封面用素色晕染的效果陈述着"炸裂"一词在阎连科这部新作中的意思：名词，一个由穷困的小村庄搭上大发展的疯狂列车而变身成为一个镇、一个县、一个市、一座超级大城市又迅即轰然倒塌的地名。"炸裂志"，则是这段荒唐历史的曲笔记录。

由一个乡一个镇一个市到一座超级大城市，出身再卑微，作家怎么会想到虚构出这么荒诞的名词命名笔下故事发生的地点？狐疑中，我们随阎连科很富地域色彩的语言进入到阅读炸裂村炸裂乡炸裂镇炸裂市的地方志的阅读中。读着读着，原来故事比地名更荒诞。孔明亮依凭什么让自己从不名一文摇身一变而为万元户继而成为炸裂的一乡之长的？朱颖又是依凭什么获得了与世仇孔家抗衡的资本？至于后来朱颖以让出民主选举获得的乡长职位的方式强行嫁给孔明亮从而得以为父报仇，这一幕尚待消化，孔朱两家的恩恩怨怨却已化作共同利益，于是，惨烈而又龌龊的悲欢离合的剧目呈连本戏的方式你方唱罢我登场，由人间的丑行大全构成的戏剧高潮一浪高过一浪，让读者感觉匪夷所思之时，目瞪口呆。

小说好看，我却无法认同书的腰封上化用"现实主义"为"神实主义"的标签，因为，孔明亮扒火车致富、朱颖卖身求荣、炸裂乡用牺牲土地和环境换取进阶炸裂市的做法，故事的高潮处为让炸裂市跻身超级大都市孔明亮带领他的左膀右臂献美女、献贿金、拉拢高官无处不用其极的做法，都不是作家凭空捏造出来的情节，作家所做的无非是将也许发生在多地的恶行全都"捏造"到"炸裂"这个莫须有的地方。这，丝毫不能妨碍我们判断，《炸裂志》非"神实主义"作品而是一部泣血的现实主义力作。

这样说来，我先前判断阎连科老师是一位朴厚的关中汉子，是有偏差的。或者说，他的朴厚只给予那些值得他宽容的人和事。至于面对《炸裂志》写到的恶形恶状，阎连科从来没打算当犬儒主义者。他的胆识，特别是写在最后的那两页跋，让我们每一个参与这些年社会变革的读者，如芒刺在背。

谁温暖什么荒凉？

——张楚《在云落》

昨天白天在单位看大样读到蔡骏先生的访谈，他说要让自己的悬疑小说走进文学殿堂，我心里"切"了一声。蔡骏的书，读过几本，如果用他所举松本清张的《砂器》是悬疑小说得以走进文学殿堂成为标杆的话，他的作品距离文学殿堂有些远。中国的悬疑小说距离文学殿堂都不近。

晚上睡前读最新一期《收获》杂志，选的是张楚的中篇《在云落》，给我一击。

苏恪以和郝大夫的诊所其实是借脑叶白质切除手术杀人越货。苏恪以跟"我"描述的天使是他们的漏网之鱼。"我"的前女友仲春就惨了，只为在婚礼前与"我"鸳梦重温，就惨遭毒手，还赔上了一辆红色跑车。上述结论，张楚没有写在他的小说里，所以我才会在读罢小说十一点钟睡着又在一点钟惊醒，翻来覆去睡不着，就依着散落在小说里的蛛丝马迹猜猜看：苏恪以走起路来脚上像长了肉垫一样几近无声、"我"与仲春酒醉中缠绵后睁眼不见仲春倒是破门而入的苏恪以举着云南白药站在眼前、只是与仲春做爱"我"怎么会浑身伤痕？夜半三更重又失眠的"我"隐约听到的一声女人惨叫声、"我"跟苏恪以在乡村找到天使时她并不像苏恪以所说的那样瘫了而是异常敏捷只是痴肥了只是如苏恪以所说掉了一颗门牙只是一看见苏恪以就要逃遁、表情阴森的郝大夫在苏恪以失踪后对"我"说起世界上各种各样的意外死亡方法……

这种"犹抱琵琶半遮面"的写法除了害我失眠以外，还让我根本不相信自己的推测，于是，上班以后马上百度大家对《在云落》的评论，除了一篇对《在云落》语焉不详的张楚访谈外，就是《收获》杂志编辑部给出的五字评价：温暖与荒凉。也就是说，《在云落》的编辑并不认为这是一篇悬疑小说，而是认为它是一篇由荒凉的爱情和温暖的亲情组合而成的佳作。也就是说，郝大夫的表妹也就是苏恪以嘴里的天使真的是苏恪以的挚爱，只是因为想爱爱不成苏恪以才伤害了天使——这样的爱很荒凉，我同意，那么，仲春呢？

我坚持《在云落》是一篇悬疑小说，要以"荒凉"一词冠之，就是人性险恶已经到了手段极其凶残的地步，从而，人性的园地里一片荒凉。

正因为如此，"温暖"对《在云落》就显得尤为可贵了。张楚用身患绝症的"我"的表妹和慧来完成"温暖"的词语解释，借助的细节就是每天早上六点钟和慧会敲开"我"的家门任"我"继续熟睡她则煮着一锅加了红枣、枸杞、百合的黑米粥边看侯麦的电影边等待喝粥人清醒过来。随着和慧病情加重，她开始喜欢上了大卫·林奇的电影。作者到底不忍心让和慧看完血腥而残暴的《蓝丝绒》，而是让她带着对侯麦电影的深度记忆去了天国。对，和慧死了，要么，"温暖和荒凉"这五字评价都是给和慧的？这样的话，天使、仲春她们到小说里来干什么呢？

这些人和事没意思吗？

——滕肖澜《去日留声》

　　我以为只有我运气好，碰到不止一个这样的老男人。他们退休前在单位有个一官半职，退休后很快把持了家里的厅堂和厨房。他们为这个家里的妻儿老小买汰烧，唯一的要求是妻儿老小们完全按照他们的生活逻辑去衣食住行。如若家庭成员中有谁违逆了他划定的生活轨迹，暴风骤雨顷刻间会让刚刚还安好的厅堂和厨房风雨飘摇。就算是因着他们对家庭的重大贡献家里的其他成员对他们百依百顺，林黛玉式的自怨自艾又会不期而至，他们开始抱怨：都是一样的两只眼睛一个鼻子一张嘴巴的人，为什么你们就可以两手一操坐享其成而我必须收拾过了卧室又扫厕所？

　　我爸爸就是这样。我没有出嫁的时候当然他还年轻，还没有退休。可是，有他休息的日子啊，只要他休息了又想干点家务活儿，我和弟弟就格外紧张，像两条跟屁虫一样跟在他身后随时听候他的调配，不然的话，他哪个瞬间堵了心我们就变成了鼻涕虫。因此，关于少年我最深的记忆就是每到大年三十我爸我妈总要大吵一场，起因不外乎我爸爸做着蛋饺或者做着肉圆或者煮着腌货时突然就不耐烦了。

　　看来，这样琐屑的日子每一个人都在过。只是，有的人日子过完就沉入到往事烟云中，有的人日子过成了白纸黑字，有的人在白纸黑字上记录下的琐碎日子，读来还颇有嚼劲，比如滕肖澜的《去日留声》。

《去日留声》中最精彩的一句话是这么写的："文老师的通常做法是，不直接跟人发生口角，而是把自己的坏情绪打成无数细小的分子，散落在家里的各个角落，还有家人的身上，让人无可避免地受到感染，这很要命。"说这句话精彩，是因为我小的时候就经常被我爸爸的坏情绪感染，要命的是我发现这玩意儿还会遗传。当我累极了的时候也会在不知不觉中将自己的坏情绪打成碎屑让它们渗透到家人的身上心里，从而成功地将可贵的家庭生活弄得如灰沉沉的天空，还吸附着大量的水汽。

我举我自己的例子来映衬滕肖澜的《去日留声》，是想说滕肖澜很善于从俯拾即是的家庭生活琐事中找到可写的素材。但是，可写的素材就一定能够写成好小说吗？未必。首先，得有慧眼在无时无刻不在身边缠绕的琐事中找到能写的素材。如我所言，文老师绝不是世上唯一，且有泛滥趋势，但，为什么只有滕肖澜相中了文老师呢？其次，要有慧心，亦即要善于从文老师这样的书写对象身上发掘到书写的价值。正是因为滕肖澜有这样的慧心，当文老师因为儿子媳妇所交饭钱的多寡而斤斤计较的时候，当文老师因为女儿送了养父（二舅）一件羊绒衫而耿耿于怀的时候，当文老师自告奋勇地将马桶刷得堪比饭碗后又突然勃然大怒的时候，这个让人又怜又恨又烦透了的老男人，已经非常立体地站在读者面前了。可惜，滕肖澜很担心，自己花那么多笔墨塑造这样一个人物有何意义？于是，就有了一条暗线：文老师的女儿文思清与老祝的感情。老祝很有钱，是老祝的钱让文思清过上了游刃有余的日子，也让文思清在重男轻女的文老师面前挺起了腰杆；文老师很烦人，让文思清舒坦的日子起了很多让她不舒服的小波澜。有钱的男人后来抛弃了文思清，而在文思清最虚弱的当口，不是有钱的男人而是烦人但真正爱文思清的男人，慰藉了文思清。

如果我的解读不错，那么，我想重复金宇澄先生的一句话，与和我一样在批判现实主义和革命的浪漫主义文艺观下开始文学阅读的人分享：多写一些没有意思的人和事。如此，滕肖澜又何必煞费苦心地排布那一条看似有意思的暗线呢？

挚爱流逝只因我们轻慢

——滕肖澜《大城小恋》

读完滕肖澜的《大城小恋》，为她绷紧的神经松弛了一下：哦，她终于有所松懈了。

自她如紫丁香静悄悄地开放在《上海文学》《人民文学》《收获》等优质文学期刊上，我一直嗅着她文字的芳香，心下佩服她的同时是不服气的：年纪轻轻的女孩儿，何以将散布在上海弄堂里的市井俚俗、家长里短拿捏得如此准确？

比如，《爱会长大》。故事并不惊天动地，被宠大的弄堂女孩董珍珠凭借姣好的长相结婚后依旧娇嗔、娇蛮、骄横，由此引发出"茶杯里的风波"。既然是茶杯里的风波，最大的动静也就是将杯里的茶水溅出三两滴，茶渍也许会若隐若现地干涸在茶杯外沿，并不影响茶杯里的茶水一如既往地浸润董珍珠家和万事兴的弄堂生活。情节无经典之处，可贵的是滕肖澜将自身的女儿经渗透其中，从而，让一个原本也许会烟火气太足的故事，散发着小女儿的娇憨，鲜活。

比如，《姹紫嫣红开遍》。写的是上一辈人的失落和消沉，按说滕肖澜是一个旁观者，可是，这一个看似冷静的旁观者其实是在故事里灌注了自己的爱憎，所以，这故事的壳你可以到张爱玲的小说里找到，你可以到白先勇的小说里找到，滕肖澜的文字又不如张爱玲那般冷峭，不如白先勇那般儒雅，那《姹紫嫣红开遍》何以成了各表一枝的繁花？因为有着隔代人渴求懂得上一代人的热切，有了一个"热"字，小说是虚构的无疑，却因为这个"热"字让我们读到了作者的热忱。

由《爱会长大》到《姹紫嫣红开遍》，越来越喜欢滕肖澜的小说，就倒回去读她所有已经刊发的小说，她的小说集《十朵玫瑰》里头的《月亮里没有人》、她的小说集《十朵玫瑰》以外的《倾国倾城》。滕肖澜曾经这样宣扬过她的创作理想："小说应该是悲天悯人的……应该有一点责任感，把目光放远放宽，关注弱势群体，关注广大老百姓，用笔勾勒出一个现实生活。"所以，她的小说里，哪怕是不能也不屑悲悯的反面角色，滕肖澜写他们，也是疼惜的，所以，说什么好的小说作者应该隐身在故事里，好小说虽然看不到作者的身影，可是她（他）的灵魂总是在，伴随着故事和人物。这也是滕肖澜小说好看的原因吧，温存无时无刻不在，她的故事不出奇不出新，又有什么关系？

新一期的《收获》上同时还有迟子建的中篇《黄鸡白酒》，我先读的，是滕肖澜的《大城小恋》。

差不多就是剩女的苏以真邂逅小她四五岁的男孩刘言，家境优越的苏以真脱俗，条件窘迫的刘言善解人意，两个人在那一瞬间如同楔子投合得严丝合缝。最终，差异还是让他们有缘无分，小说的结尾处，苏以真还是嫁了条件相当的人去了新加坡。

小说承袭了滕肖澜以往小说的叙述方式，从形式到内容。可是，读着，你就是觉得刘言这个小男生油滑有余青涩不够，如此，就弥合了与苏以真四五岁的年龄差异，给人的错觉是他之所以只能是一家小川菜馆的洗碗工，是刘言这个人才能甚至品性有问题。那么，已经蹉跎到剩女边缘的苏以真有什么理由向刘言敞开心扉？只为了给世俗一记耳光？未免幼稚。作家应该站在山顶看人间风情，亦即，即便刘言这样的人物是现实中的真实存在，也需要作家将这个人物拈进自己作品的同时用自己的个性和情怀去粉饰他。

《大城小恋》中，属于滕肖澜独一无二的气质抽离了出去，只剩下了一个故事。这样一个不那么新鲜的故事，缺少了作家的灵魂，还有拜读的意思吗？

犹如一段微凉溜滑的丝绸

——朱文颖《倒影》

朱文颖的新作《倒影》，犹如一段丝绸，微凉而滑爽。

"我"的妈妈，曾经的大学教授退了下来，她用各种手段填补自己开始多得用不完的时间，其中一种，就是邀请"我"不那么认同的远方亲戚来家里作客，云姨、根叔、芳姐……当这一根撑起《倒影》的脊梁骨刚刚在朱文颖笔下露出端倪时，我有些不懂。在情节如小桥流水缓缓流动的过程中，朱文颖会看似漫不经心其实是精心安排地将母亲的学术地位——铺陈，所以我会不懂：一个如此级别的教授，怎么会屈尊将这些连"我"这样不学无术的女儿都有些厌嫌的、穷的所谓亲戚邀请到家里来吃喝留宿？对妈妈最后一篇题为《碎石马路尽头的荒凉景象》的论文，"我"有这样的评论："在这篇支离破碎、东拉西扯，或又多少有些耐人寻味的文字里，母亲提到了很多事物和景象"，作者通过"我"对母亲论文的评价启开了母亲退休生活的心境变化：她开始回忆，回忆人生最美好的年华里遇到的人和事。对，云姨、根叔和芳姐根本不是"我"家的穷亲戚，他们是"我"父亲母亲当年插队时农村里的同龄人。也许，屈服于颈椎病和力不从心而放下职业身份的母亲，第一次邀请云姨、根叔和芳姐来城里家中颇为小康的家里做客，只是为了怀念，只是为了叙旧，可是，小说中没有提及却如幽灵一样存在的母亲在云姨他们面前油然而生的优越感，越来越成为母亲一次次邀请云姨他们来城里吃饭留宿的主要又渐渐唯一的理由。这个结论的旁证，是"我"一次次借口出差拖着吱嘎作响的行李箱住到离家不远的旅馆以闪躲云姨他们，而得知"我"出差不能跟云姨他们一起吃饭，无缘见识母亲在同龄人人群中高高在上的骄傲，母亲所流露出来的深切遗憾，这时候，朱文颖让这个母亲的炫耀心态变本加厉。

我特别喜欢《倒影》，朱文颖用回文式的假设，让小说的长度延伸到文本以外：当"我"洞悉了母亲的把戏后，是顺从地成为母亲炫耀的道具从而让母亲的优越感成倍上升，还是用欺骗母亲的方式尽自己所能保护云姨他们可怜兮兮的自尊？有意思的是，作者一再提醒读者，母亲也许知道"我"就躲在青石板路旁的那家小旅社里远远地看着她率领云姨他们走进沸腾鱼乡大快朵颐，那么，作者为什么不让母亲点破这一层窗户纸？我的猜测是：知识分子的清醒到底敌不过庸常的愉快，所谓幸福感从来就需要他人的付出才能被自己感受到。

朱文颖写出了一篇微凉滑溜得如一段丝绸的小说，在那里发出幽光。不如此，就会有眼力不够好的读者忽略作者的精心设计。朱文颖也真的怕读者辜负自己的屏息谋划，就写出一个无关紧要的人物小霞来为读者指点迷津。其实，好小说不应该急着让所有正在阅读的读者马上破解枢机，有许多好小说不是带领读者冥思苦想了一辈子吗？

为什么，陆菁？

——王松《雨中黄花》

以我与陆菁是同代人的经历去看陆菁40多岁前的人生选择，真是匪夷所思，仿佛被陈家下了蛊。可是，王松写来一路顺理成章，让我觉得那是作家在自己的人生路上的亲眼所见。如果我的"觉得"经得起推敲，已经、正在、将要存在和发生的人和事，永远比虚构的，精彩。

王松的小说《雨中黄花》：陆菁这个孤儿因为敲得一手好扬琴与同班会吹笛子的同学陈向阳走到了一起。陈向阳出身高干家庭，倒是没有干部子弟的习气，但是，陈向阳父母特别是她妈妈的盛气凌人和居高临下，让陆菁渐渐远离陈向阳和陈家，直到社会发生巨变陈家失势陈向阳自杀以后。

我说的陆菁好像中了陈家的蛊毒就是从这个时候开始的。已经留在就读的中学当了老师的陆菁，居然会听从陈母的安排把所有的业余时间用在了帮陈家料理家事上，继而，又听从陈母的暗示接受了陈向阳的哥哥陈向峰。如果说已然颓败的陈家打算用生米做成熟饭的方式逼陆菁就范做陈家的媳妇，倒是平常人家的小奸计，可是，陈母临死之间留给陆菁的遗言是，她的儿子是要出国干一番大事业的，陆菁你到时候不要成为绊脚石。对，陈母谢世时陆菁已经人到中年，也就是她与陈向峰没有名分地同居的十多年，其间，如不会成熟的男孩一样陈向峰在恋爱、婚姻、事业上屡屡受挫，都是陆菁助其修复。尽管如此，陆菁想要婚姻的念头一次次地被陈向峰掐灭了——那你为什么还要死心塌地地跟着陈向峰？这句话是我这个读者对着白纸黑字问陆菁的。所以到结尾处陆菁痛陈"跟你在一起这些年我偷偷堕过多少次胎你知道吗？一个没结婚的女人没完没了地去医院堕胎，你知道这意味着什么吗？"我的回应是：活该。

陆菁算是一朵奇葩，如果不是王松将她的故事艺术地上升为小说，只是听人口耳相传，我会觉得那是由里巷登上微博的民间扯淡。然而王松，用一种小说的逻辑将奇葩陆菁塑造得可信之外还楚楚动人，而楚楚动人，是陆菁遭遇车祸后邂逅欧阳清散发出来的。看来，这是个男权社会，毁坏一个女人的是男人，让一个被毁成残花败柳的女人重放光华，还得是男人。北方男人王松用小说与南方女人金星的金句互证，金句为"女人在职场在家庭都千万不要跟男人争，争不过他的，争过了也会失去很多"。可是，这种互证的意义何在？没有办法，1970年代中期我识了一箩筐字后就开始读小说，在《金光大道》《新来的小石柱》等那时的小说熏陶下，再读小说我总要忍不住地想，《雨中黄花》这样的小说写出来了发表出来了，意义何在？我想到了加缪的《局外人》，好小说真的是作家手拿裁剪刀看似随意地从生活中截下的一段；好小说是要给后人留一个当下生活的样本，而不是为一个什么臆想任意地编排生活。

浓烈的爱情打动不了我，但有其他

——莫迪《摇摆798》

莫迪的小说《摇摆798》女主角叫莫小夜，这是一篇自传体小说当无悬念，所以写得这么浓烈。"浓烈"一词指向莫小夜在《摇摆798》中的情感经历：韩沐、阿莱克赛。你也许会不屑：现在的爱情小说，女主角的情感寄托全方位多角度，莫小夜在三四年间只经历了两个男人的恋爱，谈何浓烈？浓烈从来只属于用情专注又奋不顾身的女孩。《摇摆798》中，在众多因为有艺术家这一层遮羞布而沐猴而冠的男人之间摇摆的女人何止一两个？曾雨涵、程恋恋……她们投怀送抱的目的性之强是当今这个社会默认的一道"风景"，倒是莫小夜颇富中国传统特色的爱情观，让人瞩目，并因为她在与韩沐的激情碰撞中败得体无完肤而让人心痛不已。

什么叫中国传统特色的爱情观？在法国攻读艺术史硕士学位的莫小夜邂逅韩沐只是因为想去法国南部小城佩皮尼昂，去顶礼膜拜自己喜欢的画家莫迪里阿尼。被韩沐攻破城池更因为韩沐暂住的小屋墙上那两幅激情四溅的小画，莫小夜心底里觉得在绘画这条漫长而孤独的路上韩沐比自己更有前途，先期回国的她替韩沐找实习单位，无偿地与韩沐同居，虽自己也囊中羞涩，韩沐说要一间工作室莫小夜会倾己所有让韩沐实现愿望。结果怎样？结果又能怎样！韩沐是这方土地培育出来的自私男品种中的一例，女人对他们是人生进阶的台阶，莫小夜是第一级，第二级是女策展人曼迪，第三级是……《摇摆798》中，莫迪在结尾处把韩沐写得走投无路了，事实上，这样的男人总是春风得意。倒是莫小夜这样的女人，让人颇感诧异：被所谓才子抛弃在情路上的女人，数不胜数，莫小夜们为什么总是在悬崖旁刹不住脚步地跌落进情网？更叫人无奈的是，莫小夜绝不会是这条"情路"上的休止符，后来者还会源源不断。

既然是同样的戏码只是换了男女主角，为什么读者会一次次地为这样浓烈的爱情故事掬一捧感同身受之泪？从接受美学的角度而言，是读者用代入法享受了一回此生无以亲历的爱情旅程，就像莫迪，她让自己在小说中多么骄傲！那么懂得艺术的法国帅哥阿莱克赛，如此明白直接火辣辣的追求，莫小夜为什么要拒绝？就是莫迪都找不到莫小夜拒绝的理由，所以，从法南小城佩皮尼昂到北京798到上海外滩到巴黎到威尼斯，从与韩沐情到深处到与韩沐恩断义绝到韩沐已成往事，莫小夜一路的拒绝真叫读者惋惜且觉得无理，我不得不以为阿莱克赛只是莫小夜因着韩沐的绝情而生出的幻想曲。

此幻想曲，源出莫迪深爱的画家莫迪里阿尼的故事：女人就应该为了男人的才华而浴火重生。莫迪里阿尼的生平比任何一部小说都戏剧——为什么画家的故事总是这么跌宕起伏——38岁就死于肺结核，为他生育了一个女儿的让娜居然在他死去的当天带着身孕坠楼随爱人而去。1902年也就是莫迪里阿尼和让娜相继离世的那一天人们一定为让娜觉得不值，难道爱情比生命更重要？时过境迁到当下，就是让娜苟活着亦是泯然众生了，因为爱情，让娜变成了一页页画布上有着强烈的莫迪里阿尼风格的有眼无珠的女郎而称誉于世——这一点真是太迷人了，特别是我们跳脱了让娜当年因为莫迪里阿尼的不负责任而食不果腹的窘境后再看让娜的付出，迷人得只剩下了爱情。

超然物外地打量让娜从莫迪里阿尼那里获得的爱情，或许，这就是莫迪让莫小夜拒绝阿莱克赛的理由？或许，这就是《摇摆798》以后依然会有女孩掉入爱情陷阱的理由？或许这就是莫迪要将《摇摆798》写得如此浓烈的理由？

我喜欢这样的小说，或许浓烈的爱情打动不了我，我读着莫小夜的爱恨情仇，就把莫迪里阿尼储存进了我的记忆库。

姿色普通才华不多的小麦呀

——须一瓜《白口罩》

　　2013 年的《收获》读到现在，最称我心的长篇小说是须一瓜的这一篇《白口罩》。可她偏偏被安排在了增刊上。究其原因，大概须一瓜为《白口罩》设计的关键情节过于敏感。

　　这就委屈了小麦，麦稚君。

　　小麦麦稚君是小说《白口罩》的女主角，也许是出校门未久吧，所以连个条线记者都没有混上，只是机动记者。如果因此为小麦唏嘘，须一瓜要在远处偷笑了，小麦就是须一瓜，须一瓜要让小麦变成虚构的自己，这样就可以全方位地传达给读者，在那段时间里须一瓜虚构出来的小城明城究竟发生了什么——还有什么身份比机动记者更合适成为全方位叙述者？

　　那段时间里，进进出出明城的人不计其数，仅被须一瓜有名有姓记录在她的小说里的，就有康朝、向京、游吉丽、红菇、苗博……其中不乏头牌记者，我却独爱小麦麦稚君。这个小姑娘，须一瓜没有赋予她向京那样"天然艺术品"的美貌，想必作者也知道，相貌平平才是出没这个纷繁复杂社会的大多数人的真实面目，所以，她一出场就触到了我的痛点：你怎么傻乎乎地爱上了大叔康朝呢？像所有姿色普通、才华不多的女孩一样，小麦也想过走一人生的捷径，然而，所有的近道都有风险，果然，在康朝一句"小讨饭婆"后，小麦就陷落于由康朝的理想康朝的人脉康朝的自作主张和康朝的不由自主交织成的人际迷阵中。

　　突如其来的办公室性爱情节以后，我以为《白口罩》是又一个《北京遇上西雅图》故事呢，没有想到，就是在爱到迷茫的时候小麦都能清醒地从"爱"里抽离出来——如今的爱情小说，动辄就让女孩子毫无原则地向大叔缴械投降，总是在地铁里看见二八少女拿着IPAD或者手机读小说读到唏嘘不已，如果浸淫在这种虚幻的情景中久了，女孩子们会不会错把梦幻当现实，一遇到大叔就身子一软年纪轻轻就成了他人的附属品？我爱小麦，就是因为小麦在最易糊涂的当口都明了自己来这世界走一遭，到底为了什么。所以，她虽不敏捷却能够适时地将自己的天赋与明城的危急关头关联得丝丝入扣，从而，这个要爱情、怕传染病、怕死亡、牵挂朋友亲人如同我们身边的普通女孩一样的小麦，看到的描述的明城的生死存亡，才显得更加真实可信。

　　因为须一瓜笔下的明城的生死存亡与一位邻家女孩息息相关，当向京心里的死扣随着康朝的猝死而真相大白后，《白口罩》显得更加真实。还有什么比真实更加触目惊心的？更何况在小说的结尾处，须一瓜用数据不容置疑地罗列了我国潜在的放射源之害，使《白口罩》跃身而出：不是因为卿卿我我的纯粹的爱情，而是有相当的社会担当。金理附在小说后的评论《〈白口罩〉读札》里说"须一瓜正在朝向杰出小说家的途中"，当指这个？

　　让公民意识在普通人小麦麦稚君身上慢慢觉醒，或许是须一瓜的《白口罩》能帮助其小说走向杰出的关键。

桃红柳绿的当今妇女生活

——须一瓜《寡妇的舞步》和桢理《入侵》

  《小说月报》的眼光很不错，每一期选来的小说大多很可读。在《小说选刊》选登的这么多小说中选择了《寡妇的舞步》和《入侵》两篇放在同一篇文章里来说一说，因为它们虽各表一枝，但所要呈现的生活状态却是一致的：当今的妇女生活是杨柳还是桃花。

  先从布局润滑、文笔顺畅的《寡妇的舞步》说起：是一篇一个场景的短篇。新近丧夫的过丽在寂淡的新居里准备了三菜一汤等待司马来访。司马是个官员更是丈夫的朋友，为这套房子的装修没少给丈夫出主意。一来二去的，司马与过丽有了感觉，一次肌肤之亲几乎变成事实，碍于过丽的丈夫，两人止乎礼了。现在，丈夫死了，过丽大约想让与司马的关系向前进一步，就有了这一次约会。哪里想到，出轨的男女情也有天时地利人和之说，两个人在过丽死了丈夫的新居里就是不能再激情澎湃了，幸亏百无聊赖时过丽的大姑冒失地打开了过丽家的门。

  再说老实铺陈、尖锐叙事的《入侵》：素问是个失婚女人，缘由是与当警察的前夫没有和谐的夫妻生活之下搭上了丈夫以外的男人。让素问意外的是，离婚并没有让那个男人继续成为自己的相好，心如止水之下素问从俗世中抽离出来专心抚养孩子。可是，孩子同学的妈妈是个蛮不讲理的入侵者，由彼及此，那个叫张红的女人每天的咨询电话，将素问再次推入波涛汹涌的生活洪流中。

来自厦门和武汉的两位女作家，同时将笔触伸向当今的妇女生活，让我隐约地感觉：两位女性作家非常尊重生活地呈现当今妇女的生活，应该有以点带面的价值。两位女性作家虽未及明示但是字里行间透露的信息是过丽和素问都是大都市的中产阶级，那么，是否可以这样去理解两点带出的面？像过丽、素问这样的女人已经成为城市中产阶级的主流，她们无法应对婚姻生活但又渴望两情相悦，于是，婚外情成为她们的生活作料；因为婚外情，原本有序的生活无序起来，另一种意义上的声色犬马充斥在《寡妇的舞步》和《入侵》中。

打量真实生活中如过丽、素问这般年纪、这般中产的妇女生活，结果发现她们中的大多数都为体现自身的社会价值边工作边相夫教子着，拥堵的生活节奏让她们无暇顾及与自己擦肩而过的男人，好的和坏的。于是，平淡无奇的日子不缺埋怨只缺桃红柳绿——也许正因为这样，须一瓜和桢理才会不约而同地选择将偶遇的某一个点放大成精彩的小说，好让平淡生活中的妇女隔岸观火看看她们中的少数几个正在过着怎样的荤腥十足的妇女生活。多有意思啊，须一瓜和桢理将八卦升格为高雅的文学作品，所以，类似题材的小说以后我还要追着看。

人到中年什么都被消解了

——东君《在肉上》

我把《小说月报》为东君小说《在肉上》配的插图拍照后发到微信朋友圈："在肉上"三个黑体字旁是一对男女剪影。我问我的微信圈朋友：你会怎么想象这篇小说？朋友们说，跟猪肉有关。哦，因为"在肉上"这个标题。我又问："猪肉是引子，引向的目的地是何处？"我的第二问问住了大家，不过，他们都觉得这是一个恐怖的故事。

《小说月报》的美编用配图为《在肉上》营造了恐怖的气氛，当然，东君确实写了一篇令人恐怖的小说。

可是，东君觉得自己写的是一篇情爱小说呵！

一对结婚经年的夫妻冯国平和林晨夕，像一条双头怪蛇向着各自想要去的方向拼命挣扎。冯国平只想过白天在肉联厂往猪白条上盖戳晚上沉迷于床笫生活的糊涂日子；林晨夕则还想在单位里位升一格混个一官半职。白天的心机耗散了她的精神，晚上躺在床上的林晨夕已经意兴阑珊，冯国平只好费尽心机逗引出林晨夕的欲望……

SM这种似乎只会出现在外国文学作品中的性游戏，也以相当篇幅呈现在了汉字书写的小说里。尽管我们被灌输任何一种性游戏只要夫妻共同悦纳，就没有高下之分，可是，手捧《小说月报》，这样的细节乍一撞入眼帘，脊背还是凉了一凉。不过，让《在肉上》从情爱小说变身为恐怖小说的，还不是因为 SM。一对人到中年的夫妻，当年他们在茫茫人海中能够相遇有多么幸运，当年他们在众多相悦者中能够将自己的一生托付给对方爱得有多深，当年他们立下誓言要彼此厮守一生有多么幸福……如今，幸运、爱和幸福这些美好的东西，统统被岁月消解得只剩下了一张床和一对狗男女——这才是帮助东君的《在肉上》由爱情小说变成恐怖小说的关键。

后来，为小说的精彩计，东君设计的情节是，不愿意在前程上费一点心思的冯国平，倒是愿意在男女鱼水之欢上动足脑筋，他假装自己外出出差给林晨夕可以为所欲为的暗示，又委托自己的两个好友跟踪可能出轨的林晨夕，自己却又在林晨夕醉得不省人事时将其架进自家的汽车强奸了她。天呐，冯国平竟然以这种变态的性行为获得一时一刻的极度快乐。一个人要空虚到何种程度才会想出这一出以满足自己肉体的欢愉？理解至此，我已经不认为东君在他的这篇小说中安排这样的情节只是为了情节引人入胜，而是，作家在用这样的情节描写中年人的无聊和无趣。而冯国平第二次如法炮制时被林晨夕刺中腹部，这个画面，作者写道："不远处，有两个人都看到了"，这闲闲的一笔，作者想要说，虚幻的日子不是冯国平一个人在过，而是一个不小的群体在共同度过。

理想、信念、目标、前程……被岁月消解得无影无踪，曾经让我们血脉贲张的爱情，也只剩下了情色，你侬我侬更被岁月消解得只剩下了床第之欢，东君的《在肉上》这么说中年。

只是一头假装睡着的猪

——晓苏《酒疯子》

2013年第2期《收获》就放在我面前，头条《真秀纪》失了《收获》的水准，随后，又去读韩少功的长篇小说《日夜书》。廉颇老矣，尚能饭否?《日夜书》证明，人到老年的韩少功胃口到底差了一点，然而，我敬重他，因为他的《马桥辞典》让我们对《哈扎尔辞典》产生了兴趣，他还用自己的译笔让我们开始接触米兰·昆德拉，那一本他主导翻译的《生命中不能承受之轻》。

就在我要放弃这一期《收获》时，翻到了《酒疯子》，读吗?

没有想到，这最后一口，竟吃出花来。

故事简单，短篇嘛："我"是乡村小店铺的店主，乡间酒鬼袁作文在烈日当头的中午骑着乡长的摩托闯来摸出20元钱而不是赊账买了一瓶烈性白酒一口口地灌了起来。一口酒后，袁作文说乡长黄仁被罢了职自己荣升代理乡长；再一口酒后，袁作文开始畅想他领导下的新农村建设蓝图；三口酒后，袁作文向"我"描绘自己将如何只用三次就勾搭上乡长的女儿……袁作文醉得不省人事，"我"只好将袁作文绑在乡长的摩托车上送他回家，才知道乡长骑着摩托车到袁作文家跟袁作文媳妇苟且时忘了锁车，袁作文的老婆为了赶走丈夫想给酒鬼10元钱的，口袋里只有20元又一时找不开……

读到"我这时看了一眼袁作文，他妈的还闭着眼睛，越发像一头死猪了。我晓得他是在装死"这一节《酒疯子》的结局时，我忍不住嘿嘿笑出了声：多么黑色的幽默！晓苏用巧妙设计的情节在小篇幅里尽显大社会新农村的现状：乡长横行霸道、乡民苦苦度日、无以凭借的女人只好出卖与生俱来的诱惑以求一朝一夕的安宁、因酒失去了乡民资格的酒疯子只好头戴绿帽子继续用烈酒把自己送入狂躁中。

故事没有新意，我感佩的是作者严丝合缝的表达。从热到能叫人昏头的天气到袁作文面对偷自己老婆的乡长只能犬儒地假装睡着，我粗略估计一下将近1万字。这1万字，作者几乎不肯浪费一撇一捺。人说好风景时喜欢形容其为一步一景，而这一篇好小说，可以说是一句一天地，作者依据"我"、袁作文、"我"老婆娃子的一举一动一颦一笑摧动情节，而自己退避三舍得让我们几乎摸不到他的存在，作者的嬉笑怒骂全都在小说中不多的几个人物的或冷静或清浅或麻醉的对话中、互博中。

故事却有深意。"我"算是冷眼旁观着，"我"的老婆娃子算是不明事理的轻信者，袁作文是一无所有的受害者，从《酒疯子》的新农村这个小天地里跨出去，大千世界里哪里不是由这三种人组合成的？他们总是被乡长这样胡作非为的人钳制着，只敢趁乡长不在的时候借着酒劲撒一回野。乡长一出现，哪怕谁是谁非明明白白，也只能像一头死猪一样装睡。

想一想，自己何尝不像一头假装睡着的猪？《酒疯子》的黑色幽默带给我的笑容，瞬间僵硬在那里。

悬疑是假无奈是真

——哲贵《施耐德的一日三餐》

哲贵签在《收获》杂志上的名字让我想起小时候常玩的游戏：画13道长短一致的短横，然后在上面写竖撇捺，就变成了怪模怪样的"五香豆"三个字。而这一期《收获》杂志上哲贵的小说《施耐德的一日三餐》的开头，直让我想起小时候在弄堂口听的惊险故事《绿色的尸体》：发生在昨夜的事，谢丽尔几乎一夜没睡……她想质问他为什么对她女儿做出那种事。他侮辱了她的女儿，也侮辱了她。女儿当场就哭着跑了——各位看官，遭遇这样的小说，有着这样开头的小说，你会怎么判断接下去会读到什么？我的判断是：哇塞，严肃的《收获》居然刊登这样题材的小说了。什么题材？废话，后爹施耐德对老婆谢丽尔带过来的女儿行为不轨呗。多么刺激人的题材啊，所以，星期六晚上，虽然加了一下午班晚上又赴了一个长宴，我还是强打精神将《施耐德的一日三餐》读完了。"我知道你有钱。上周我刚看见你把五十万现金放进三楼的保险箱。你不借也就罢了，说没钱也就罢了，干吗当着谢又绿的面，把价值几十万的红宝石戒指扔进窗外的塘河里？"当然，谢丽尔的这段委屈后面，还有施耐德的解释，解释他为什么要把戒指扔进窗外的塘河里。可是，对我这样奔三俗而去的读者，已经失望得不想听施耐德的解释了。不肯借钱给谢丽尔的女儿这样的扣，压得住小说开头那个貌似悬疑小说的包袱吗？

失望着关灯睡觉，睡着前脑子里盘旋着一个问题：2013 年第 2 期《收获》，在一篇好像水平一般的中篇《真秀纪》后，怎么又是一篇同样水平一般的中篇《施耐德的一日三餐》？《收获》开始走下坡路了吗？又开灯匆匆浏览一遍刚刚看过的小说，发现错的是自己。人家标题写得清清楚楚，《施耐德的一日三餐》，是自己被作者故作惊悚的开头迷糊住了。现在，我们撇开故作姿态的开头看这篇小说，早、中、晚是这个中篇三个章节的标题，分别写了小说的主角施耐德早中晚三餐的内容以及吃这三餐时男主角的精神状态。也就是说，哲贵别出心裁用一日三餐写出了小工厂主施耐德创业特别是守业的艰难。而守业的艰难，作者用一个道具一言以蔽之：谁问施耐德借钱，他就褪下手指上有着硕大红宝石的戒指扔进河里告诉别人戒指是假的，从而吓退明里借钱暗中敲诈的人们。这也是我最不能理解的细节，为什么非要戴一枚假戒指来证明自己没钱呢？索性连假戒指都不戴不是更显得没钱吗？

至于那个故弄玄虚的开头，正好对应了马原新近说的一句话："20 世纪人们开始大规模寻找意义，不管读什么，先求里。人类希望深刻这个愿望，造成作家们把小说做得越来越精致、复杂，掉进了追求深刻的泥淖。精妙的故事、鲜活的人物却从今天的小说里消失了。"是嘛，就是一个小有钞票的人在这个私欲横流的社会里生存不易的故事，何必要绕得读者读完以后摸不着头脑呢？

青春的眼烛照暗夜里的真切

——笛安《妩媚航班》

笛安的新书《妩媚航班》每一篇长短篇前的辑封上都打上创作日期，我这才恍然大悟：第一次读到《姐姐的丛林》，已是近 10 年前的事了。记得某个下午，我还跟一个和我一样热爱《收获》的同事在有一点点暖阳的办公室里讨论过这篇小说，说这个叫笛安的不知是男是女多半是女孩的作家，有点意思，比起当时一众走红的"80 后"作家的蹈虚，笛安像老一辈作家一样喜欢把浪漫隐藏在残酷的事实里，读她的小说，能激活我们的想象力，于是，阅读的空间变得无边无垠。往事如昨，物是人非。跟我一起读《姐姐的丛林》的同事已远渡重洋在彼岸做起了全职妈妈，笛安也从初出茅庐写到了久经沙场，并以"龙城三部曲"赢得了畅销书作家的头衔。

除了《西决》，我读过三部曲中的《南音》和《东霓》。很有情节的两部长篇，只是我不懂，20 多岁的笛安看到的世界怎么会这么肃杀？不论是特立独行的东霓还是温文尔雅的南音，她们的人生怎么都逃不过生于荒唐死于非命的异度空间？当然，我们无从寻找笛安的创作源泉，她是"文二代"，"文二代"不可能成长在一个乖戾的家庭里，这一点，《妩媚航班》的序言有了更好的注解，而序言的作者是笛安的妈妈：作家蒋韵。

那么，凛然的肃杀之气只能来源于笛安的阅读经验了。"还在初中时，她就读了福克纳的《喧哗与骚动》。起初，我不相信这本如此难读的书能够吸引她，可是我错了，我不知道她是以什么方式走进这个又繁复又茂盛的小说世界的，我只知道，她痴迷地爱它。"蒋韵的回忆说出了幸福成长的笛安能写出阴冷肃杀的小说的缘由了吗？

《妩媚航班》，除了《姐姐的丛林》是"龙城三部曲"的前奏外，《怀念小龙女》《请你保佑我》《威廉姆斯之墓》等等数篇，都像《姐姐的丛林》一样，用青春中叫做残酷的情绪化作利剑，刺向生活的真谛，因为稳准狠，所以刀刀见血。而读者，在她规整而优美的文字诱惑下，成了嗜血者：一方面不相信青春的眼睛能够烛照暗影里真切的人与事，另一方面又不忍释卷地一直要把一个故事读完了，才能掩卷而泣。说什么"妩媚航班"，分明是荆棘密布。

荆棘丛中，一处绿茸茸的芳草地就是再小也能让人流连，《妩媚航班》中的芳草地，是《宇宙》。题目很大，对吗？篇幅却相对很小，只占了 13 页，可不影响成就它的奇妙："我"之前妈妈孕育过一个哥哥，意外流产了才有了"我"。我打幼儿园起就能独具一格地看见"哥哥"，在夜晚的宿舍里。现在"我"长大了成了医生，与"哥哥"隔着阴阳两界的交流成了"我"纾解身心的好途径，却因此丢了已论婚嫁的男友，可是"我"更在意有这样一个"哥哥"伴"我"左右。但"哥哥"最终还是永远地消失了，在罹患阿尔茨海默症的奶奶看见他的刹那。

笛安那一拨孩子的父母，不知道有多少人因为国家的基本大法而失去了已孕育成的胎儿。失独家庭而今已经成为一个令人伤心欲绝的话题。就算孩子很好，就像笛安他们的爸爸妈妈，那个成为胚芽又不得不被斩草除根的孩子，终究是他们心中永远的伤口，《宇宙》应该是笛安他们给予父母的安慰吧？所以，乍一读《宇宙》，觉得笛安的篇名用得有些大得不着边际。可是，读着"我"和"哥哥"在星际间穿越对话，觉得用"宇宙"这么一个大词来做表现微小心灵关怀的小说的名字，还真是神来之笔呢。

流产，在我们身边时时刻刻发生着的事件，笛安怎么会一改《妩媚航班》其他篇目的风格将其写成了一个如此温情脉脉的故事？唯有灵光乍现才能解释。

浑然不觉已深陷

——张惠雯《两次相遇》

　　张惠雯拿笔当刀，总是剜向这个社会的痈疽。《蓝色时代》：少年跌入丧夫的阿姨怀抱，从此跌入无尽、无妄的相思中。《蚀》：初通文墨的乡村少年，把郁郁不得志之腌臜气悉数泼向真心爱慕他的乡邻小女友。《月圆之夜》：靠贩卖假烟苟活的人渣，只好沦为杀人犯……张惠雯的小说长的不多，总能让人一口气读完，这样题材的小说读多了胸中难免有块垒，于是会想：这女子把自己当外科医生啊？而身处的，正是各种病态拥塞的社会。

　　没有想到，她早早就南渡到花园国度研读起时下最最高级的商科。蛛丝马迹在最新出版的《收获》杂志上的一篇《两次相遇》中偶露峥嵘。真的是偶露峥嵘，"我"从国外回来只是《两次相遇》的引子，意在引出"我"多么不适应家乡污浊的空气、家乡人只会用麻将打发日子的日常，意在引出男同学的别具一格和男同学那别具一格的音乐老师情人。

　　叫读者伤心的是，第一次相遇时"气质不俗"的男同学和"纯净的天真""细致入微的温柔"的音乐老师，在时隔两年后的第二次相遇，已经变成了"看上去老了五岁、不怎么整洁、熟醉中的木然"和"消瘦、憔悴、淡漠"。两年，从此岸到彼岸，只用了两年。此岸是什么？是拥挤的人群中好不容易找到的靠得最近的两颗心；彼岸是什么？穿着臃肿的衣服整日坐在麻将桌边日复一日全民大同的生活。这样的过渡，如果张惠雯一笔一笔有一日是一日地慢慢写下来，或许，给予读者的刺激会轻微一些。要命的是张惠雯用了"同比"的写法，霄壤之别、云泥之别、天上人间之别……男同学和他的音乐老师在两年间的变化用上述词汇形容都不能穷尽呵，这样的针砭，读来是钝疼，是软刀子割肉的钝疼，又因为软刀子不够锋利，所以总也割不破皮肉，我们正读着这篇小说的读者，被这把软刀子无休止地割着，痛到了麻木，痛到了以为痛就是常态——张惠雯的这一篇《两次相遇》，远比流行语"岁月是一把杀猪刀"鞭辟入里。诚然，岁月是一把杀猪刀，可岁月杀的是年华这一头"猪"，诛心的是我们自己，是不得不妥协于一桌麻将、一身臃肿的灰布衣的我们自己，真叫人有浑然不觉已深陷的惊悸呵。

相比让《蓝色时代》中诱人者身患沉疴、《蚀》中小莲失身后无以为凭、《月圆之夜》中"我"的牢狱之苦，张惠雯给予《两次相遇》中的男同学和他的情人的关怀，要温和许多："难以接受这乏味、令人窒息的生活会毁掉仅有的一点生动和纯真，把我们珍视的东西都带走……"温和源于何处？当然跟作者年龄在不断增长有关。更主要的原因是：我们可以不是《蓝色时代》中的男和女，我们可以不是《蚀》中的男和女，我们更可以不是《月圆之夜》中的"我"，但是，我们无可逃遁地会成为《两次相遇》中的男同学和音乐老师。也许，我们非常幸运地跟海誓山盟的男人或女人百年好合（怎么可能？张爱玲朱砂痣和白米粒的论调，几乎是颠扑不破的真理），但是，我们赖以生存的环境，会迫使我们不得不就范于一桌麻将、一身臃肿的灰布衣，就是作家本人都概莫能外，那么，张惠雯又怎么舍得不给自己的未来留情面呢？

"她"和"我"只想被我们看一眼

——张惠雯《书亭》和七堇年《站者那则》

拿到新一期《收获》杂志，我按其官方微博指导的那样，先对读张惠雯的《书亭》和七堇年的《站者那则》。

官微说，看一下"70后"女作家和"80后"女作家的区别吧。指的是语言风格吗？那么，张惠雯是沉稳、不疾不徐；七堇年是奔突、浓墨重彩。如果指两个年龄层的女作家关注的人群有什么区别的话，张惠雯的女主角"她"依恋地守在父母的身边，七堇年的女主角"我"则喜欢流落他乡，哪怕孤独和无助。如果两位作家关注的人群只差异在安居和远走上的话，那么官微上这句关于文学的描述就无以落实了。官微说：文学什么也做不到，只是把悲伤和苍凉呈现出来，所以，文学的终点是悲剧——虽然"她"入定、"我"躁郁，两位忠诚文学的女作家却殊途同归地做到了文学能做的事情，各自给读者讲了一个悲在脸上凉到心底的故事。

张惠雯："她"，一个极其内向的女孩，只愿意蜷缩在爸爸留给"她"的书亭里读书、卖报养家糊口。书和书亭限制了"她"的世界，孤单单地走进了剩女行列。一个与"她"有共同嗜好的"她"以前的老师闯入"她"的生活，因为他结过婚被"她"父母厌嫌。一桩有可能的姻缘胎死腹中，内向的"她"还是内向，依然剩女的"她"比遇见老师之前，行为举止里多了一份"虚空"——张惠雯最后这样形容她的女主角。

七堇年："我"从新疆来到北京，与哥哥、男友平义以及借住在他们出租屋里的斧子一起过着朝不保夕的生活。屡遭生活打击的哥哥患上了抑郁症，北京给他太多的伤心，他决定走了，在"我"高烧得昏天黑地的时候。哪里知道，哥哥是走到异地跳楼自杀去了。"我"回故乡参加哥哥葬礼，临行前从平义那里要回了托付终身的信物——村上春树的《挪威的森林》——"人坐正了，吃你够得着的食物。"七堇年最后引用了《古兰经》中的一句话。

两个故事，一个空一个满，空者如大雨后的长巷，虽有花瓣、树叶点缀但终究是寂寞到心事无人揣度，满者像艳阳下的宽街，虽有人海、车流相伴却总是喧哗到感情无处寄放。所以，"70后"的张惠雯、"80后"的七堇年，她们用各自的生活阅历体验出这个社会展示给她们的脸色竟是那么一致：冷酷、残酷。

我们总是抱怨"70后""80后"行走在这个世界上的姿态，殊不知他们的行为举止是社会给予他们关照的反馈。"她"物欲不高，一间逼仄的书亭换得温饱就好，"她"的情感诉求也不好高骛远，像曾经的老师那样爱读书就好，可是，"她的一切都将坠入虚空"。"我"一个新疆人通过读大学留在了北京，只想哥哥有一份足以温饱的工作，自己每天早上揣着包子挤地铁去上班的日子能够持久，男友平义能够永久地收藏自己的《挪威的森林》，可是，小说颓丧地结束在《古兰经》上的一句话："人坐正了，吃你够得着的食物。"就是说，七堇年和她的同龄人，没从这个社会得到一点点实现理想的支持。

那么，我们又怎么能去苛求他们回馈社会一张张饱满的笑脸？

《站者那则》，七堇年小说用的这个篇名让我狐疑：什么意思？一查，原来是回民的葬礼。可是，"我"以及哥哥因为爷爷和父母没有皈依而非穆斯林，七堇年为什么要用回民葬礼的称法做小说的篇名？"哥哥的葬礼简朴而寂静。我们不是穆斯林，没有人来为我们站者那则"，小说中的这一句，透露出七堇年的用意。张惠雯和七堇年用她们的小说告诉我们，即便付出死的代价，他们的言行举止都得不到这个社会的回应——真正是呼应了官微上关于文学的简单定义：以悲剧为终点。

孩子，让我试着懂你

——周嘉宁《荒芜城》

如果早几年，不，早几个月读到周嘉宁的小说《荒芜城》，我的感受一定会从愕然开始，随后是愤慨、鄙夷。

而今，我的孩子就要走出学校走向社会，因为学生这一身份天然拥有的获得原谅的权利就要失去。眼看他整日在求职和升学的不确定中焦灼，我的疼痛随时随地。我帮不了他，只能由他的喜怒哀乐猜测他就要踏上的社会面目可憎到了什么地步，我说的是这个社会迎接刚刚走出学校的孩子的姿态。

周嘉宁的《荒芜城》在这个时候出现，无疑给了我一双年轻人的眼睛，于是，我看到了一个叫人疼痛不已的故事。

"我"从一所一流大学的三流专业毕业以后，在上海闹市老街的一家小咖啡馆里谋生数年，虽无余粮，温饱是足够了，但为了理想，"我"舍弃上海去往北京一家美术馆供职。又三年，无以安心，只好放弃北京回到上海，而今，"我"已经通过面试也许就要在上海从事一份与美术馆相关的画廊里的工作。

读这篇小说时，正好在太原开会。干燥的北方城市，居然我在的这一天下起了瓢泼大雨，雨后，会议间隙去山西省博物院看"发现霸国"，惊觉树叶飘飘洒洒落满了城市里我到的每一条街道上，深秋了。

没有雨中深秋更搭配《荒芜城》的情调了，因为，周嘉宁吟哦般地铺陈在纸上的，决不是我如上所述像简历那般精瘦，情绪大于故事，是《荒芜城》的胜负手，而我成为《荒芜城》的俘虏，是因为周嘉宁凶狠地让"我"用身体跟这个社会抗衡的同时，洒落在字里行间的各种情绪：睥睨、不屑、惧怕、悲恸，乃至大哀。

"我"在上海的时候就将我们这一代人视若珍宝的处女之身，随随便便给了一个名字都记不真切的男人。到北京后，与一面之交的阿尔泰、与他人的男朋友阿乔，回上海后与大奇，"我"只有与他们在床上的时候才能爱慕，一旦回到现世，马上与之交恶到让"我"沮丧得活不下去。

一次一次地看周嘉宁用看似轻捷的文字掠过与不一样的男人做爱或与同样的男人做爱后不一样的感受，我想："80 后"在物质慢慢丰富起来的时代里成长，相对于物质贫瘠的我们的成长岁月，我们有最辉煌的 1980 年代的精神生活，而"80 后"遭遇的是精神生活崩塌的糟糕社会。在荒芜的世道里"80 后"到哪里去安放自己躁动的青春？"我"选择了一次次用自己日渐衰败的身体跟这个社会讲和，可结果怎样呢？

读罢《荒芜城》，因为疼痛着"我"的疼痛，我的眼睛又干又涩。

我小的时候，被教育女孩子的身体是至宝，不能轻易向人袒露。所以，一直鄙视女孩们过于滥用自己身体的行为，这一刻，怜惜大过鄙视，我心里的那句话是：孩子，让我试着懂你，好吗？也许，是我自己的孩子也到了试着跟社会讲和的年纪，再读周嘉宁的《荒芜城》，竟有一种听儿女诉说心事的错觉。

欢喜中回到了从前

——金宇澄《繁花》

　　走在上海街头，有时候会突然驻足，努力回忆正踏足的繁华地，前身是什么样的？比如，淮海中路、陕西南路口的巴黎春天，在成为巴黎春天前是什么？在记忆里已荡然无存。记忆如此残酷，连主人也一样欺瞒，所以有理由忧虑：我们后代以为的上海，就是陆家嘴？不要说在浓郁的上海气息里浸淫了几十年的我们的前辈了，我们也不同意。

　　说不很容易，请告诉我们什么是上海？当然，有不少作家喜欢书写上海，然而，他们的上海，纠缠抑或是拘泥于高档上海，和平饭店、新天地、愚园路……事实是，90%以上的上海人与和平饭店、新天地、愚园路无关，我奶奶1921年10岁的时候到上海，2006年95岁高龄在上海离世，在上海的85年中，没去过愚园路，没进过和平饭店，遑论新生的新天地和陆家嘴，她的上海会是什么样的？而她的上海，我以为是大多数上海人的上海。谁来记录大多数上海人的上海？此时此刻此境，金宇澄先生《繁花》的出版，有横空出世的壮观。

　　"壮观"一词，首先可用来修饰《繁花》的体量。30万字，占用了大半本《收获》2012年秋冬期长篇小说增刊。在人人以写140字为限的微博为乐趣的当下，在人人以阅读几个字十几个字的微博评论为主打阅读对象的当下，能有勇气花 2 年埋首于一部 30 万字的巨制，佩服金宇澄的同时，为长篇小说的一次久已未有的成功感到高兴：阅读《繁花》的过程中，几次遇到有共同爱好的人推荐《繁花》。

"壮观"一词，其次可用来形容《繁花》里出场的人物数量。小说从澳门路写到莫干山路、康定路、皋兰路、高朗桥，对过去的上海稍有了解的读者知道，金宇澄的笔涉足了上海的"上只角"和"下只角"，要撑起这样的场面，得需要多少人物？100 多个。值得钦佩的，就连蓓蒂和阿婆这两个笔墨很少且来有影去无踪的小角色，都叫读者牵挂不已，更不要说小毛、阿宝、沪生、梅瑞、李李、汪小姐、陶陶、雪芝等横跨"文革"、改革开放年代的主要人物了。

我则更青睐作家用文字记忆上海地域文化变迁的野心。

大概读过 10 页，我开始逢人便推荐《繁花》。10 页的时候，人物才刚粉墨登场，所以，10 页《繁花》吸引我的，不是小毛、沪生、阿宝，而是我们久违了的只属于我们少年时代的上海气息。那时候，学生意拜师傅是这样的，少男少女中间交往的方式是这样的，楼上楼下邻居之间是这样窥私和暗通款曲的，下饭的这些菜看家常却地域色彩浓郁，佐酒的通常闲话多于咸淡适度的小菜……家长里短、偷鸡摸狗，隐秘的情色男女、张扬的饮食男女。如果不是《繁花》，我这样的亲历者都几乎要忘却在上海盘桓了几十年也许上百年的只属于上海的气息！而今，翻天覆地的改革开放的确让我们过上了物质看似丰沛的日子，付出的代价是哪怕在上海开埠的原点，上海的味道也已荡然无存，我们的孩子不再会流利的上海方言，哪怕是杨浦上海话、复旦上海话、华师大上海话，这是上海味道快速流失的又一个例证，我们忧虑学校里本地孩子越来越少于外来人口的同时，是不是在忧虑上海将雷同于世界上每一座大城市？有心的金宇澄于不动声色中将30余年来上海惊心动魄的蜕变和丢失忠实地记录下来——这是《繁花》给我的第一重欢喜。

第二重欢喜，是《繁花》的地图中心是西康路、莫干山路、康定路这一带。我家于2002年乔迁至此，对这一地域过往的了解仅限于：清澈的是苏州河对岸曾是都市里著名的贫民窟，模糊的是这儿那儿曾是面粉厂、棉纱厂，等等。金宇澄的细致，让我掌握了我家所在区域的变迁史。所谓热爱家乡，难道不应该从自己的居住地开始吗？

特别有意思的是，一部《繁花》用词没有一处来自有别于普通话的沪语，我却不由自主地要用上海话去阅读。用上海话读《繁花》，一定是金宇澄先生的期待。不用上海方言却能引领读者用上海话阅读，这奇妙的效果需要怎么殚精竭虑才能达到？我还好奇，如果一位不会上海话的读者去读《繁花》，会读出与我不一样的味道吗？

一种尖锐的温柔

——盛可以《狮身人面》

盛可以的《狮身人面》，读过以后每每回忆，"人面桃花"一词总是先于《狮身人面》呈现在我的脑海。

词典上这样解释人面桃花：比喻丽人像桃花一样易谢。也指女子的面容与桃花相辉映，后用于泛指所爱慕而不能再见的女子，或形容由此而产生的怅惘心情。

这就对了。"我"千回百转也找不到一个可以托付终身的男人，只好降格以求与有着优雅的上半身和不堪的下半身的骆驼缠绻。"我"已经将这只粗瓷大碗当作青花细瓷小心地捧在手里了，粗瓷大碗却在丽人的掌心里裂开了一条丑陋的缝。

盛可以不是我特别喜欢的作家，偏就是她的作品总是被我遇到。遇到就读，读过以后还是不喜欢。这一篇《狮身人面》，突然让我认同起盛可以对男女之情鞭辟入里的呈现了：爱情是骆驼节目里华丽丽地摆放在几案上的瓷，有真有假。婚姻是骆驼手中的护宝锤，职责就是将几案上的瓷砸得粉身碎骨，真也好假也好。

我一个年轻的同事离婚了。我后知后觉一年以后才得知她离婚的消息，只觉是愚人节的假消息，因为去年春节去她家家访，辛苦地攀上老式居民楼的 6 楼后，看见她的家小而温暖，顿时为这个娘家在边地而能在此地安了家的她感到宽慰。她的女儿那么可爱，她的公公那么善解人意，特别当他说出"媳妇很懂事。人家父母不在身边我们要好好照顾"之类的话语后，感觉她真是好运。这才过了一年，怎么就离婚了呢？不想追究为什么，只是觉得她还年轻，还有劲头回转身来再找一次爱情。有吗？爱情！以爱情为名的婚姻生活，哪一桩哪一件的结局不是相看两生厌？悟得的人要么斩断婚姻的枷锁从此一个人苦度余日，要么咬牙将婚姻生活进行到底。我年轻的同事选择离婚并将弱齿女儿带在身边，想必她是不相信爱情遇到婚姻会死。盛可以也这样，这个在小说里一直将男女之间的感情生活写得如不锈钢一样硬邦邦地闪着寒光的女作家，其实是相信爱情还在那个地方的，所以，《狮身人面》写"我"在最后将刚刚为爱情抹上脸的脂粉粗暴地擦去、让它们如粉尘一样浮游在不那么洁净的空气里，不是为了爱情已死，而是没有遇到可以给"我"爱情的男人——骆驼他，是一个同性恋者。

寻寻觅觅，找到的爱恋对象竟是一个对女性不感兴趣的同性恋者，盛可以下笔是不是刀光剑影？但是，她没有让爱情死呀！她在讲完一个错把爱情奉献给同性恋者这么令人绝望的故事后，还让"我"有力气重新出发去寻找爱情，可见，盛可以给了爱情多么强大的吸附力。

我一直不喜欢盛可以的小说，是因为过于叫人寒心。《狮身人面》纠正道：盛可以的小说其实是一种尖锐的温柔。

也就是人面桃花的意思：爱慕而不能再见的情人，让人倍觉怅惘。

在麻辣里翻滚

——颜歌《段逸兴的一家》

我等在那样一种教育模式下长大的人，捧读一部作品都会不知不觉地自问一句：想要说明什么？如果问到颜歌的新作《段逸兴的一家》想要说明什么，还真叫人犯了难。难道回答：说明了已经向老年进发的"60后"正过着狼狈不堪的生活？

生于1965年的薛胜强，是《段逸兴的一家》的男主角。这位男主角，是他手机里名为妈妈的那个老妇人的儿子，是陈安琴的丈夫，是段知明和薛莉姗的弟弟，是陈修良的徒弟，是钟馨郁的情人，是钟师忠的朋友，是段逸兴的爸爸（咦，段逸兴为什么不姓薛？）。看出来了吧？薛胜强是这些人等的轴心，而要他们围着薛胜强良性旋转，钱是万万少不得的，虽说薛胜强常常鄙夷道："钱嘛，纸嘛。"于是，颜歌让薛胜强拥有一家祖传的豆瓣厂，顺带着也让他湿着手捏了一大堆甩不脱的干面粉。

粘在薛胜强湿手上的那些干面粉，叫读者看着也惊讶不起来，为何？因为薛胜强的麻烦是所有按部就班在人生轨道里行走的"60后"的麻烦，无非是烦老母却只敢腹诽，厌老妻还不敢离异，有一双哥哥姐姐还是解不了近渴的远水但如若将它们比喻成灯却一点儿都不省油，再添上一个沉疴在身、生死不明的女儿——谁敢说貌似顶梁柱的

"60后"，没遇见过类似薛胜强的麻烦？区别是，颜歌艺术地将也许是多个人的麻烦堆积到了薛胜强一个人身上。如若颜歌用标准的普通话来铺陈这个故事，我们读到的《段逸兴的一家》没准还真的感觉非常苦涩。说如若，因为颜歌用的是四川方言。

难道说，一种方言会深受一方水土以及饮食文化的影响？比如，吴地尚甜，方言为软语；广东尚生猛，方言硬邦邦；东北尚侉炖，方言亦是迂阔。于是，四川话就不可逃遁地沾染上了成都饮食习惯的麻和辣，比如"你怎么干婆娘就怎么搅豆瓣，懂不懂？只要把婆娘干高兴了，这个豆瓣就搅对了"。此话出自陈修良的口，对薛胜强说的，彼时薛胜强是刚刚走出校门的学徒。所以，由颜歌化用到《段逸兴的一家》中的四川方言，很荤很暴力，可是用这样的语言呈现四川成都平乐镇街头巷尾的饮食男女，好似让读者在麻辣里翻滚，满足的不仅仅是读者对好故事的渴望，还让麻辣的鲜香溢出纸面直扑读者的鼻腔，满口生津的同时，涕泗涟涟，而后通体舒畅。颜歌，用深入四川人骨髓的麻辣，说了一个凄惶的故事，写了一个四面楚歌的人物，结果是，我们在被她麻过辣过以后，也就是在掩卷之后，才会沉浸在懂得以后的无奈中，久久拔擢不出来。

还叫人着迷的，是颜歌的又麻又辣的大刀阔斧。薛胜强为什么不姓段而随妈妈姓了薛？唠叨起来可以说上一章两章，可颜歌干脆，平视读者以后的抉择是由着读者自己寻找答案，结果是，让读者互动起来后这一情节也许比颜歌独唱更丰满。这样的安排在《段逸兴的一家》中还有不少。

最最奇特的是小说叙述者的选择。

小说的叙述者是段逸兴，薛胜强和陈安琴的女儿。她从来没在小说里出现过，只在陈安琴的口中被唤作"兴兴"被动出场过，也只为提示读者，小说标题中的段逸兴是何许人也。

这样的安排，妙在何处？如若是颜歌的巧安排，那么，《段逸兴一家》出版单行本以后怎么会改名《我们家》呢？呵呵，谜。

端端比《知青》更可信

——张翎《何处藏诗》

　　1969 年，小舅参军成功。就在举家欢欣的时候，小舅被告知政审未通过，参军一事黄了。得到消息，小舅红了眼眶。数月以后，他没有选择地去了北大荒。又半年，小舅回家，因为水土不服，两条腿又红又肿。半月以后，小舅的伤痛才开始缓解，就被居委会的锣鼓敲回了北大荒。以后的几年中，不断有成分好的知青返城上班或上学，小舅想用出色的表现洗刷掉自己身上成分的印记，我亲眼见过小舅左右两臂各夹一包 100 公斤重的水泥健步如飞地上楼，可是无果。一直等到 10 年以后知青大返城，小舅才回到上海。没有工作，没有爱情。一家人跑断了腿，小舅才在一家一开间大小的饮食店里觅得一份做早点的工作，不久，与同为返沪知青的舅妈结婚。此刻，两人都是年近30 的大龄青年了，生一个孩子成了他们的头等大事，这才发现，10年北大荒夺走小舅最美好年华的同时，也让他丧失了生育能力。后来，小舅的插兄插妹都遇到了孩子读书需缴费却囊中羞涩的窘迫，小舅因为没有孩子而避免了这份难过。可是，因为他的缘故没有子嗣的尴尬，让小舅在婚姻中始终处于下风。老天的不公还未停下脚步，未几，因单位不景气，小舅被劝说提前退休。

　　因为小舅，我很不喜欢根据梁晓声的小说改编的电视剧《知青》，它写的故事都不虚，可是创作者给予它的基调，很浪漫很前尘往事，叫人不能不质疑创作者对知识青年上山下乡这一席卷全国的大运动的态度。

相比之下，端端要比《知青》可信。

端端是张翎发表在 2012 年第 4 期《收获》杂志上的新作《何处藏诗》里的人物。之所以没说她是女主角，是因为从所占比重而言，端端比不过小说的另一个女人梅龄。但，张翎的这一篇新作，因为有端端，才有分量。

端端在《何处藏诗》里的遭遇是这样的：1950 年代后期，因为是苏联留学生，端端的父母被双双关进秦城监狱，11 岁的端端只好被托付到邻居王师傅家搭伙。王师傅的妻子瘫痪在床，欲火难抑的王师傅奸污了端端。"文革"来了，端端毫无悬念地插队落户去了，等到恢复了高考，端端为给小说的男主角也是世上少数最关心她的人换取一张参加高考的通行证，上了村支书的床。端端母亲平反昭雪后，做的第一件事就是给女儿发电报。从邮局出来，端端母亲被太阳晃了眼晕倒在马路上，被正好路过的载重卡车碾成肉饼。此前，端端的父亲应不能忍受侮辱而自尽。接信后，端端在微山湖畔坐了一夜后跃入湖里。

端端的遭遇，是知青命运的真实写照。投赞成票给张翎，还因为她用一种我第一次见识的独特角度勾勒了知青端端彼时的心态：索性一屁股滑到了社会的最底层。表面看，她从娇美的小姑娘沦落为比农民更低端的人；内心看，小说是这样描述的："端端是对生活彻头彻尾地绝望了——是那种走一千里夜路，磨穿一百双鞋子也走不出来的绝望。"而在张翎的《何处藏诗》之前，作家们都更愿意笔下的知青是自强不息的、怀揣希望的。可是，我小舅，还有邻里、朋友家的知青，几乎无一例外地处于常年的无望中。我感动于张翎出自心灵深处的呈现，并爱屋及乌地喜欢《何处藏诗》里的每一首诗。《何处藏诗》的男主角为谁写诗？端端。谁读到了他写的诗？梅龄。梅龄属于另外一个话题，同样令人唏嘘。

静 水 流 深

——钟求是《两个人的电影》

钟求是的中篇小说《两个人的电影》，刊登在 2012 年第 1 期《收获》杂志上。

昆生三年监禁完结后走出牢房，小说中人物的命运可以有另外一种可能性，就是若梅已经放弃了与她理想中的丈夫有出入的大奎，并在昆生重获自由后与之结为连理，从此过上了平常也许幸福的日子。

作者大概深谙民间的一种说法：好女人是不能娶回来做老婆的，于是，他为小说设计的故事是这样的：让昆生发乎情的若梅，并没有将等待的目标引向婚姻，而是引向了一个约定，就是在每年的 7 月 30 日昆生情不自禁突破界限从而获刑的那一天，两个人重回温州中山公园的小山顶直到公园关门。然后两个人吃饭，然后看一场电影，然后找一个能睡觉的地方，却从不肌肤相亲。

写到这里，我似乎看到了作者那忧心如焚的眼睛，因为当下男人与女人之间过于随便和不郑重的情色关系。

其实，作者打算将《两个人的电影》生发为一场精神恋爱的时候，很是冒险。两个人，相思相念了整整一年，于 7 月 30 日在中山公园的小山顶约会，是昆生败走麦城的处所又在众目睽睽之下，两人无法相拥，昆生和若梅只好相敬如宾——可以理解。在五马电影院里，囿于自小受到的教育以及环境的约束，两个人依然用眼神传情，亦可以理解。可是，到了睡觉的地方呢？故事开始的时候是1975年，3年刑满，昆生出狱时是1978年，他们寻找到的睡觉地方还需要介绍信，还是男女必须分住的格局，昆生和若梅能守身如玉，还能理解。那么，10年以后的1988年呢？20年以后的1998年呢？30年以后的2008年呢？除了有一年，昆生和若梅的身体即便近在咫尺都执着于精神上的相恋相爱，这样的设计，可信吗？我不知道别人会怎么解读《两个人的电影》，我一路读下来，那么顺畅，那么信服，那么感怀。有意思的是，作者笔下的两个人物，昆生是乡村小学老师，若梅先无业后为纺织厂女工，柏拉图式的精神恋爱竟然呈现在被这个社会划归到中下层的两个小人物身上，促人反思的分量，重了些许。就是在昆生和若梅完成了从精神到肉体的跨步后，听听若梅其实是作者怎么说的："刚才我一直在想一件事，咱们这样做了，岂不是证明以前给你的判决是对的吗？""可现在做，等于把证据给补上了。我是指咱们心里。""不是不安，是不踏实。"……

难道真有"两情若是久长时，又岂在朝朝暮暮"的男女之情在人间？《两个人的电影》证明给我们看了。当然，《两个人的电影》让我想起了苏联的一部电影《两个人的车站》，但是，读《两个人的电影》时那种温婉的感觉如蜜一样流淌在周身，叫人口舌生津——男人与女人之间的挚情至爱，不会随时间和空间的流转而流逝，只会因为我们轻慢而熟视无睹。

当然，这样的温婉是太湖石，瘦漏透皱得看似温柔如水，触感都是岁月留的痕，不然，这温婉就没有静水流深的资格。

心病从哪里来？

——丁伯刚《艾朋，回来》

丁伯刚发表在 2011 年第 2 期《收获》上的小说《艾朋，回来》，有点意思。

艾朋是小说的男主角。艾朋大约在 25 岁至 30 岁之间，学生时代一路顺风，以独领风骚的分数从歌珊考到了省城的一所大学——那还是母亲李华兰患得患失误填志愿造成的，不然，艾朋或许就到北京上大学了。如是，艾朋大学毕业后就业就不会那么不顺，也就不会南下广州开公司亏本，也就不会只好回歌珊考公务员，也就不会在那个早晨被车撞。如果没有撞车这一意外发生，艾朋的腿就不会疼，也就不会去医院细查，也就不会让医院错把衬衣口袋里的牙签当脊柱病变，也就不会头疼难忍得不得不到异地求诊。如果没有遇到上述种种，艾朋不会是现在这样的状况：疼痛说来就来，或者头脑，或者肢体，且来得很不是时候。从不晕车的他竟然在回家准备参加第二天公务员考试的车上晕得昏天黑地，到家后睡了三天三夜才得以缓解，而公务员考试，早已是明日黄花了。

父母早逝、带着弟弟孤独长大的李华兰，以为嫁人生子后会像歌珊小城大多数男女一样过上吃喝有余的平淡生活，哪里知道，艾朋 9 岁那年丈夫死于突发疾病。突如其来的变故，将李华兰重又扔进孤苦中。很长一段时间里，李华兰觉得儿子艾朋是将她从孤苦伶仃中拯救出来的唯一人选，艾朋也恰如妈妈所希望的那样，少年时就为妈妈征婚，未果，就刻苦读书，以出色的学习成绩让李华兰脸上生光。可是，一次次的生活拐点让李华兰不敢相信命运会突然垂青于他们，非让艾朋填报大学志愿的时候降格以求。

人生充满着挫折，这一次让刚刚踏上人生路的艾朋切切实实地品尝到了，与更好的大学擦肩而过，等于在艾朋的心里打了一个补丁。这以后，大学毕业寻找工作不顺利时，艾朋当然要归因于大学志愿填报，他又是那么懂事，从来没因此抱怨过妈妈，最多也就是在心里再打一个补丁。找不到合适的工作，艾朋只好去广州创业，失败，又是一个补丁；在异地考公务员，在众多报考者中艾朋的成绩名列第二，照样不被录用，又是一个补丁。回到歌珊，与其说是艾朋听从妈妈和舅舅的劝告回家乡考公务员，不如说是想在家里让被补丁压迫得喘不过气来的自己能找到一个呼吸的通道。

一场交通事故，将艾朋撞成了心理疾病患者。

连李华兰都觉得，车祸只是触点，她找到的原因是艾朋在广州创业时一定受过大刺激，于是，一次次去从小城到广州看过艾朋的面店老板那里打探实情，如此一次又一次的骚扰，面店老板忍无可忍搬离歌珊。

车祸是触点。可是，如果没有车祸，以后遇到任何一件与车祸同等大小的事情，艾朋都会轰然倒塌。只是不像李华兰想的那样，原因在广州。

原因在哪里？原因在李华兰。

不错，李华兰很不幸。更不错的是，李华兰从来没有让艾朋分担她的不幸。可是，她对生活的怨愤，流露在言谈中，闪躲在举止里，这些，不能不影响到成长中的艾朋的身心健康。

正因为读过《艾朋，回来》，再读李娟的《阿勒泰的角落》和《我的阿勒泰》，我会感慨李娟妈妈的人生态度。

艾朋的妈妈和李娟的妈妈，一虚一实，共同的是家里都没有通常意义上的顶梁柱男主人。两相比较，李娟妈妈带领李娟讨生活的阿勒泰要比艾朋妈妈养育艾朋长大的歌珊更加艰苦，可是，李娟妈妈的女儿成了一位令人瞩目的女作家，艾朋妈妈却让儿子从此蜷缩于不知何时就来的头脑或肢体的疼痛中。

母爱何以崇高？当你成为母亲以后，无论遇到什么样的困顿，独处的时候你可以悲伤欲绝，一旦面对孩子，你只能把重大变故看作过眼烟云，让孩子觉得只要妈妈在，天就是蓝的，阳光就是温暖的。

春花秋月　花开花落

——王安忆《天香》

　　王安忆一定喜欢雨果的《悲惨世界》吧？她的《长恨歌》，对上海市井住宅石库门的前弄堂、后弄堂的描写，真的是细致，把爱与恨都倾注进了弹硌路、亭子间以及后弄堂一进门的那一间灶披间里。是不是很有《悲惨世界》开篇就是 100 多页对巴黎街巷描写的风范？新作《天香》也是如此。通过《收获》杂志读到的《天香》，是局部，第一卷《造园》和第二卷《绣画》，对一部将分三期在《收获》上载完的长篇小说而言，这两卷才刚刚开始造势，却读得我心痛不已，申家看似还蓬蓬勃勃，却已显出落寞的征兆，至于在天香园里出生长大、迎来送往的家人、客人，已经生离过、死别过，已经爱得热烈过、恨得入骨过——都是通过家园里平平常常的琐事构筑起来的"清明上河图"，没有朝代更迭，没有战火纷飞，没有纵横捭阖，没有宏大叙事，王安忆的笔力，出了天香园三五里，就不屑了。貌似甜软，实质绵里藏针；上海滩天香园里申家的兴旺衰败，怎么撇得开千里之外朝廷里的纷纷扰扰？

　　只是，王安忆更相信一个家族的兴旺衰败，更是落脚于这一片土地上世世代代黎民百姓的真实写照？

　　而对家族的兴旺衰败，男人哪有女人那么敏感多虑？

所以，一部《天香》，与其说是申家男丁的奋斗史、持家史、哀叹史，毋宁说是天香园里的女人前赴后继的刺绣史。第一、二卷，只是《天香》的开端，却已读得我失魂落魄，为了死去的娥，活着的小绸、希昭。

娥，本分、敦厚的好女人，做了内秀的镇海的太太，本是一对琴瑟相谐的夫妻，却在生次子的时候魂归天国，失去依傍的镇海只好出家修行——这样的故事，读着怎能不叫人心痛？

小绸，天资聪颖的女人，携一妆奁盒香墨嫁入天香园，原是要与柯海于笔墨间厮守一生的，却因为柯海纳妾而关上了心门。小绸，做女人心气未免过高，不然，她怎么会独守空房半辈子看着柯海辗转踯躅就是冷眼旁观呢？在她把全部的心力放在绣阁上时，她的故事读来直叫人痛心不已，这种痛，不是娥那样的有来处因而也找得到出处，没有名分的疼痛真叫人茫然四顾呵——花开花落，王安忆在第一、二卷里似乎已将小说推到了极致，接下来呢？

接下来，是希昭。这个与小绸一样聪慧的女人，嫁的又是娥的儿子、小绸的最爱阿潜，与事实上申家一言九鼎的人物小绸当然会有裂隙，本已深感委屈，阿潜却又承袭了申家男人的衣钵心血来潮热情高涨、高潮去后撒手不管，他离家出走了——希昭的痛，比起小绸，又要深几重？也许将要在以后几卷里一一展示，第二卷《绣画》为小说《天香》搭就了大架子，也为希昭的命运埋下了伏笔：回家的阿潜从此就追随在了希昭身旁了吗？

看媒体对王安忆的采访，知道《天香》的真正主角是蕙兰，镇海与娥的大儿子阿昉的女儿。那么，在蕙兰凭借天香绣园的绝技挑起养家的重任前，申家、天香园以及天香园里的女人，还将经历怎样的磨难？我有点儿等不及地期待着。

这种期待，与《天香》里的人物命运有关，更主要的，是我喜欢王安忆在《天香》里的抒写方式：不疾不徐，娓娓道来，让春花慢慢开开到蓬勃开到荼靡，让秋月慢慢来从俏丽的月牙到珠圆玉润。我呢，一页一页地翻动书页，随娥、小绸、希昭蹙眉、展颜——这是还了读小说的本原。

只是，《天香》始于明嘉靖三十八年，写到第二卷《绣画》落幕时，才到万历五年，作者没有过多地逗留于那个时代人物的服饰特征和饮食起居与今的不同之处，那么，人物间的对话就是彰显那个时代特征的重要手段了。可是，我体会不到，读着小说，总是疑惑：是今人的故事还是发生在晚明的是是非非？

我的手就在你手里，不离不弃

——荞麦《最大的一场大火》

《收获》的长篇专号，我从每一期都买到挑选着买。

2010年的"秋冬卷"，是为小白而买，想看看文采声色犬马的《好色的莎士比亚》的作者，写起小说来会浮沉到什么级别。

《租界》，只看到第5页，就翻过去了，接着，是荞麦的《最大的一场大火》。

荞麦的这篇小说，结构新颖。她（我本能地觉得荞麦是女性）用了两种字体来告知读者，小说是纪实和虚构夹缠在一起的。

如果将宋体和楷体拆分开来，纪实和虚构就变得泾渭分明了。

宋体部分。一个叫陈栗子的女孩，出生于1981年，在1999年考进大学，与漂亮的叮叮、喜欢肥皂剧的素梅和一门心思读书的薇薇住在同一间寝室，还与一位跟她一样喜欢张雨生的高中同学小冬如影随形。四年中，陈栗子与名叫苏砾的男同学有过朦胧的情愫，后与大三实习的那家报社里的名叫林涛的男人做起了男女朋友。四年后，陈栗子到北京讨生活，与分手后又复合的林涛同居，又因为林涛跟人苟且再度分手；与叫郎烨的医生闪婚，两年后离婚。与此同时，先是杂志社的记者，很快厌倦，成为公司的策划，可舍不得自己所学的新闻专业和自己作为记者的天分，又去跟人一起创办报纸，一直做到中层，辞职。这一年，陈栗子逼近 30 岁，就着积蓄过起了散淡的日子，想起在广州机场曾经看见一个像是苏砾的男人，电话追到他家，被告知："他不在了。"回老家，陈栗子发现小冬还喜欢着张雨生，自己则已经面目全非。

楷体部分。《灌篮高手》、诺查·丹马斯、章子怡、《还珠格格》、《永不瞑目》、萧亚轩、王菲、新概念作文、韩寒、《大话西游》、须兰、安妮宝贝、村上春树、无印良品、《花样年华》、同性恋、《蓝宇》、《黑客帝国》、《流星花园》、马加爵、璩美凤、《哈利·波特》、李玟、周杰伦、江南布衣、张国荣、《幻城》、九一一……

我起先很不明白，看荞麦的意思，她要把《最大的一场大火》写成青春的祭奠的，所以，文末，会感情复杂地叨咕自己就要进入中年了，如此庄重的话题，她为什么要在或者肯在沉重的回望间夹杂这么多八卦消息？读着读着，明白了。如果没有楷体部分那些如昨的往事，我还会觉得陈栗子其实就在我们身边吗？宋体和楷体融合以后，突然，有一种切肤之痛在我的身体里窜来窜去：对"80 后"，长他们一辈的我们，是不是鄙薄得多了一点理解得少了一点？不错，如果仅看表象，陈栗子是一个多么不尊重自己的女孩呵，跟男人说同居就同居说离婚就离婚，可是，我们有没有邀请她们坐下来然后宽厚地让她们告诉我们：为什么？我们有没有在冷眼旁观她们混乱的生活状况的同时试着温和地问问她们：为什么？我们有没有透过她们的强颜欢笑看到她们哭泣的内心？我们有没有想过要轻轻地擦去她们眼睑上厚厚的眼影问问她们：为什么？

不是每一个"80 后"都宁愿坐在宝马车里哭而不愿意坐在自行车上笑的。

那天一抬眼看见电视里正在播放《中国达人秀》的宣传片，也是"80后"的寿君超正在唱着一首他自己创作的歌曲，一句唱词是这样的：感谢你们让我和你们组成一个家庭。我听到，把脸扭向墙角。

《最大的一场大火》，小说的名字来自美国女诗人狄金森：

> 最大的一场大火
>
> 发生在每天午后
>
> 发现，不会吃惊
>
> 燃烧，无需担心
>
> 完成而不发新闻
>
> 烧毁西方一座城
>
> 第二天清早重新建好
>
> 以便再一次焚烧

而我这篇文章的标题，来自六世达赖喇嘛仓央嘉措的诗：

> 你跟，或者不跟我
>
> 我的手就在你手里
>
> 不舍不弃
>
> ……

直到读高中，只要一跟我出门，我的孩子就会把他指节未及粗大的手塞进我的手里。今晚，我要把仓央嘉措的这几句诗，念给他听，告诉他：我的手就在你手里，不舍不弃。

让我着迷的爱情

——艾伟《风和日丽》

搁置了两个月，我还是不能忘情于杨泸和李叔叔之间那被作者处理得疏淡但足以叫人心痛的爱情。

艾伟的长篇小说《风和日丽》意在通过杨小翼的人生反映一个时代的风云际会。做到了吗？自有方家来评说。就我这个感性的读者而言，更感动于充盈在其中的爱情。如果说杨小翼一生中遭遇的几段男女之情能叫旁人感觉其人生多姿多彩的话，那是虚弱的精彩。虽然作者在描绘杨泸和李叔叔之间的爱情时，笔墨非常俭省，总是要让读者从字里行间去悟得这对人到中年的男女艰难的爱、深沉的爱、"沉舟侧畔千帆过"里的沉舟之爱，可那是纯情呵——那是一段旧丝绸，岁月会折损它的成色，但里面的温暖会因为时间的流逝而日积月累得越来越敦厚。

20世纪50年代、60年代、70年代我们的爱情在哪里？在我也算有点儿数量的阅读经验里，它们犹如我童年记忆里夏日的午后：灼热的太阳把寂静的马路照耀得白得扎眼，人们纷纷躲进屋子用黑甜乡里才有的美梦填充苍白的日常生活。读着《风和日丽》中杨泸和李叔叔的爱情片段，我恍然大悟：爱情并没有因为时代的恹气而褪色。

杨泸，一个被将军以革命的名义抛弃的女人，又带着身份不明的女儿，悲哀到了心死的她怎么也不会想到此生还能遇到爱情。可是，老天眷顾这个苦命的女人，从海外回来参加祖国建设的李叔叔识她、懂她、爱她、疼她。20世纪50年代末60年代初，这两个人要是相亲相爱了，等待他们的会是什么？艾伟略过没写，我的理解是他不忍心将这对惨淡的爱人之间仅剩的一点美好撕碎了。那是一种多么令人心驰神往的美好呵，一个男人为了自己心爱的女人，居然肯舍弃西班牙优渥的生活陪着杨泸苦苦度日，直到杨泸因病撒手人寰他才哭着对杨小翼说："没了你母亲，我在这里已没有任何意义了，如果有机会，我想回西班牙跟兄弟姐妹团聚。"

艾伟一定觉得，只有杨小翼变化多端的爱情才值得他大书特书，他哪里想得到在我这样的读者心里，反倒是杨泸和李叔叔的爱情更让我着迷，有泰戈尔的诗可作比附，"生如夏花之灿烂，死如秋叶之静美"，因为艾伟的疏离，我们没有读到夏花曾经怎样灿烂过，可秋叶之静美真的是美，是千帆过尽后的凄然，是繁花落尽后的怆然，是喧哗散尽后的寂然。所以，当杨泸死后李叔叔大哭一场对杨小翼说他要回西班牙时，苏东坡怀念老妻的千古绝唱蹦入我的脑海："十年生死两茫茫，不思量，自难忘。"

一个女人活成了一个男人的骨和血，不是每一个女人都能有的幸运。就是艾伟钟情的杨小翼，刘世军也好，尹南方也好，伍思岷也好，有谁能像李叔叔对杨泸那般给予杨小翼义无反顾的一往情深？爱情的本意就是让自己爱的那个人觉得平凡的生活滋味最绵长，可是，我们总是更注重爱情的形式而看不到爱之本质。

知识在智慧面前的颓丧

——乔叶《最慢的是活着》

女人都有这样的经历：在商店里看中一件衣裳，又不缺，怎么办？我的策略是转头回家。如果三天后还心心念念地记挂着这件衣裳，就去买。

这一年，通过报刊、书籍和网络读了不少文字，大多数如商店里看似琳琅满目的服饰，过眼即忘，或者只在记忆里刻下了一道浅浅的印痕。可乔叶的《最慢的是活着》却成了我心里一道深深的褶子，用乔叶的话说就是"不用想，也忘不掉"。我想，乔叶的这篇小说已经是挂在我衣橱里一件不显山露水却昂贵的高档衣饰了，我得在上面绣上我的印记以免丢失。

一年了，距离第一次读《最慢的是活着》已经一年了。一年前，就是这样的季节，天气闷热难当，叫人坐卧不安。《收获》将这篇小说刊发在 2008 年第 3 期上是有意为之吗？临窗坐下摊开《最慢的是活着》，心里那只躁动不安的兔子渐渐平静、安静、宁静了。三个小时以后，我激动得犹如困兽在屋子里徘徊：是小说吗？如此散漫的结构，如此随意的叙述，如此自由的思绪，恐怕说是散文更恰如其分。可是，乔叶又用绵软的铺陈编织出了一个紧致的故事，塑造了一个既普罗又独特的人物形象奶奶，这还不是小说吗？

王兰英和李小让，这一对祖孙在漫长的 30 多年的人生路上一直处在角力的状态。在这个过程中，奶奶与孙女的强弱关系随着岁月的流逝发生着嬗变。度日的艰难、亲人的病故当然是折损奶奶的重要因素，可当受过不错的教育、走过南闯过北、能赚到让奶奶惊诧的薪水的李小让能以强者的姿态照顾奶奶乃至给奶奶送终时，颓丧地发现奶奶即便是输给了岁月，也未曾让貌似活得轰轰烈烈的李小让占过上风。

领悟至此，我泪眼婆娑地在百度输入"乔叶《最慢的是活着》"，好评如潮。在如潮的好评中我随意点开一条：让我想起了我的奶奶……再点开一条：我外婆也跟乔叶笔下的奶奶一样，一生只穿过 7 双鞋……我擦去脸颊上的眼泪——说实话，再读《最慢的是活着》，我难以避免地又一次想起了我的奶奶，那个生于辛亥年养育了 8 个子女、丈夫早逝后含辛茹苦把子女拉扯大的老妇人。可这种"共感"不是解读小说的专业手法，我试图找到专业的评论。奇怪的是，面对乔叶这篇出色的小说，评论界集体静默。也是，一篇非典型性的小说，一篇更像散文的小说，叫评论家们如何从先锋的理论出发剖析小说成功的奥秘？评论家的知识在与乔叶的智慧对抗中显出颓势来，乔叶她根本不理睬什么魔幻现实主义、意识流、新小说等创作理论，而是忠实于自己的心，把自己心里的奶奶和盘托出：大字不识几个，只依据河南杨庄几千年来积淀起来的人情世故过日子。

如此不讲"章法"又不跌宕起伏的故事，为什么就能打动如此众多的读者？这个叫王兰英的奶奶，为什么会像"钉子进了墙，锈也锈到里头了"？是奶奶那看似平淡无奇甚至略显暮气的生活智慧让浮躁的我们若有所思：知识就一定能把我们带到幸福的彼岸吗？就在十多年前，那个叫罗伯特·清崎的富爸爸呼应起多少人蜂拥而至企图从他那里获取迅速致富的知识；就在几年前，"哈佛女孩"这个名字吸引了多少人纷至沓来试图从她那里得到快捷成功的宝典；就在当下，挂了某某某（一所美国著名大学）名头的留学中介机构就是要比别的中介赚到更多人的关注。我们趋之若鹜地追逐着这些能改变我们生存状态的知识，凭借这些知识我们的生存状态多少有所改变，可幸福呢？年过八旬，奶奶依旧洞若神明："你们现在的日子是好。我们那时的日子，也好。"听罢奶奶的这句话，小说中的"我"怔住了。我们也怔住了：缺吃少穿的日子好在哪里？随即醒悟：有时候知识在智慧面前多么徒劳呵。

好在，茫然四顾中我们有充满智慧的传统文化供我们栖息。这么多读者喜欢乔叶的这篇小说，让我觉得从于丹《论语心得》的显性教化开始，我们已经能够在不动声色的况味中默念奶奶们遗留给我们的人生哲学了。蓬勃了那么多年的知识至上的潮流开始给我们民族千百年来沉淀起来的大智慧留出了空间——如同小说意味深长的题目《最慢的是活着》一样，回归的路也许非常漫长，不打紧，只要我们明白什么东西更加坚韧，就行。

就这样和盘托出，天天知道吗？

——冯丽丽《下乡养儿》

《下乡养儿》开篇就告诉我们，这个名叫天天不到 8 岁的女孩，从不敢走进一所幼儿园开始，折翅在一所又一所幼儿园的大门外。无奈之下，天天的父母只好放弃全职工作，在家陪伴她——这样的孩子，已经够叫人抓狂的了，谁料，这只是这个家庭噩梦的开端，天天说深夜里的梦境常有恶魔进进出出，叫她无法安眠。怎么办？这个家庭的顶梁柱天天的爸爸竟然想出一个通宵陪天天玩耍的蠢办法。

这是一本宣传频度颇高的书，有一阵子，躲不掉地看到数家新媒体在推送这本书的介绍、书评以及选读，我读到有的文章说天天之所以会黑夜无法入眠，是因为厌学。读过这本书后才知道，教育再一次成为一个异类孩子异端行为的替罪羊，她可是连幼儿园都没有读完整一个学期，何来厌学之说？再仔细阅读这本书后，更发现出版此书的出版社也觉得厌学之说站不住脚，就找出了另一个归因：天天的父母是一对有社交障碍的夫妻。

就在父母被天天折腾得生活几乎难以为继的时候，有着特殊孩子教育经验的乔老师出现了，在她的指导下，天天一家搬到乡下开始了《下乡养儿》所描述的过程。

对天天的反感，就是从这个时候开始的。

乔老师帮助这个家庭，是从帮他们做饭开始的。起初，我并不理解乔老师的教育理念，直到写文章的此刻，我才醍醐灌顶，乔老师想用这种最家常的办法尽快接近天天从而开始实施她的教育计划。当乔老师让天天一起去买菜、帮忙剥葱、一起烧饭换来天天一连串的"不想"以后，我开始讨厌这个女孩，也开始意识到，这个不合群、无法到幼儿园去、夜晚不肯入睡的女孩所有的毛病，与学校教育无关，而与父母的教养方式关系密切。

　　水一样淡而无味的《下乡养儿》，就文学价值而言，几无阅读指数。那么，这是一本有着养儿示范作用的书籍了，可，是吗？有社交障碍的父母养育到 8 岁的女孩，反馈给父母的，同样有社交障碍，本书的作者认为，产生这样的心理问题，罪魁祸首是相对封闭的城市生活，只要改变患儿的生活环境，比如，从城市改变到乡村，孩子的心理问题就会得到缓解。按照这种理论，农村孩子就不会出现心理疾患了？事实当然不是。事实还是，与其说乔老师建议天天一家从城里搬迁到乡下来生活，不如说是乔老师在指导和监督教育理念有偏差的父母怎么从改变自身开始去感化已然染有微恙的孩子，所以，这本书改名叫《小镇养儿》《海边养儿》《域外养儿》又何妨？但是，所有关于这本书的宣传，都着眼于"下乡"上，把乡下变成了教育的天堂——合适吗？

　　书的后记说，天天于 2014 年上了初中，这么算来，她 12 岁左右吧，我想问的是，冯丽丽打算出版这本书的时候，天天是什么态度？即便 12 岁的天天同意出版这本书，24 岁的天天能够接受这本书吗？24 岁的天天看见她妈妈用文字将她的 8 岁撕扯得鲜血淋漓还和盘托出给众人看，她会怎么想？

不武侠而文艺

——张北海《侠隐》

选择他的小说《侠隐》开始阅读张北海，大概是个错误。

多年前曾写过一篇文章题为《纯洁的汉语在哪里》，感慨由一位叫鲁娃发表在《收获》杂志上的一系列散文而生发。这位似乎旅居在法国的女作家，闲闲地写埃菲尔铁塔、爱丽舍宫、香榭丽舍大街、枫丹白露等巴黎著名景点之外的法国，虽无甚新意，却以利落不造作的汉语赢得了我。相比之下，长期浸淫在汉语里的我们，倒喜欢学西语复句式的表达，以致，一些译著特别是一些理论类的译著，常常叫人摸不着头脑。

读过两三章张北海的《侠隐》，数年前的感慨再一次在心头泛起泡泡，这位生于北平、长于台北、常年生活在纽约的作家，写出来的汉语陌生又亲切，叫人好生欢喜。等到一本书读完，已经从对表达的钦佩过渡到对内容的疑惑。"60 岁以后，从联合国退休，张北海的写作对象从纽约转到北京，从现代美国社会转向 20 世纪 30 年代的中国，写作体裁从散文转向了武侠。他花了 6 年多时间，写出自己的第一本武侠小说《侠隐》。"可是，《侠隐》是一本武侠小说吗？

不错，主角李天然是个武林高手，4 年前从大师兄朱潜龙滥杀师傅一家的枪下侥幸活了下来，因重伤和毁了容被好心的美国人马凯医生送到美国治疗和整容。此番回家，说是因着英雄救美而被美国当局驱逐了，实则，是要报师傅一家四口被滥杀之仇。

正是 1937 年。为寻找武门逆子朱潜龙和他当年的帮凶日本人羽田，并以血还血以牙还牙，李天然和师叔难免要使出看家本领。受过金庸、古龙、梁羽生武侠小说熏陶的读者，在张北海无限接近纯正的汉语中体会武侠的飞檐走壁，有望梅止渴的焦虑，因为，李天然和他的师叔，在张北海的笔下，除了"蹭"地窜上了房和用手指弹出水珠或玻璃球就能伤人要害的描写外，再无惊人武功。就连倒数第二章里师叔亡故已成孤胆英雄的李天然，在狭窄的顺天府里了结与朱潜龙之间的冤仇，也是不见武功只听得见枪声"砰砰"作响，要说武侠的影子，也只有朱潜龙顺手捡起肉串子"夺"地钉在墙上的那一招了。所以，我不认为《侠隐》是一部武侠小说，它其实是一部主角出自武林的文艺小说。

如果用文艺小说的心理期待去阅读《侠隐》，正应验了"怀旧均是美好"这样一句老话了。60 岁以后，张北海回忆童年时印刻在他脑海里的北平，尽管他一遍遍地写到了冬天的北平有多冷，可纷纷扬扬的雪花以及凛冽的寒风在我读来，总是温暖，因为，寒冬腊月里出没的人们，都是长久地住在作者心里的童年往事，马凯医生、马凯太太丽莎、蓝青峰、关巧红、徐太太、蓝田、蓝兰……不论是中国人还是外国人，无论是贵还是贱，他们统统温文尔雅、亲切可人。而他笔下的坏蛋，如朱潜龙、羽田、金士贻、卓十一、唐凤仪等，当然是为着自己的人生计划男盗女娼者，可是，他们是张北海为了塑造李天然，硬是设计出来的李天然的对立面，所以，非常标签，也就是说这是一群顶着坏蛋标签的文明之人，难怪，张艾嘉的叔叔嘛，出生长大在那样的大家族里，又怎么能够接触到北平的市井？于是，一个丈夫、稚儿死于日本人车轮之下的寡妇，尽管窘迫到必须靠给人做衣衫来糊口，也那么漂亮又聪慧！

1937年日本人进犯之前的北平城，冬有冬的凄美夏有夏的热烈，而映衬一年四季北平风景的北平人或是南来北往的客，更是给彼时的北平添了几多生动，于是，有人质疑张先生：你写的北平真实吗？或许，老舍笔下的北平更加真实，但，我愿意有张北海的北平与老舍的北平共存，可慰藉我们对往事的美好追忆。

不过，《侠隐》真不是武侠小说。

"装"未必是贬义词

——冯唐《欢喜》

读到三分之二的时候，我终于没有忍住，一翻而过了。不是冯唐写得不好，而是，以我这样的年龄去观摩少男少女假门假事的暗送秋波明示爱，实在荒诞。

我说的是冯唐的小说《欢喜》。

我的一位"90后"小朋友素来温文尔雅，东渡扶桑读了半年书后更加谦和内敛。当我把坚持到三分之二时到底选择了几近放弃《欢喜》的消息"发布"到微信朋友圈后，他竟然有失风度地讨要这本书"我想读啊"，他说："给我。"他不知道，这本书我是从图书馆借来的。

差不多有 3 年了，我每 2 个月去一趟公共图书馆，以前是上海图书馆，后来，发现住家附近的静安区图书馆建筑可人，更重要的是，这间图书馆"上新"非常快。先是每一次借 6 本书，从去年下半年开始，我意外知道公共图书馆每一次可以外借 6 本书的规定已经扩展到了 10 本。每 2 个月至少阅读 6 本书，成了我近 3 年来的阅读速度。其实，我挺爱买书的，又有一帮出版社的朋友，对我来说书是断断不会缺的，为什么还要坚持 2 个月去一趟公共图书馆？袁枚老先生的《黄生借书说》入选初中生的语文教材后，我所供职的报社的出版物上几乎每年都会以这篇文章为读本出一些题目给孩子们练习练习，于是老先生的至理名言"书非借不能读也"深深烙印在我的脑海里，3年前，我对自己说：试试？一试之下，果然。除了保证了数量以外，还大大扩展了我的阅读视野，比如，像冯唐的《欢喜》，我不会收藏，我的朋友都知道我的阅读趣味，断然不会送我这本书。可是，在静安区图书馆那间老洋房改造成的外借室里，这本天蓝色封面的书蓦然撞入我的眼帘后，待到确认是冯唐的作品后，想到之前读过的《十八岁给我一个姑娘》以及读不着的《不二》，还有零零落落在报刊上读过的他的文章后，我决定把《欢喜》带回家。

我哪里知道这是一本冯唐的早年创作，写的又是因着青春期躁动而引发的可爱、幼稚、冲动、不知愁滋味的故事！但我的习惯是，借回家的书不能原封不动地送回去，一读之下，让我想起了一件往事。

那时，我儿子在外语学校读初二，他的班主任是一个厉害丫头，像我这样因为是一个调皮、学习成绩也不甚漂亮的学生的家长，不知道被她像训孙子一样训过几次，但我还挺乐意的，说明，这是一个负责任的老师。丫头班主任跟经验丰富的老教师的最大不同是，常常会想出稀奇古怪的管理班级的办法，比如，让班里的学生轮流记班级日记。丫头班主任让一帮小屁孩记班级日记的初衷是什么，我不知道。轮到我儿子记班级日记的日子，晚饭过后，他会将其当作一项回家作业总是放在最后一项完成。每当这个时候，我就央求儿子让我一睹为快。这些孩子，记录起他人调皮捣蛋的劣迹，真是不吝笔墨不惜差评，那些语言，不讲究修辞，因为出自内心，字字句句都活灵活现！第一次读过，我就让儿子撒谎，说班级日记本给弄丢了，愿意赔一本新的。可儿子死活不肯帮我，我只好借机找丫头班主任交换儿子的近日表现情况后，期期艾艾地表示，想要那本班级日记。丫头班主任厉害归厉害，但，爽快，说，等一个学期结束后，送给我。哪里知道，还没有到学期末呢，班级日记本就不见踪影了，真遗憾。

由《欢喜》想到这件往事，是因为冯唐于 16 岁至 18 岁写的这本小说，与我儿子与他的同学们共同"创作"的班级日记可有一比，只不过，冯唐的创作有些装，班级日记则浑然天成。

装，一定是一个贬义词吗？未必。比如，一本《欢喜》，冯唐通过男主角秋水（这名字！也是一种装）的言谈举止，告诉《欢喜》的读者，在他 16 岁到 18 岁期间都读过些什么书，这种显示学问的方式，多装呀，却让我瞠目结舌。《欢喜》中遍布在字里行间的作者在 16 岁至 18 岁的阅读视野，真是古今中外、犄角旮旯。为什么冯唐写得一手好杂文？我以为答案就在他这本早年的创作《欢喜》中。

一地鸡毛拼却人间春色

——蒋晓云《掉伞天》《桃花井》《百年好合——民国素人志》

　　都知道台湾作家蒋晓云写完《掉伞天》以后停顿了 30 年。因为初登文坛就屡屡获奖，人们猜测蒋晓云毅然决然地诀别文坛的理由，是因为她要去做比写"野狐禅"（蒋晓云父亲戏说蒋晓云的创作）更重要的事情，比如，成家立业。

　　三本蒋晓云的作品《掉伞天》《桃花井》和《百年好合——民国素人志》摆在我的面前，我不假思索地先打开的，是《掉伞天》。然而，越读越不是滋味，于是揣度：开始捉笔写作时蒋晓云就是文学理想非常高远的作家，虽说得奖以后被台湾媒体抬得高高的，夏志清就不吝好词地夸她"蒋晓云不止是天才，简直可以说是小说的全才"，但，蒋晓云自己没有失魂在一片褒奖声中。她自觉自己的作品有短板，这才放下了笔。30 年后自忖可以了，蒋晓云才再度以作家的身份回来。

　　果然可以了，《桃花井》相较《掉伞天》，无论是气度和表达都要比《掉伞天》开阔了许多。不过，所谓气度，是站在台湾看《桃花井》。一个是国民党的小官僚，一个是国民党时期的乡绅，李谨洲和杨敬远分别于 1949 年逃遁到台北，却以同样的冤屈成为火烧岛上的狱友。出狱后，两个生活无着的人常常互诉怨愤，这就到了大陆向台湾老兵打开大门的时候。杨敬远未行先殁，得以了却夙愿的李谨洲又遭遇了什么呢？实在不清楚身居大洋彼岸的蒋晓云怎么对内地小城镇的民风、陋习了解得如此清楚？又怎么对这个无辣不欢地界里的子民的人性揣摩得那么透彻？读着《桃花井》，我一边折服于30年的沉淀让蒋晓云笔锋犀利得入木三分外，一边心里很是不爽，就是那种家事被外人看了去又被她用辛辣的口吻到处刻薄的感觉。待到打算一鼓作气读完蒋晓云在内地出版的第三本小说《百年好合——民国素人志》，竟有些犹豫：被夏志清喻为又一个张爱玲？夏志清是什么年纪做这个比喻的？你知道，老人话一多就未必句句属实了。可腰封上还有王安忆的批语："她的人物族谱与张爱玲的某一阶段上相合，但要追踪得远一程，拖尾再长一截，好比是张爱玲人物的前生今世。张爱玲截取其中一段，正是走下坡路且回不去的一段，凄凉苍茫；蒋晓云却是不甘心，要搏一搏，看能不能搏出一个新天地。"王安忆的推荐大致可信，且一个作家揣度另一个作家创作心路的言辞，里头有着难以言传的较劲，这就有意思了。

读完第一篇《百年好合》，我就敢说，《百年好合——民国素人志》是蒋晓云三本作品中最好的一本。

金兰熹百岁寿宴上，寿星的人生由各怀心事的祝寿人的闲言碎语拼凑出来：这个因母亲早逝而被父亲和二妈扔在老家的金兰熹，15岁回到父亲身边凭借与生俱来的理财能力小小年纪就做起金府总管来，得心应手之下时间过得飞快，竟然已进入老姑娘行列。可金兰熹非比常人，竟让陆永棠先生一见钟情，哪怕心知肚明金兰熹比自己大了4岁，还是坚定地娶其为妻。漫长的婚姻生活中，龃龉多于恋爱中的甜蜜，但由上海到香港又从香港回到从前在上海的居处买了外销楼安度晚年，这一对携手庆祝百岁生日的夫妻以一堂寿宴告诉曾经看衰他们婚姻的人们，所谓幸福就是能笑到人生的最后一天——同我一样有些失望于《掉伞天》和《桃花井》而犹豫着是否要打开《百年好合——民国素人志》，后来还是撕开了这本书的塑封，完全是为着不让阅读蒋晓云留下死角。这下，蓦地遇到《百年好合》中的金兰熹，真是欢喜。会让读者想到谁？腰封上虽有王安忆指向明确的导读，可竟然这么相似张爱玲，倒是让我意外：蒋晓云不是不那么喜欢张爱玲吗？可见，文学创作的能力和素质是什么成色的，天分起了主导作用，蒋晓云一再撇清与张爱玲的前仆后继的关系，这个金兰熹难道不是又一个曹七巧吗？到底在远离国民性的美国生活了30年，这一个"曹七巧"由蒋晓云的笔塑造出来，就有了勇于重建生活的气象，你看金兰熹，遭遇改朝换代不得不抛弃好不容易有了起色的家园远去他乡，金兰熹气馁过吗？金兰熹抱怨过吗？即便一向追她得紧的陆永棠偶有他爱，金兰熹都不曾梨花带雨过，相信只有自己能对自己的生活负责，这，也是蒋晓云与张爱玲最大的区别，无论时局如何变迁、家庭如何分崩离析，她要展示给读者的，是一幅活色生香的生活图卷。

因为蒋晓云写得饶有趣味，由《百年好合》开启的《百年好合——民国素人志》，注定了是一次开心的阅读，几乎都是女人做了主角的《百年好合——民国素人志》，虽每一篇都独立成章，但每一篇又都互为接榫，该怎么定义蒋晓云的《百年好合——民国素人志》不是长篇但又彼此伴生的结构？我真不知道，但是，好看又明亮，这是肯定的。

一直鄙夷女人之间家长里短的乱扯，哪里知道，这些本应随风而逝的嚼舌头，却被察言观色并妙手回春的高手荟萃成一本《百年好合——民国素人志》，原来，一地鸡毛也能拼却一幅人间春色图卷的。

所有的相爱都是为了彼此痛恨

——张怡微《细民盛宴》

通读张怡微的新作《细民盛宴》之前，先在微信上读到了钱佳楠为这个小长篇写的评论。

大概在两个月之前，我所供职的报社搞了一个面向中学生群体的阅读活动，想请一位作家在颁奖大会上跟大家聊聊阅读这个话题，我想到了钱佳楠，因为这个专注校园生活写作的年轻作家，本身就是一所中学的语文老师，还有谁比她更适合跟中学生谈谈阅读的？果然，那一场演讲，钱佳楠收获了此起彼伏的掌声。

可是，让钱佳楠来评论张怡微的《细民盛宴》？她太年轻了，怎么可能看得到小说里呈现的男人与女人由相爱到厌弃又不得不一起活下去的痛恨？所以，她那篇题为《在上海，在有限的额度里表达爱》的读后感里，用的是素来被全国人民诟病的上海人的"精明"来解读《细民盛宴》中的男欢女爱。倒也说得通，开场戏里袁家老少借着袁佳乔的爷爷行将就木的由头围坐在一起打麻将吃饭，彼此之间不都是在嘴上恭维肚子里算计吗？至于袁佳乔的亲生父母何以离婚又怎么都再次找到生活伴侣，张怡微用一副壅塞得叫人喘不过气来的笔墨平静写来，倒真没有躲在幕后咒骂几句。即便是自己爱了十多年准备嫁的小茂，仗着体虚气弱在家庭反对时没有给过袁佳乔恋人间应有的温度，张怡微的批判也停留在有爱只是不够生活来磨损的程度上。

是张怡微自觉的节制吗？我宁愿觉得，参透这样的主题，对张怡微来说也是过于年轻了。不到弥留之际，我们大概不会因一次次溃败而对"爱情"彻底死心，所以，会有那么多爱情不死鸟在人生旅途中一次次地跟爱情死磕。至于从未品尝过爱之琼浆的青年，怎么就会认可"所有的相爱都是为了彼此厌弃"这样的现实？以张怡微的年纪写出《细民盛宴》，毋宁说是天生的敏感加之后天的修为让她在有选择地记录周遭的生活场景时，无意地撞到了一个永恒的无地域差别的主题：爱情是玫瑰，就逃脱不了成为枯枝败叶的那一天。

在《细民盛宴》的开场戏中，袁佳乔与生父的再醮妻子她的"梅娘"（沪语后娘的意思）第一次见面，她的生母主动撇出袁家已成陈年往事，即便如此，袁佳乔的父母也有过恋爱季节也有过新婚燕尔。揣摩张怡微在袁佳乔学着独立思考的时候让"梅娘"闯入她的生活，无非是想让袁佳乔见证所有的爱情必有衰败的末路，请看张怡微怎么写第一次出现在袁佳乔眼睛里"梅娘"的貌相：心事沉沉，满身月色。面孔像熨斗经过后的过分服帖，带着热辣辣的湿气……我们应该清楚，此时的"梅娘"已是有过婚史生过儿子的半老徐娘，张怡微宽容地给"梅娘"这样的亮相，只是为了十多页以后可以这样写："我希望她脱俗一些，使我父亲配之不上。但令我失望的是，他们越来越像一般的柴米夫妻，无论是行为模式或是表情。这种微妙的变化使我略感惆怅，惆怅后尽是无奈。"没错，无论是亲生父母的婚姻还是"梅娘"甘愿嫁给在女儿眼里都已经一无是处的"他"（竟然，张怡微没有给过袁佳乔生父一个名字），张怡微都在里头埋了一个为了大自鸣钟房子拆迁这样一个伏笔，但，物质永远只是爱情死亡的催化剂，要死的，还是爱情本身。不是吗？为了求证自己所写是一个永不过气的话题，张怡微从生命绵延不绝的角度再次揭开年轻人爱情的面纱，让我们看看袁佳乔与相恋了十多年的小茂结局又如何。尽管，在袁佳乔和小茂的爱情旅途中张怡微设计了种种障碍，小茂弱不禁风、小茂的父母侧目袁佳乔、20万购买婚房的款项无意着落……当然，还有那个胎死腹中的袁佳乔和小茂的孩子，但我还是要说，在袁佳乔和小茂相爱的十多年间，虽没有事实婚姻，两个年轻人已经将婚姻的况味咂出了苦涩的味道。外在条件只是促使他们爱情速死的催化剂，真正死的，还是袁佳乔和小茂彼此的感情，没有在一起天长地久，所以还能祝福彼此：当袁佳乔听说小茂结婚并有了一个儿子时，张怡微写道："那好呀，他们家里是喜欢儿子的。"

"在有限的额度里表达爱"，钱佳楠站在全国人民对上海地域文化认定的角度来解读张怡微的《细民盛宴》，是一个很年轻的写作者的解读，当然不错。可我感觉，她没有搭到张怡微脉搏里狂野的声音。固然，张怡微写了一个上海的故事，但是，上海从来不是游离于中国甚至不是游离于世界的上海。沉潜进上海写一个让所有愿意来读一读《细民盛宴》的读者能够感同身受，才是张怡微的野心，于是，这个上海市井的故事，就有了一个永不过时不分地域的主题：所有的相爱都是为了彼此厌弃又不得不一起活下去的痛恨。

真的叫慈悲吗？

——路内《慈悲》

　　第一次读到的路内小说，是《少年巴比伦》，我不喜欢，觉得那是一堆被切削下来的铁皮，虽然柔软得被挤压成了立方体，却尖锐、冰冷，有一股硌人的铁锈味。当然，我个人的感受替代不了专家的评价，《少年巴比伦》单行本出版没多久，我一位做电视剧编剧的同学问我："怎么看路内的小说？"可见，彼时路内的小说已经有了一定的江湖地位。那么，我是不是应该回答"还不错"以示我不会看走眼？可是我的回答还是"不喜欢"。后来，《少年巴比伦》和路内的其他两部长篇汇成了"追随三部曲"强档推出，也没有能吸引我去阅读《少年巴比伦》以外的那两部。

　　路内的《慈悲》，我却在第一时间就读了，因为，它刊登在2015年第3期《收获》杂志上。这些年《收获》杂志的质量每况愈下，但因其已是我为自己保留的唯一一本文学杂志，所以，每一期读完以后恨归恨，但还会接着读下一期。

　　没读几页，我就感觉相比《少年巴比伦》，《慈悲》的叙事有了很大的变化，不再是尖锐和冰冷，而是冷傲的笔触深处，暗藏着作家热切的期待。是不是相对《少年巴比伦》，《慈悲》所讲的故事要仁厚一些？不！《少年巴比伦》是个体与社会激烈冲突后发生的故事，而

《慈悲》讲述的是群体在一个特殊年代里集体迷失的故事，说到撕裂带来的剧痛，《慈悲》要比《少年巴比伦》更能让读者痛彻心扉，奇怪的是，读完《慈悲》，却让我有一种坏情绪喷薄而去以后轻松无比的好感觉。

掩卷，我怀疑我误读了路内的新作《慈悲》，因为小说中说及的人说到的故事没有一个不荒诞得叫人痛心疾首的，比如，让故事开始于大饥荒中；比如，明知道从苯酚车间退休以后没几年都要因为癌症而死，这家地处江南小镇的化工厂的工人们却为了一瓶牛奶和补贴，都争先恐后地想要去那里；比如，为了每个月的那一点点补助，朝夕相处的同事可以处心积虑地下你死我活的毒手；比如，恨一个男同事可以恨到抓住把柄就将其往死里打、打不死就想方设法送其进监狱；比如，恨一个无以为生不得不出卖肉体的女同事可以恨到逼其自尽……近半个世纪过去以后，我们通过路内的小说回望1970年代发生在中国江南小镇一家化工厂里的悲欢离合的故事，心惊肉跳之余不得不承认，路内没有夸饰。既然说了一段能让亲历者痛心疾首的往事，作家何以将其名之为"慈悲"呢？没错，宅心仁厚的水生在小说的结尾处与失散50年的弟弟云生重逢，此时，云生已做了和尚，而水生敢于确认眼前的和尚就是弟弟，是因为云生头顶的七个香灰洞是他们年幼的时候，他们的爸爸失手用七粒滚烫的炒黄豆烫出来的。意思来了，头顶七个假香灰洞的云生居然做了和尚，始于大饥荒时期的荒诞并没有随着经济高速发展而偃旗息鼓，这，不是与小说的篇名"慈悲"更南辕北辙了吗？

真的叫慈悲吗？读罢《慈悲》以后的数天里，我一直在想：路内为什么要让这样一部内容沉重的小说顶一个叫人感觉非常宽厚、温和的名字？

　　万方编剧，蓝天野、李立群主演的话剧《冬之旅》正在本埠被热烈追捧。是一个什么样的故事呢？"文革"中的受害者和加害者而今均已迈入老境，两人相遇后从互相猜忌开始进入到共同的忏悔中……

　　我像是找到了路内要将新作命名为"慈悲"的原因了。

　　始于1950年代的政治运动固然让许多无辜者成了受害者，但也让一些人成为加害者。开始清算的时候，不少受害者原本是要让加害者血债血还的，就有了"文革"结束时众声喧哗的伤痕小说。从1950年到2015年，我们用半个多世纪的时间发现，一场政治斗争偃旗息鼓以后，我们总是忙着甄别谁是加害者谁是受害者以示正听，这种方法并不能阻止下一个加害者出现，甚至，下一场政治风暴来临后，我们发现，一些加害者和受害者已发生身份转换。可见，一味追责加害者并不能让"受害者"一词绝迹。路内将一个残酷的故事冠名为"慈悲"，大概是想以此告诉众生：苦海无边，且慈悲为怀吧。

你写了什么？我读到了什么？

——陈丹燕《和平饭店》

　　小时候牵着大人的手逛南京路，总是从和平饭店这一段开始。总是要仰头看一眼这和平饭店，心里想的是：里头有什么呀？后来，大概是 1990 年代吧，有机会进去吃了一顿饭，饭毕骑车回家，明明一个大土堆在前，愣是看不见，摔了。那是因为还沉浸在和平饭店的气氛中回不到现实所致。可是，从建筑到摆设乃至提供的服务都非常老旧的和平饭店，到底氤氲着什么样的气氛叫人一见倾心？很难说清。

　　于是，很期待陈丹燕的《和平饭店》。

　　搜索了一下，发表在《收获》杂志上陈丹燕的长篇小说《和平饭店》原名《成为和平饭店》，那么，我的下意识是对的：作家是想以和平饭店为主角，写一部和平饭店的……什么呢？一个人是成长史，一家饭店应该是变迁史，对吗？

　　陈丹燕赋予这部作品的另一个新意是：非虚构的上海。很奇怪的新意：小说的质地就是虚构，却要在小说的主角和平饭店前添加一个限定词非虚构，成品会是什么模样的？

　　乱云飞渡，是我读完以后的直觉。

　　乱在，作家为了避免将一家饭店的变迁史写得像资料汇编，特意虚构了出没于和平饭店的人物。是的，因为夏姓一家、阿四、季晓晓、孟建新等以各自的身份和目的或坐定或穿梭或逗留在和平饭店，让《和平饭店》显得那么有声有色。特别是那一场名叫贝拉·维斯塔的舞会，也许它真的在1980年代的和平饭店上演过，但是，已经成为纸上呆板的事件记录只有经过了陈丹燕的妙笔，才灯红酒绿、纸醉金迷，爵士那特有的醉生梦死的劲头才能跃出纸面随陈丹燕的文字一起回荡在我们耳边。同样由扁平变得立体的，还有夏姓一家、阿四、季晓晓和孟建新们。在陈丹燕虚构他们之前，他们从来不曾踏足过地球，更不要说和平饭店了，是陈丹燕让他们变得好像与我们擦肩而过那般亲切，让我们读着为他们唏嘘、感慨、期许和莫名，读者因此与他们恍若隔代或同代人。但是，陈丹燕不希望读者像阅读传统小说那样完全"沉沦"于小说的情节或者人物的命运中，她技术性地、毫不留情地将读者与这些人物间离开来，明确道：夏姓一家带出的是由华懋饭店到和平饭店的变迁、阿四承载的是砸烂到重树和平饭店的变迁、季晓晓接续的是今天到明天的和平饭店的变迁，而孟建新，这个最让我把握不住的人物，作家赋予他的身份是历史学家，无疑，他应该是连缀起由几个人物分述的和平饭店的变迁史，可是，他没有完成作家对他的期待，于是，小说的最后一章让孟建新和太太琪琪住进和平饭店，就有些乱了章法。

不理解，是一种乱。《和平饭店》还有一种乱，是理解的乱，亦即作家为了兑现"非虚构上海"的承诺，引用了从华懋饭店到和平饭店的数量不在少数的资料，包括文字和图片。它们穿插在夏姓一家、阿四、季晓晓和孟建新出入和平饭店的情节当中，虽说有"纪念碑"三个字明示着，这种割断故事连贯性的写法，读来真是一个乱，乱云飞渡。

乱着，我还是蛮喜欢陈丹燕这部作品的，因为她让我这个生于斯长于斯的上海人多少了解了和平饭店，更重要的是知道了了解和平饭店的意义——上海史当然是一种宏大叙事，可是，宏大叙事没有了和平饭店变迁史这样的细节缝合，百年千年以后的人们看上海，会多么无趣？好比，宋朝因为《清明上河图》才喧哗；好比，宋朝因为《东京梦华录》才躁动。

过去的闪失如石块

——方方《琴断口》

心理治疗有一种方法，专业的称呼叫暴露法。

读罢方方的小说《琴断口》，明明知道它是故事，是喜欢把玩文字的作家虚构出来的，但还是忍不住替小说中的人物杨小北和米加珍想一想另外一种结局的可能：假如他们去心理咨询中心寻求帮助，也许他们这对至情至性的夫妻能够白头偕老。

在杨小北还没有闯进米加珍的生活之前，米加珍是蒋汉的女朋友。蒋汉从来没有让米加珍怦然心动过，却因为是两小无猜就这么你侬我侬着。杨小北来了，才见第一面，米加珍的心弦就荡漾了一下，而杨小北呢？觉得这个像黄蓉的女孩简直就是老天让他到这个名叫琴断口的地方来的唯一目的。踯躅再三，总是要了断的，在得到米加珍的允诺后，这个雪后初霁的清早，杨小北约出蒋汉准备摊牌。怎么想得到，他们的必经之路白水桥在雪夜崩塌。第一个猝不及防掉进白水河的杨小北幸运地没有大碍，随后而至的蒋汉因为一头撞在了河里杨小北的摩托车车把上命丧黄泉。蒋汉的死成全了杨小北和米加珍的婚姻？不！他们刚刚起航的婚姻生活总是夹杂着蒋汉的朋友、亲人以及同事和邻居甚至米加珍亲人的飞短流长。这些议论，如同米里的砂粒，钝钝地硌疼了杨小北和米加珍，最后，这对相爱着的夫妻只得天各一方。

于是，就有了接二连三的质问：如果不是杨小北的约见，蒋汉不会那么早去白水桥；如果第一个摔下河去的杨小北像后来的马元凯那样摔折了腿还在桥上警示后来者，蒋汉不会死；如果不是杨小北硬生生地插进米加珍和蒋汉的生活，与米加珍一起幸福着的就是蒋汉……这一个个"如果"，无非是在替方方自问：过去的闪失积压在当下生活中的石块，推得开吗？

方方觉得推不开，才有了杨小北和米加珍的劳燕分飞。

可心理学说，可以。上课的时候老师曾经给过我们一个案例：一位女士患有场所恐惧症，且这场所比较特定，就是井式电梯。女士从不能乘电梯到不能看到电梯到不能想电梯到不能触碰跟电梯相关的物件，偏偏女士的办公室高高在上在写字楼的 32 层。难道为了这个难以启齿的理由辞了工作？她去心理咨询室寻求帮助。心理咨询室开出的方子逆着我刚刚列举的女士恐惧的梯度而来，先让她不害怕跟电梯相关的物件，然后是……这就是暴露疗法。

当时，我觉得所谓的暴露疗法一定能药到病除，现在，我疑虑道：世上没有无缘无故的恐惧，女士究竟为了什么而害怕电梯？如果她害怕的缘由跟杨小北与米加珍的婚姻一样有原罪横亘在里面，暴露疗法还有用吗？

虽然情节设计得过于匠心，但是，方方通过《琴断口》提出的问题还真是一个问题。杨小北和米加珍最终无奈分手，说明方方找不到那个问题的答案。无解，应该是最狡猾的问题的结局，那就让我们小心翼翼地绕开那个问题吧。

深藏的市井里巷的野心

——方方《万箭穿心》

　　像李宝莉这样的汉口女人，长得一副好脸盘又有什么用呢？还不是在汉正街讨生活！先是替人看摊卖袜子，后来干脆用一根扁担挑起了一家人的日常生活。方方给李宝莉这样的女人立传，篇名叫《万箭穿心》，即便是万箭穿心之痛，也是缺盐少油的痛，不是吗？你如果这样判断方方这篇小说，也是没有错的，那缺盐少油的痛呵，李宝莉先是跟丈夫、儿子蜗居在破屋子里，总算丈夫以厂办主任的身份分到一套二室一厅的房子，她也打算收敛收敛蛮妇的做派跟丈夫好好过日子，可是，丈夫却提出离婚。胶着中，丈夫偷情一事被李宝莉逮了个正着，正无可奈何之中，丈夫又被通知下岗在即。双重打击之下，丈夫选择了自杀。失去了丈夫的李宝莉要养儿子还要养一对前来投奔儿子的公婆，方方让刁蛮的李宝莉的性子发生了巨大的转变，在母亲一个"忍"字的教导下，李宝莉温顺地用一根扁担奉养起公婆和儿子，直到儿子以出色的成绩考上大学。

　　如果仅仅是这样一个故事，方方把李宝莉的"传记"叫做《万箭穿心》，是不是有言重的嫌疑？在方方的思想里，叫李宝莉万箭穿心的，是儿子马小宝对她的仇恨，这种仇恨不是别转头去不愿多看一眼的小孩子的仇恨，而是把妈当成赚钱机器压榨着却不肯开口叫一声李宝莉妈的那种仇恨。这孩子怎么啦？

我也是把小说读到马小宝声泪俱下地跟李宝莉摊牌的时候，才恍然大悟方方在小说前端系起来的死扣分量有多么重。这个死扣就是当李宝莉跟踪到丈夫在旅馆跟人通奸时，打了110举报他们在卖淫嫖娼。

卖淫嫖娼与通奸的区别在于前者有金钱交易，可对于妻子来说，都是丈夫与别的女人有了苟且之事，愤怒之下，李宝莉下意识地采用了大义灭亲的手段。也许过分了，那也是尺度上的偏差，在婚姻道德这一底线上，李宝莉没有错。所以，在方方笔下，李宝莉从来没有令人讨厌过，是她那总是对她冷眼相待、总是拼命地挤压她让她不得不卖血最后还把她赶出家门的儿子马小宝，常常让读者觉得不可理喻！

这恐怕才是方方动笔写这篇小说的真正意图：我们习以为常的思维、行为其实是违背人伦和人性的，倒是那些在我们看起来冷若冰霜的邪门思维、行为，也许能够把业已走到岔道上去的人们拽回来。万箭穿心？在方方看来，当沉默的大多数从来没有觉察到李宝莉自然而然的行为其实是违背人伦和人性的，那才是一种万箭穿心之痛。

这不能不让我想起刚刚获得金球奖最佳外语片奖的德国电影《白丝带》。电影从孩子身上追寻纳粹滋生的土壤，亦即盛开在孩子心上的恶之花。

这不能不让我想起正在读的小说《德语课》。画家不能重拾画笔的疼痛，间接地来自纳粹，直接地则来自归顺于纳粹的德国民众。

还有《铁皮鼓》《索菲的选择》……一场"二战"，让有良知的德国人民陷于似乎没有止境的反思中，这种反思，不再将灭绝人寰的

"二战"得以爆发归咎于一个希特勒，而是将让希特勒茁壮起来的德国民众挂到了耻辱柱上。是的，同宗同祖的后人，要迈出这一步，脸上的神色一定是慌乱不堪的，而在跨出这一步后还要一步一回首，对内心的煎熬一定是让人倍觉痛楚的。可是，如此反思对人类却是幸莫大焉，也许，就是因为有了这样的反思，人类将不再重蹈覆辙！

方方这篇小说之所以叫人佩服得五体投地，是因为她把自己的野心深藏在市井里巷中。读《万箭穿心》，你可以当它在叙述家长里短，你更可以通过李宝莉来思考：善于对一些往事集体遗忘，是一个民族的好还是不好。

低到尘埃或高入云端

——孟晖《画堂香事》

　　孟晖的《画堂香事》和扬之水的《香识》，两位女史，廓开了我的历史界限。

　　我的历史，起始于外公朗读郭沫若的《李白与杜甫》给我听，终结于1980年代的大学课堂，所以我的历史是阶级斗争史，是百姓穷煞地主老财恶煞史。后来国门大开历史以其真面目和多样性多姿多彩地呈现在我的眼前，我开始向自己的懵懂宣战。补课的过程中，我慢慢知道大多数时间里历史的主线条应该是波澜不惊的老百姓的柴米油盐。尽管随着阅读的厚度慢慢增加我的历史观有所变化，乍一读到扬之水的《香识》，还是吃惊不小：裙钗曾经这般香艳？

　　裙钗真的曾经这般香艳，除了扬之水的《香识》——摆出真凭实据外，孟辉的《画堂香事》则做了"附录"。

　　同说香事，扬之水用的是真功夫，来龙去脉字字有出处，叫人读着心服；而孟晖，则是通篇巧劲，说香汤、香囊、香扇等等香物无一不归结到具体的人具体的事上，所以后者的文章更活色生香，更加容易让人想入非非。

　　想入非非以后，忍不住要比对我们这个时代的女人与孟晖笔下那个时代的女人。《画堂香事》虽薄薄一本，却跨越了民国的前朝。吃喝装扮洗刷等女人脱不开的日常生活，前朝女人总是数年早考虑，众所周知的就是《红楼梦》里妙玉的那一盏茶。岂知，妙玉的那盏茶不是孤案，杨玉环手肘处的香囊、董小宛做与冒襄的甜品，蔷薇露、荷叶粥、桂花吻……这一切的一切，如今听起来是何等奢华，可这就是前朝女人的日常生活：不渴慕嫦娥，不屈从世俗，踏踏实实地力求完美地过好每一天。

精致的生活。可是，精致的生活是我们定义给前朝女人的，在她们，是日常，对吗？如是，今世的我们活得多么粗糙。要么高到云端，不会烧菜煮饭，不会女红，不会陪伴孩子，甚至，视苍天赋予女人的天然职业为麻烦，视女人的主体生活亦即家庭生活为累赘。或者，低到尘埃，在地铁里嗑瓜子，在公车上嘶喊着打电话，总之，在公共场合如入无人之境……名牌已然成为每一个女人的装饰物或者想要得到的装饰物，精致生活却遥遥无期。

想必，孟晖目睹现世的妇女生活一定感慨良多。在这种时候书写《画堂香事》以及《花间十六声》《唇间的美色》等回望前世女人优雅而精致生活的书籍，仅仅为了叹为观止吗？不错，在这些文字里，孟晖只是客观地用清浅忧伤的文字再现了前朝女人的生活方式。客观总是相对的，再客观，孟晖对前朝女子在云端尘埃之间的人间精细地活着的状态的羡慕之情，总是流露在字里行间。

不像扬之水的书，需要我们阅读时正襟危坐。孟晖的书，篇幅都不大，适合夜半倚靠在床头静静阅读，迷离中混淆了现世和前世，于是，梦里与《画堂香事》中的妙人儿共度香浓岁月，也是未可知的。

一遍遍咀嚼苦果

——野夫《乡关何处》

温婉香甜的文字读多了，乍一读到野夫先生的《乡关何处》，有茫然无措的惊惶。

惊惶，是因为这样瘦骨嶙峋的文字，已经久违。因为稿酬与文字量密切挂钩，因为电脑写作字节可以随便码放擦起来也是须臾之间，现在我们写起文章来已经变得毫无节制，哪有野夫这样的傻瓜，每一个句子都要刀削斧劈，只剩下白森森的骨头纵横交错出读后叫人悚然又叫人肃然起敬的文章。

惊惶，还因为野夫先生所写，都是无以在心里消磨掉的那些人那些事。美好的往事或者与你共度好时光的旧人不记得也罢，幸福的记忆大致相同。独特的是，野夫先生经历过的那些苦难，那些读后足以让人惊惶的苦难。

环衬上介绍野夫先生，说他的家乡在湖北省恩施地区。那一片穷山恶水，我在 1998 年去过。高寒，所以常年的蔬菜是卷心菜和土豆，所以孩子们的饭盒里永远是土豆和卷心菜。又因为都住在大山深处，孩子们一旦上学都要带足一周甚至更长时间的饭食，遇到夏天，铝饭盒里的菜和饭都有浓烈的馊味了，他们为了果腹不得不将变了味的食物吞咽下去。他们集体宿舍里的床铺"苗条"得无法辗转反侧，他们的卫生间就是一个大粪坑上拦腰搭上几块木条……我所见识的野夫家乡的状况依然艰难如是，还能苦情到哪里？野夫先生在他的《乡关何处》里所描述的，一次次地撞翻我的底线，将我关于苦难的界限越推越远，直到遥不可及。

《江上的母亲——母亲失踪十年祭》：一个女人，遭受过怎样的不公才会在晚年作出自沉长江了结一生的选择？野夫先生的笔犹如刀，满篇呐喊满篇血。

《坟灯——关于外婆的回忆点滴》：不忍卒读的是，迈入老境的外婆却要受作者的牵连风餐露宿，野夫先生写来将自己不能屈服于权贵和无法庇护外婆的挣扎，表达得叫人伤怀。"这次第，怎一个愁字了得"，是易安居士的伤感；这次第，怎一个欠字就让人释怀，是野夫先生写满十页都不能消解的对外婆的抱憾。那些无以平复心绪的文字，在野夫先生的这一篇里，如泣如诉。

《大伯的革命与爱情》：这样的故事就是野夫先生写来，也有老生常谈之感，读着读着还是沉醉其中不能自拔。

《乡关何处》，如要比喻，就是一颗苦果。"文革"结束至今已近40年，控诉啊忏悔啊，这样的文字已经难以计数。2012年，野夫先生为什么要出版这样一本书？我们又为什么要一遍遍地咀嚼苦果？结束了才30余年的中华民族的大劫难"文革"，我们中有些人就已经忘记了它的丧尽天良、它的惨绝人寰，继而，沉渣开始泛起，叫嚣时有耳闻。我们怎会不需要野夫先生这样的书来提醒我们，那是一场怎样的灾难！

人人都说小白好

——小白《表演与偷窥》

出版界的朋友戏称自己已从脑力劳动者华丽转身为体力劳动者，标志是出版物以日新月异的姿态在实体书店和网店呈激烈的后浪推前浪之势。如此，一本书能够在繁多的最新出版物的丛林中跳将出来，天时地利人和三条件中，总有一条正起着作用。

小白的《表演与偷窥》，甫出版就引起了我的重视。暗忖其中的因缘，像小白这样的作者，拽的是众人迷糊唯他独晓的抑或高端抑或隐秘的学术，论天时，对他的关注似乎可以放到一年四季甚而是任何年景里，天时一说实在难以将其文字拿来应景；论地利，《表演与偷窥》由上海译文出版社出版，原创的《表演与偷窥》偏偏在以出版译著见长的上海译文出版社出版，地利一说实在牵强。那就只剩下人和了。

确确实实特别人和，书还在印刷厂里，微博上已涌动起一波又一波说《表演与偷窥》的热潮；书还在运往实体店和网店的路上，微博上涌动的说《表演与偷窥》的，简直可称是狂潮了。一本书催生的潮流到了巨浪级，不在于弄潮人的多寡，而在于弄潮人的级别，一个个不是著名作家就是著名学者，能不叫人向往《表演与偷窥》吗？

在我，很快将《表演与偷窥》收入囊中，还因为我曾经是《万象》杂志的忠实读者，陆灏老师参与编辑的该杂志，我悉数收藏着，所以，小白先生以《表演与偷窥》一书中文章的文风初登大众媒体时，我是他坚定的粉丝，而后《好色的哈姆雷特》出版，明明大部分篇什都在《万象》出现过，还不辞辛劳地从网上下载后打印装订成册；等到书正式出版了，还是不假思索地买了一本自己读还借给别人读，理由只有一个，真心喜欢，喜欢作者能将我们难以启齿叩问方家的其实涉及人之初的要命学问，用色彩艳丽的文字轻松而又矜持而又温文尔雅地呈现在白纸黑字以及彩图间，于是，灰色地带从经年的蒙混状态中经由小白的"洗涤"，白是白黑是黑活泼泼地见了天日。

《好色的莎士比亚》带给我的阅读痛快，并没有重现在《表演与偷窥》中，所以这本书的阅读延延宕宕地一直持续了半个多月，读着读着就仿佛在推一辆撒了气的重型卡车，推不动时会到网上去找该书的书评，很少，只有于是的《色情可叙述，爱情需反讽》和蔡逸枫的《反讽的隐喻》，以及黄昱宁的编后记《写作是思维的运动》等十余篇。查一查这些书评的作者，专栏作家、翻译大家、资深编辑……把这些书评一一读过之后，我找到了推不动撒气车子的原因了，功力不够。

是的，功力不够。比起那些不遗余力地向公众推荐《表演与偷窥》的作家或学者，我的能力只能望他们项背，服气之后，想问一个问题：小白只为著名作家和学者们写作吗？那么，人人都说小白好，我谓小白太恃才了，你看，他总是在字里行间抖出一串外语后潇洒离场，扔下读者挣扎在他的语境里不明所以。

这样不顾普通读者反应的写作，到头来会不会变成高级知识分子的兀自狂欢？也是可贵的，为读书园地增添了一朵奇葩，是吗？

纤柔女子的如椽大笔

——齐邦媛《巨流河》

阅读齐邦媛先生的《巨流河》，是应该焚香净手的。读到一半不得不外出数日，又丢不下这本好书，只得带它上路。飞机上读、车上读、宾馆的床头灯下读，就要读完时，竟舍不得起来。再放慢阅读速度，也终有读完时，此时，这本书已经面目全非，旧了。

千字博文，只能选取一个角度说说《巨流河》，我倒为难了：是选择齐先生与张大飞"不言相思却尽是相思"的无果之恋呢？还是选择战乱中齐先生追随朱光潜不离不弃英国诗文的一往深情？是选择齐先生一路追随丈夫只在主妇生涯间隙去成就名山事业的美德呢？还是选择她作为老师一辈子兢兢业业于授业解惑的勤奋？

作为东北著名将领齐世英的女儿，她是如她的同学杨静远先生那样将一生的概述局限于父母的苦难史呢，还是如某些畅销书作家那样将满腹的怨愤悉数倾倒？在读《巨流河》之前，我遇到过不少推荐这本书的微博、帖子、书评，竟然没有读到一个"不"字。在口沫横飞的当下，这样的一致真叫人称奇，《巨流河》好在哪里？《巨流河》好在齐邦媛先生的文字始于小女子的视角，却不囿于小女子的心性。作为读者，我获得这样的认识，是一个渐进的过程，因为，《巨流河》的前半部说的都是"小我"，我的出身、我的成长、我的逃难、我的求学、我的家庭、我的男女朋友……书的后半部应该从齐先生踏上台湾的土地开始的。我以为齐先生写自己在台湾由繁花到静叶的过程，应该更着迷于一个"我"字，比如，我的丈夫、我的孩子、我的好友、我的学生、我的教书轶事……这些"我的"，都有，只是，进入下半部后齐先生的文笔摇身一变，变得气吞山河起来，那些我喜欢阅读的"我的"，镶嵌在了如下台湾大事记中：

齐邦媛先生踏足的台湾，还在凋敝中，贯通铁路成了台湾经济振兴的首要条件。齐先生的爱人罗裕昌是铁路工程师，作为罗太太，齐先生除了随时打点行装追随足迹由台北到台中、又从台中到台北的丈夫外，还见证了台湾的铁路是怎么从几近没有的弱小到强大的过程。彼时，齐先生敏锐的笔触放弃了小女子的惊慌失措而是从容地记录下了经受过台风、暴雨、山洪等自然灾害以及人为障碍后台湾铁路的发达里程。一个与铁路建设毫无挂碍的醉心于英国诗文的女教师，居然因为牵挂丈夫而为台湾的铁路建设留下了个人记录，其作用有多大，我们远离台湾、不懂台湾的外乡人不能置喙，可是，齐先生的文字却因此从前半部的低回沉吟变得健步如飞了，笔底气象因此变得纵横捭阖起来。

所以，看齐先生在主妇生涯的缝隙里如何孜孜以求于学问，我们读到的不是一个人的起飞，而是窥木见林地看到了彼时的台湾对知识的渴求到了何种急迫的程度。我尤其感慨齐先生在国立编译馆任职期间承担编选中学国文教材牵头人时的那种热切。人人知道语文教材对认知渐渐成熟的学生来说意味着什么，但是对语文教材说三道四的人很多，肯厕身其中的人很少，当我读着齐先生为让文质兼备的黄春明的散文《鱼》入选语文教材而激情游说的细节时，我体会到的不是齐先生这一个知识分子的担当，而是一群知识分子的担当。相对而言，台湾是一个文质彬彬的社会，应该是有道理的吧。

齐先生的父亲齐世英先生是参加抗日战争的东北人的领袖，老先生后来被逐出国民党，作为女儿，齐邦媛先生论及父辈的功过得失，有偏有倚应是理所当然。可是，经历过生死存亡的齐先生已然从喜欢哭泣的小女人变成豁达、大度的女性知识分子，她寥寥几笔（也有说法是三联版《巨流河》是删节本）将东北失于日本人、国民党败走大陆等的缘由，剖析得至情至理、落落大方。

这是一本将"小我"完全融化在跌宕起伏的大时代里并依旧能让读者听得到作者心跳的好书。我这个读者却念念不忘书里的小细节。齐邦媛先生是经历过一场欲语还休的爱情的。当然，随着张大飞的为国捐躯，"此曲只应天上有"了。我以为唯其如此，齐邦媛先生的爱情幻想才会更加瑰丽。可是，遇到一个务实的罗裕昌，她嫁了不说，还为他迁徙奔波、放弃学业，为什么？这，就是洒脱吧。

烛光如豆，温暖不弱

——赵越胜《燃灯者》

　　赵越胜先生的《燃灯者》，由两部分组成，《辅成先生》和《聊以梅花分夜永》。其实，两部分可以合一，因为后者是对北京大学哲学系教授周辅成先生学术成就的补记。作为一名功底深厚、一生在哲学领域探究、跋涉、蹭蹬的大家，周先生的学问由他的学生赵越胜通过传记的方式奉献给世人，对阅读者的考验是：初读好像字字懂得，可是一细究起来却是懵懂得不着边际。也是，像周先生这样智慧了一辈子的哲学家孜孜矻矻了一生才修得的学问，哪是我们槛外人一窥之下便能勘破的？所以，读《燃灯者》，体会深的、感触多的是关于《辅成先生》这一部分。

　　还是一篇怀念师长的长文吧？赵越胜亲炙周辅成先生，自己又执着于古希腊以降的西方哲学，并旁及中国古典哲学，多年受教于文质彬彬的周先生，作者的行文典雅且极具韵律感（我尝试过诵读，朗朗上口）。这还是博得读者好感的形式，透过这字字珠玑，赵越胜先生陈述的过往馨香得沁人心脾。其实，《辅成先生》一文的传主与同时代人一样不由自主地陷于 20 世纪中期的蹉跎岁月，由青丝到皓首，一个知识分子的迷惘、愤懑以及悔悟足够赵越胜先生敷衍成厚厚一本大书；《燃灯者》却很薄，薄到我只用了一个上午就通读完毕。但是，消化它恐怕得要许久许久。在这本薄书里，赵越胜先生根本就不舍得花笔墨于他人已说已写事项，而是着迷于自己与周辅成先生之间别样的师生情谊。呈现这种难能可贵的师生情谊时，赵越胜是心有所属的，那就是通过自己与先生之间的故事传播周先生那一代知识分子由修养到学术的馥郁。经过纷乱的战争，经过几十年的苟且，多少如周先生这样的知识分子已经见风使舵或者意志消沉或者安乐于彼时彼刻的大小环境，赵越胜笔下的周辅成先生从来没有放弃过自己的所思所想所执着，思想的火花如烛光，到如今，烛光如豆，却一直很温暖，所以读罢《燃灯者》，我会久久徘徊在赵越胜先生营造出来的犹如《陋室铭》那样的氛围里不能自已。

独特的写法，在意于传主的生平，更在意于传主的思想历程。我们这样的读者得以在阅读时触摸到传主的思想光焰，虽不能至却心向往之。

1975年，阴差阳错，学生赵越胜和老师周辅成相遇在北京一间粉笔灰飞扬的教室里，对两者都是幸运。周辅成先生的满腹经纶需要一个弟子传承，赵越胜先生久居文化沙漠正如饥似渴着。当时，他们两位是否意识到，恶劣的社会环境会玉成一对亦师亦友的朋友？但是，他们一定没有想过赵越胜一丝不苟记录下的当年与先生之间的对谈，数十年后会成为一本温良敦厚的好书。

假设，1977年就读到

——史景迁《王氏之死》

　　错，成就了一桩好事——我说的是前不久因为读史景迁的《前朝梦忆》而发的一通牢骚，惹恼了一个史景迁的粉丝，他非要我读罢史氏写得最好的一本书《王氏之死》后再发议论。

　　《王氏之死》很薄，上海远东出版社出版的这本书，就算加上数量不少的注释和参考书目，也就148页，内容也很容易让人读得飞快。事实上，我读这本书，节奏控制得相当缓慢，用了差不多一个星期的业余时间。慢，是因为读着我不断在想一个问题：既然书名叫《王氏之死》，主角应该是王氏，王氏生与死的背景，1668年至1672年间山东郯城的天灾、乡情、人情世故，倒占了全书的大半篇幅，为什么？答案其实简单。史景迁是一个崇拜司马迁、钟情于中国历史的美国汉学家，尽管替这本书起了一个悲情十足的书名，但，他写作《王氏之死》的意愿，是要写一本特立独行的历史书。

　　读书，其实是一个解扣的过程，解《王氏之死》一书的扣子，我以为从书的末章节《审判》开始，更容易操作：杀害王氏的凶手、也是王氏的丈夫任红伏法→任红杀妻是因为王氏私奔→王氏私奔是因为任家家徒四壁→养不活妻子也不许妻子离家出走是因为郯城忠贞不屈的寡妇不在少数，别的妇道人家能够守得苦日子，王氏为什么守不得→任家家徒四壁是因为郯城农民的赋税太重难以维持生计→郯城遭到的天灾例如地震、蝗灾等加重了郯城在 1668 年至 1672 年间民不聊生的惨境。顺着箭头从书的末节推到前言，其实，"王氏之死"是 1668 年至 1672 年的中国山东郯城地方史。江山可以易主，皇帝可以更迭，远离皇城的一个中国小乡村里农民的日子，大抵如此。

好比中国山水画，一滴墨可以皴染出一幅好景象；史氏笔下的王氏，是《王氏之死》这本好书的墨点，一个贫困农民的妻子，无望的日子曾逼迫她离家出走，可只想图一时痛快的男人迫使王氏不得不半途而废继而引发丈夫的妒火，被丈夫用一根绳子勒死——有血有肉的王氏的故事，不知道要比用干巴巴的说教向非历史专业人士阐述 1668 年至 1672 年中国乡村历史有意思多少！但是，津津有味的阅读过程，一直有疑惑伴随着，以郯城县志、官绅笔记和回忆录以及蒲松龄的《聊斋志异》为资料来源的《王氏之死》，不是野史，但，是信史吗？华东师范大学历史学教授王家范先生在一篇题为《小人物命运背后的大历史：史景迁的〈王氏之死〉》中有这样的评价："历史书既然能这样写，能写成这等模样，对向以拘谨自得的现代中国历史书写方式（包括中学历史课本），是极有鞭策意义的善意警示。"史家好评，打消我疑虑的同时，促我翻检《王氏之死》的成书年代，作者前言落款的时间是 1977 年，那时我小学刚毕业，且不说之前的所有历史知识仅限于"打倒孔家店"以及拜外公所赐知道一点郭沫若的《李白与杜甫》，就是到了中学毕业，历史就是一部阶级斗争史已经深深烙印在脑际，于是，大学里的《中国通史》，要么逃课要么开小差，中国历史的断代年份是这些年才记得明白无误的这一事实，我真是羞于向人道出。如果在 1977 年时就能读到《王氏之死》呢？不容假设。

也不必假设。

与王家范先生有过几面之雅，同时在座的还有沪上好几位历史学的名流，听他们说往事针砭时事，真是趣味得很、深意得无穷，而他们见诸报章的长篇短文，亦是好读与意义共在，像王家范先生的一篇《明清易代：一个平民的实话实说》，读得我错愕半天无以言对，"在中国，这么大的一个国家，这么长的历史，基层民众的生活却往往被排斥在文人写作的视野之外。然而史家若不能全面照顾社会各界、各层次人的生存状态，疏忽了体制操作以及社会实在的复杂性，不能直接触摸与理解民众的生活感受，历史再现往往是残缺不全的，甚至有不少虚假的成分"。如此灼见，为何就不能照进历史教科书？

所以，假设我在 1977 年就读到了《王氏之死》，又有什么意义呢？

何处是彼岸？

——林文月《三月曝书》

是冲着《三月曝书》这篇主打文章买下林文月的《三月曝书》的，读后却更喜欢《J》《A》和《一位医生的死》。三篇长短不一的文章讨论的话题一致：以怎样的态度看一个人跨越生死两界。

《J》：J 是退了休的美国护士，以一技之长做一份家庭护士的工作。与作者相识是因为作者丈夫弥留之际 J 给了作者一家温婉的帮助。一个没有新意的故事，可是，读到"J 用三只手指按在丈夫颈边的脉搏，宣布：'他过去了。'然后，看看手表，告诉我们：'四时十八分'"。我的心情如作者描述的彼时彼刻的天气，阴沉起来，可很享受，触动了我内心深处那块叫悲悯的情怀，让我看见自己的灵魂飘飘忽忽地奔向了纯净处。

《A》：一个俗之又俗的婚外恋的故事，尽管男女主人公是日本人，又有什么可稀奇的？可是，经林文月隐隐约约地一评判："我不知道自己还有多少年岁可以活，我只知道今后的日子，将会很苦很苦，而且很孤单，也许是罪孽的补偿吧。这残身，我将承担一切，为自己过去的罪孽偿债。"看似 A 因为丈夫的猝然离世唤醒了她的耻感，不，是作者敞开的耳朵和心扉，叫醒了 A。作者的救赎让我感受到了彼时的阳光洒在了此刻我的心田里，身心因此透爽起来。

《一个医生的死》，读过之后最让我不能忘怀。都翻过去好几十页了，却无法不回头再读一遍。"他只是站在病床的另一边默默与我相对，悲悯地陪着我俯视沉睡似若婴孩的父亲，口中喃喃：'怎么办？怎么办？'"就这"怎么办"简简单单的三个字，感动得我热泪盈眶。医生的职业服装是白色的，谁规定的？也许白色看起来很洁净吧，可白色看起来也很冷漠呀，所以，我们已经习惯对面的医生冷若冰霜地问诊写处方，蓦地在文字里遇到一位医生能在医学束手无策的时候懊丧得顿足，真是感慨。林文月只是将父亲病重时遇到的一位充满了人文关怀之心的医生如实地记录了下来，她能预见多年后一篇朴实到连她最喜欢的古诗都不曾引用的短文，很深很深地打动了一个读者？尤其读到医生自己罹患癌症撒手而去时，世事无常的无奈感充填了我的全身外，更将我引入深深的思考：人为什么要活？活着又为什么？虽然，这千年难觅答案的命题一如既往地难倒了我，可是，原本是用来消闲的书，却让我沉湎于思考中，这意外的收获真叫人莫名惊喜。

每一个能到这个世界上走一遭的人，幸运之神把千朵万朵美丽的花撒在了他（她）的头上。唯其如此，人的一生注定要在一大堆清规戒律中活着去对等你因偶然而降生的幸运。像J，那般仁慈，却成了弃妇，纵然有服务于病人得到的慰藉可以抚慰自己被撕裂的心和肺，触不得的疼痛还用人提醒疼痛是在的吗？像A，那般聪颖却要跌入错爱的泥淖，纵然有短暂的情人之爱带来片刻的欢娱，假装体会不到的羞耻因为假装就不存在了吗？像医生，一个完美的人了，却要为面对病人孔武有力而自责！所以，死又算得了什么？死实在是因为偿还了今生今世所得的恩惠后去他世界享受更美好的人生了，如果彼岸的生活我们暂且可以称之为人生的话。彼岸到底在哪里？彼岸到底有什么？什么样的人才能到达彼岸？诡谲的一个个问号，吸引了多少智慧的人要去打开，可是，问号就像一把把密码锁，谁都不知道密码被谁收藏着，所以我们乐此不疲地来到这个世界，又充满好奇地长大成人，然后期许问号被打开。那个困扰我孩子的问题经他一提醒我觉得也是困扰我的问题：为什么第四维是时间？这第四维为什么跟其他三维那么大相径庭？从 A 到 B 的直线可以从 B 回到 A，为什么时间就一去不复返了呢？

也许，为什么时间是第四维的问题得到答案的那一天，我们也就看见彼岸的样子了，那也就是我们懂得死究竟是什么的那一天。释迦牟尼一定是见识了彼岸，所以，佛说苦海无边，要修行。

张荫麟何以成绝响？

——张荫麟《中国史纲》

以 37 岁英年谢世的张荫麟，用半部《中国史纲》在士林赢得盛誉。"张荫麟先生，史学家也，亦哲学家也。其宏博之思，蕴诸中而尚未及阐发者，吾固无从深悉。然其为学，规模宏远，守一家言，则时贤之所夙推而共誉也。"是张荫麟的同代大学问家熊十力的赞誉之辞。这以后，张荫麟虽湮没于流俗中，但终被识得他的方家仰慕。华东师范大学历史学系的教授王家范在论及《中国史纲》时如此评价："……惊羡它的文笔流畅粹美，运思遣事之情深意远，举重若轻，在通史著作中当时称绝，后也罕见。"

王家范先生所言极是。半个多世纪过去了，除了钱穆先生的《国史大纲》能与之比肩外，专门写给中学生阅读的历史教材，无出其右者。著作如此，人亦然。以短暂的 37 年人生就博得后人难以企及的学术声望的，张荫麟后寂寂也。

张荫麟的生卒年份是 1905 年和 1942 年。我们在追问那个年代能出一个张荫麟而现在却无英杰辈出前，不妨翻检一下张荫麟所以能成为一代史家和哲人的原因吧。

王家范先生在他的《张荫麟和他的〈中国史纲〉》中有这样的表述："近代以来，人才成群蜂拥而起，明显有过两个突出的高峰时期。

一是晚清咸、同年间……二是20世纪二三十年代，具现代意义的各种学科相继滥觞，'筚路蓝缕，以起山林'一代沟通中西的学科权威名家大抵形成于这个时期。"所谓风云际会，当指如此情形：才情绝世的张荫麟，在他"思接千里，精骛八极"的鼎盛时期，躬逢中国近代学术史上的最好时期，玉成了他的《中国史纲》。

二是张荫麟遇到了一个大师多为谦谦君子的好年代。有这样一段佳话：有一次，梁启超在中国文化史演讲班上，突然从口袋中拿出一封信来，问听众中哪一位是张荫麟，才17岁的张荫麟立刻起立致敬。原来他写信去请教梁启超前次演讲中的问题，梁启超先生不因张荫麟年少而敷衍他，利用演讲上课的机会，当众答复他。如此大师风范，无意中浇灌了张荫麟心里那块属于学术的沃土。

三是张荫麟家学渊源。年幼丧母让张荫麟的幼年显得窘迫。带着几个孩子艰苦度日，并没有改变其父对他们督学甚严的态度，正是扎实的童子功，帮助张荫麟在16岁的时候就以优异的成绩考入清华学堂，几年以后又以出色的才华考取官费留学美国的资格。

对比张荫麟的成才路，我们大致可以推出时下何以再难出一个张荫麟的原因。

现在的学生家长，朝前看他们见识过读书无用论的戕害，王顾左右他们看到过读书对改变自己命运的作用，所以，他们也希冀自己的孩子能好好读书，只是这读书已是与能否让孩子将来挣到大钱过上体面的中产阶级生活紧密地结合了起来。我就不止一次地遇到过这样的学生：高一时还把历史学、哲学作为今后深造的首选，可到了高三却纷纷"倒戈"到了经济学、国际政治、英语、日语等看似四年寒窗能帮助他们顺利踏上有高额回报的就业岗位的专业。我们无权责怪孩子，但是，最好的学生都逐利而去，期待再出一个张荫麟不就成了空想了吗？

跟大学生聊过学校的课程设置，表示满意的概率低到几乎可以忽略。看看他们的课程表，经济学原理、西方宗教史、哲学、高等数学……蛮弹眼落睛的，可是，细问下来，有些老师要么只管自己的嗜好把"史"讲成了片段，要么敷衍一样照本宣科，要么丢一本吓人的巨著让学生自己啃去——在本科学生的课堂上哪里还见得到教授的身影？就是有教授肯将宝贵的时间"挥洒"到本科生的教室里，假如能遇到张荫麟这样敢于质疑老师的好学生，教授们能有梁启超先生的雅量吗？

现如今正是一个大学数目不断增加、大学不断扩招的年代，标榜一所学校教学质量的论文数字已达海量，可是，谁都知道那是一块浸透了水的海绵，没有多少真东西。如网络世界一般虚幻的学术界，让不少已小有成就的教授、学者迷失了方向，不要说年少不免轻狂的年轻学子了。与张荫麟所处的年代相比，是什么阻碍了想在当下成就一番名山事业的年轻人？

凡是接触过《中国史纲》的，都知道那是写给中学生的教材。接到这个任务时的张荫麟，已以多篇文章奠定了他的学术地位，但他还是郑重地放下了手头的其他工作，还为此向清华请假两年。想问一下学界名重一时的专家学者，你们肯为区区一本中学教材全力以赴吗？我们无意责怪，毕竟，以一本中学教材被同行和读者不能忘怀的作者，除了需要他的殚精竭虑外，还有诸多因素——不必说，更不必多说。

温而不热地打量这个世界

——斯舜威《关于庄子的五十四种解读与书写》

斯舜威先生的这一本《关于庄子的五十四种解读和书写》，是众多由庄子及自己的读本中的一种。既然能够在汗牛充栋的解读庄子的书籍中占据一席，这本书的别具一格在哪里？我在阅读的过程中一直在问自己。

加上原典注释，斯先生在书中提及的古人不下百位，而让我一读难忘的例子，皆与诸葛亮有关。

《觉而知梦》里，斯先生这样一笔带过诸葛亮：读《三国演义》，诸葛亮高卧草堂时的一首"大梦谁先觉，平生我自知。草堂春睡足，窗外日迟迟"让人备受感动，觉得诸葛亮果真是一位高人、通人、达人。然而，令人遗憾的是，就在他伸个懒腰，吟罢此诗之后，他就随刘备出山，做大梦去了。自此，一直生活在梦中，直到五丈原"鞠躬尽瘁，死而后已"，仍依然身在梦中，没有醒来。

《自适其适》一文已可结尾，斯先生却宕开一笔：诸葛亮如果为自己而活着，远不如在卧龙岗做一个散淡的人更逍遥自在，他后来则是为刘皇叔而活着，为所谓复兴汉室而活着，他就无法以自己的快意而快意……

我想，所有随我读过这两段引文的读者已经了悟，为什么斯先生笔下的诸葛亮会给我留下过目不忘的效果，因为，他颠覆了始于罗贯中的《三国演义》而来的民间对诸葛亮的评价，亦即诸葛亮已经从一个为国家大计殚精竭虑的丞相，苦涩地转身为一个为了所谓的复兴计划而遗失自我的短视之人。

斯舜威的新著不是为解读诸葛亮而写，在这本阅读庄子心得的著作中，诸葛亮只是作者信手拈来的两则例子中的主角，但他将诸葛亮引入书里的路径，多少泄露了他撰写此书时特别的心境：知天命之年，原以为在自己熟稔的领域里还能更上层楼，但"莫须有之故"让其事业戛然而止——所以，斯先生书中两处让诸葛亮出场来反证庄子"觉而知梦"和"自适而适"之人生观的高端，无非是在自嘲五十岁前对名和利的孜孜以求，是多么浅见！

除了《觉而知梦》和《自适而适》，这本书中，斯先生其实都在检讨自己在大梦未醒之前的作为多么令己痛心疾首。关于庄子，无须斯先生过多解读，这个超凡脱俗的古人已经被今人贴上"处江湖之远"绝不"忧其君"从而自在逍遥的标签，斯先生又是在自己仕途不顺之时再读庄子后写下的感悟，不免让读者产生这样的读后感：如果将人对社会的关注度用温度来测量的话，《关于庄子的五十四种解读与书写》传递给我们的温度，是温暾的。也就是说，在庄子的启迪下斯先生觉得个人与这个热火朝天的社会当保持应有的警惕，决不能为了看似荣耀的权利忘记了自己来到这个世界上的初心。由此，我对这本书是不是适合所有年龄段的读者来阅读，产生了疑虑：如果一个刚刚走出校门的读者遇到斯先生的这本书，并认同斯先生的观点，觉得诸葛亮被三顾茅庐的刘备一蛊惑离开了卧龙岗是误托了终身，那么，他们会不会因此淡漠于自己所处的时代、为自己成为一个彻头彻尾的宅男或宅女找到了理论依据？然而，斯先生在本书序言中所言"老庄所提倡的'天人合一'、'清静无为'等思想应对现实社会有着极重要的意义，因而说，他们是积极的，最大的'积极'，便是顺势而为，因势利导，道法自然。他们找到了人与大自然保持和谐关系的途径，这途径，也同样适用于处理人与社会、人与人之间的关系"，这与其在正文中一再流露的对大梦不醒的悔意之间架起了一座逻辑之桥：斯先生认为诸葛亮随刘备出山想成就一番事业本身没错，错的是他在天时地不利人不和的前提下霸王硬上弓，落得个"鞠躬尽瘁死而后已"的结局，也是因为没有读通老庄"道法自然"而致——这就是斯先生的温暾，温而不热地打量这个世界，然后，找到适合自己的通途。这样说来，对已经被"创新"一词鼓噪得热血沸腾的人们来说，此书无疑是一帖清醒剂。

却还是会错了意

——扬之水《诗经别裁》

《硕鼠》《伐檀》，这些就是我的诗经。当然，还有《蒹葭》，那是在《硕鼠》《伐檀》以后很多年，随着琼瑶的言情戏码进入我视野的。可是，趋利避害是人特别是我这样的懒人的本能，"蒹葭苍苍，白露为霜"与"绿草苍苍，白雾茫茫"相比，哪个更容易入脑？毫无疑问。更何况，后者还有曼妙的曲调伴随。

其实，诗三百都有曲调，扬之水女史在她意外畅销的《诗经别裁》中有这样美妙的钩沉："《诗经》不仅是美的文辞，而且是美的声乐，故它既是文典，而又可以作为'乐语'，作为'声教'，为时人所诵之。"只是，时光流转战火频仍以后，比孔子都年长五百年的《诗经》终于只剩下文本了。文本，冠之以古典以后，常常叫人不敢亲近，如果不是因为最近痴迷于扬之水这个名字以及名下的所有书籍，我会如此沉潜于《诗经别裁》中吗？

所谓沉潜，是这样的：每天阅读时间开始之际，理清书桌，只一本《诗经别裁》和一本《现代汉语词典》，先疏通文字，然后拜读扬之水关于诗的美文。每天两首，长亦如此，短亦如此。《诗经别裁》，按照扬之水的选择原则是"刚刚完成一本《诗经名物新证》，故凡彼处谈及者，除《七月》一篇之外，此中一律未录。……二则有不少非常喜欢的诗……令人怀疑我们是否真正了解和理解了诗在当时人心目中的地位，是否还能够真正领悟诗所要告诉人们的东西。此际又不仅仅是心知其美而口不能言，便是连'知'也是朦胧的。因此我觉得需要为自己留下更多的思索的余地"。在此原则之下，《诗经别裁》总共选诗47首。对照作者的选诗原则，我们怎么理解这47首诗的难度？应该是诗三百中相对易读的篇章，我却读得磕磕绊绊，几乎每一首都有我读不出来的字；还有多首，能通读了，却不懂得诗想要记录什么事情或者什么情感。惊恐之下回忆大学期间老师讲"中国古典文学"的时候自己在干什么？没有痕迹，只记得雪天里趁着老师背转身板书的时候，将课间捏得的雪球飞向远处同学的脑袋。恨自己无知，还恨没有人提醒自己趁着青春年少要读诗，更恨在自己最渴望阅读的时候被时代潮流裹挟着去读了《金光大道》《艳阳天》……却要在人到中年之际补课去触摸中国文化初萌时的情态！这时候随着方家进入诗境，绝望随着惊喜接踵而至，原因是早在《诗经》的时候，他们已用寥寥数语将人间的七情六欲均写到了极境，怎么就极境了？读原诗；为什么说到了极境？读扬之水女史的"别裁"。我怕自己一说就错。

已经说过，唯有《七月》是扬之水女史在两本著作里都选用的。为什么？因为实在是佳构。"'七月在野，八月在宇，九月在户，十月蟋蟀入我床下'，这是《七月》中的神来之笔，也真想说这是《诗经》中最好的一句。"汗颜的是，我却一直以为《七月》中最出名的一句"七月流火"是形容极热的天气，其实不是，是"暑退将寒的时候"。检讨至此，恨意又生。

谁有扬之水女史的学养和笔力？

——扬之水《无计花间住》

读过一本《香识》、半本《曾有西风半点香》后，突然读到《无计花间住》，天上人间啊！只不过扬之水女史笔下，天上是仙境，人间亦是天堂。犯难的是，《香识》《曾有西风半点香》这样的名物研究以及依恋于宋词的《无计花间住》到底谁个是仙境谁个是天堂？思忖半日，《无计花间住》更具烟霞的瑰丽。

读到《"小道"世界》这一篇的时候，雨过天未晴，碧空如洗，微凉的空气叫人神清气爽。电台里正播出胡里奥·伊格莱西亚斯翻唱的爵士老歌《Grazy》，最听不得钢琴和着萨克斯浅吟低唱，要人命地好听！想不到读罢《"小道"世界》——原来有人能为宋词疯狂到比为爱情更疯狂。

说宋词的感性文章，扬之水标题也给得妙，"小道"世界。从"小道"的进口走到出口，惊讶之余，要控诉从中学到大学所受的跟宋词有关的教导，像是文不能文以载道就不能为文似的，明明是欢场的酬酢之作，非要拈出几阕贴上"豪放"的标签才可以放心地撒手给我们，就是易安居士的闺阁词，也要跟亡国之恨牵上干系才罢休。所以，扬之水开篇就说宋词本无所谓豪放与婉约，真正是惊醒了梦中人！清醒着一点一滴地吮吸作者化作一片片短章却饱含深情的文字，慢慢懂得作者在用宋词的肌理将一个个短章连缀成绵绵不断的关于宋词的情思。不讲章法，恰恰是情思涌动之下来不及谋篇布局，所以字字珠玑，叫人舍不得读罢一章迅速地进入下一章。

还是迫不及待地读了下去，结果，15个短章很快就读到了结尾处。按照《无计花间住》的安排，我应该读《有美一人》和《采蓝集》，可是不，回到书的开端再把《"小道"世界》读一遍。

案头书籍堆积如山，已经很少有工夫短时间里重读一本书了。闭卷思量，关于宋词，近些年读过的著作不在少数，其中不乏大家之作，却没有哪一本如《"小道"世界》那样刹那就击碎了我的理智，只愿意沉湎于扬之水构造出来的宋词世界里徘徊复徘徊。为何？他们在读宋词的时候也许也像扬之水那样感慨万千，可是一旦要落笔为凭，就收拾起独一无二的冲动，只把道德文章斯文地一笔一画写下来。扬之水女史则反其道而用之，只把丰沛的个人感情，诉诸笔端。

可惜的是，《"小道"世界》这样绚烂的文章，像是扬之水女史华丽转身的收笔之作。同一本书里辑录的《采蓝集》，虽也是宋词解读，主要是给周邦彦的词作解读。文妍词丽依旧，饱满的读词私情消退了几许——当然作为集体项目的参与者，"戴着镣铐的舞蹈"也只能"跳"成如此样貌。

《有美一人》一辑两篇文章，是诗文研究转身至名物研究的标志吗？所以收录在《无计花间住》中。与另两部分是否相谐，是另外的话题。只是，能够写出《"小道"世界》这样饱蘸浓情蜜意佳作的扬之水，就此与读者别过，真叫人依依不舍。倒是启迪了愿意在这一路上亦步亦趋的作者，并成就了几个畅销书作家。这些畅销书作家的作品，虽有东施效颦之缺憾，但聊胜于无。又有谁能拥有扬之水女史的学养和笔力？

就是有梦，也是清芬

——潘向黎《看诗不分明》

潘向黎的两本书《茶可道》和《看诗不分明》，一册放在办公桌上，一册放在床头柜上。上班时一张接一张大样看烦了，就《茶可道》几篇，以解躁动；临睡前一整天的俗事压迫得脑袋胀疼，读几页《看诗不分明》后清清爽爽地睡去，就是有梦，也是清芬。

读书，与环境相关吗？我是《新民晚报》多年的忠实读者，虽说该报可读之处日渐稀少，生活习惯不想改变，所以潘向黎的《茶可道》和《看诗不分明》作为专栏的时候就拜读过，因为喜欢，还热盼过它们结集出版。还思忖过，就买《茶可道》。

在书店，看到由三联书店出版的这两本书，被设计成了"孪生子"，开本、封面、装帧成套外，还相互呼应着，《看诗不分明》封面的颜色是《茶可道》的书签，反之亦然。还能割舍《看诗不分明》吗？

幸亏，幸亏。

由专栏到书籍，我的喜欢居然改变了，更喜欢《看诗不分明》。自问，为什么？你读一本书的时候早已不是一张白纸，你会把以前的阅读经验自觉不自觉地融入即将进行的阅读中。我是说，一看到"看诗不分明"这个栏目名，可能我读到的第一篇所及诗词又是我熟识的，还有什么可"看"的？精读完《看诗不分明》，又从头到尾挑挑拣拣地粗读一遍，知道所谓"还有什么可'看'的"是基于《唐诗鉴赏辞典》《中国古典文学选读》《唐诗三百首》等等面目严谨、没有什么个性的读本而言的。

是的，《看诗不分明》的每一篇读诗心得，都明显盖上了"潘向黎"的钤印，学究气，在此类书籍中司空见惯的东西断断不可能出现在《看诗不分明》里，而数年前红极一时的喜欢妄断典籍的那位女作家的随意，更不会出现在《看诗不分明》里，毕竟受过多年专业训练，潘向黎在撰写、编排《看诗不分明》时，不因循历史的轨迹，不膜拜诗人的位尊，而是兴之所至，今天是李杜，明天是《诗经》，看似纷乱的时空倒错中，每一篇读诗所思都是言之凿凿的，且是温婉中的坚定，一本《看诗不分明》真是"乱花渐欲迷人眼"中的"一片冰心在玉壶"。

得益于多年耕耘小说的功夫吧，潘向黎往往数百言中就能写透一位我们认识却形象模糊的诗人，如纠结的柳宗元、旷达的刘禹锡、耿介的王昌龄、情深似海的李商隐……"岭树重遮千里目，江流曲似九回肠""沉舟侧畔千帆过，病树前头万木春""更吹羌笛关山月，无那金闺万里愁""沧海月明珠有泪，蓝田日暖玉生烟"等等诗句后面的诗人，被潘向黎写得，仿佛就在那里正悲着喜着哭着乐着。

读《看诗不分明》的季节，应是"一川烟草，满城风絮，梅子黄时雨"，那年，却因为半个世纪才遇上的长江中下游地区的干旱，使诗里的画意几成空谷足音。幸好手边有一本《看诗不分明》，庶几可帮我重回诗意。

后　记

　　而今，已经年过半百。站在人生的这个点上回看来时路，我得承认，生于 1960 年代中期，是我的幸运。

　　1964 年，我出生在一个大雪纷飞的下午。和那时许多家庭一样，出生不久，我就被无暇照顾我的父母送到了外公外婆家，幼儿的我看见破落地主外公被人推搡到桌子搭成的舞台上，挨斗。他身着深咖啡色卡其布长裤、铁灰布衬衫、腰弯得很深的画面，直到现在都能非常清晰地再现在我的眼前……

　　被发配到点心店做早点和下午点心的外公，因此每天中午有了差不多 4 个小时的休息时间，午饭前他总是牵着我的手从四平路的家里出发，穿过长春路到四川北路，直到虹江路才返回。一路上，外公就指着一家家商店的店招教我识字，喜欢阅读的种子，就在那时埋在了我的心里。除了教我认字，外公还喜欢读书给我听。夏夜在逼仄的小院子里乘凉时，他给我读《李白与杜甫》。他当然知道我根本听不懂《李白与杜甫》，或许，他以在私塾所受教育的经验觉得"熟读唐诗三百首，不会作诗也能吟"的道理不虚？抑或，他只是把我当成了抒发胸臆的对象。

　　在外公的熏陶下，上小学前，我已经能够自己阅读了，上学以后，更是成了书迷。那时的晚上没有娱乐活动，除了阅读。那时的冬天，比现在冷多了，冷得受不了的时候坐在被窝里的阅读就变成了躺在被窝里的阅读。就这样，我读了《艳阳天》《金光大道》《新来的小石柱》《红鱼洞》《壁垒森严》《征途》《前夕》《虹南作战史》……我曾经抱怨，把许多时间浪费在了无用的阅读上。现在，我想说，只要阅读，就不可能没有用。

一本一本书读下来，堆积成了我的理想，就是成为一个作家。报考大学时一张志愿表上填的都是中文系，非常幸运的是，大学四年乃至毕业以后的数年里，我遇到了文化氛围最好的 1980 年代，百花争艳的出版业，让我更坚定地认为，阅读使人丰盈。

与此同时，我也渐渐明白，能不能成为作家，靠的是天赋而不是中文系的培养。结婚生子以后，更是被芜杂、艰难的日常生活裹挟得眼看着理想就要化为灰烬。

幸运再一次降临在我的头上，互联网的风起云涌，让发表文章不再是少数人的专利，只要愿意，高头讲章、一孔之见都可以迅速地出现在网络平台上，我就是在那时开始了我定时定量的写作。从 2009 年 3 月开始至今，只要没有意外，我每周都会上传 3 篇文章到我的博客，内容涉及书评、影评、音乐笔记等，迄今为止，已经上传文章 1 000 余篇。

本书的责任编辑戎礼平老师就是在网络这个平台上遇见我的文章的。在起意将我的书评结集出版之前，她非常认真、仔细地阅读了其中的大部分篇幅，在选题通过出版社论证后，又多次就全书的栏目、编排提出建议。是她的鼓励推动着我在繁忙的工作之余，对几百篇书评再进行删减、补充，归纳、梳理。整个过程，可以用"忙并快乐着"来形容。

　　把网络文章修改成够得上出版水准的文本，比我想象的要繁难许多，有时不免烦躁，所以，过去的半年里，要谢谢家人的包容。特别要感谢那个叫"爱书人俱乐部"微信群里的书友们：你们的热情鼓励，帮助我做成了一件事。

2015 年 6 月 30 日